E-Z DICKENS SUPEREROE LIBRI UNO E DUE

ANGELO DEL TATUAGGIO: I TRE

Cathy McGough

Stratford Living Publishing

Dedizione

Per Dorothy che ha creduto.

Indice dei contenuti

LIBRO UNO:

ANGELO DEL TATUAGGIO

PROLOGO

La prima creatura volò sul petto di E-Z e atterrò con il mento in avanti e le mani sui fianchi. Si girò una volta, in senso orario. Ruotando più velocemente, dal battito delle sue ali emise un canto. La canzone era un basso lamento. Una triste canzone del passato che celebrava una vita che non c'era più. La creatura si appoggiò all'indietro, con la testa appoggiata al petto di E-Z. La rotazione si fermò, ma la canzone continuò a suonare.

La seconda creatura si unì, facendo lo stesso rituale, ma girando in senso antiorario. Crearono una nuova canzone, senza i bip-bip e gli zoom-zoom. Infatti, quando cantavano, le onomatopee non erano necessarie. Mentre nelle conversazioni quotidiane con gli umani sì. Questa canzone si sovrappose all'altra e divenne una celebrazione gioiosa e acuta. Un'ode alle cose che verranno, a una vita non ancora vissuta. Una canzone per il futuro.

Uno spruzzo di polvere di diamante uscì dalle loro orbite dorate mentre si giravano in perfetta sincronia. La polvere di diamante spruzzò dai loro occhi sul corpo di E-Z che dormiva. Lo scambio continuò fino a ricoprirlo di polvere di diamante dalla testa ai piedi.

L'adolescente continuò a dormire profondamente. Finché la polvere di diamante non gli trapassò la carne, aprì la bocca per urlare ma non emise alcun suono.

"Si sta svegliando, bip-bip".

"Sollevatelo, zoom-zoom".

Insieme lo sollevarono mentre apriva gli occhi vitrei.

"Dormi di più, bip-bip".

"Non sentire dolore, zoom-zoom".

Cullando il suo corpo, le due creature accolsero il suo dolore in se stesse.

"Alzati, bip-bip", ordinò.

La sedia a rotelle si alzò. E, posizionandosi sotto il corpo di E-Z, attese. Quando una goccia di sangue scese, la sedia la catturò. La assorbì. La consumava come se fosse un essere vivente.

Man mano che il potere della sedia aumentava, anche la sua forza aumentava. Presto la sedia fu in grado di sostenere il suo padrone a mezz'aria. Questo permise alle due creature di portare a termine il loro compito. Il compito di unire la sedia e l'umano. Legarli per l'eternità con il potere della polvere di diamante, del sangue e del dolore.

Mentre il corpo dell'adolescente tremava, le punture sulla sua pelle si rimarginavano. Il compito era completato. La polvere di diamante era parte della sua essenza. Così, la musica si fermò.

"È fatta. Ora è a prova di proiettile. E ha una super forza, bip-bip".

"Sì, ed è bello, zoom-zoom".

La sedia a rotelle tornò sul pavimento e l'adolescente sul suo letto.

"Non ne avrà memoria, ma le sue vere ali cominceranno a funzionare molto presto, bip-bip".

"E gli altri effetti collaterali? Quando inizieranno e saranno evidenti?".

"Questo non lo so. Potrebbe avere dei cambiamenti fisici... è un rischio che vale la pena correre per ridurre il dolore, bip-bip".

"Sono d'accordo, zoom-zoom".

CAUSA

Tutte le famiglie hanno dei disaccordi. Alcune litigano per ogni piccola cosa. La famiglia Dickens era d'accordo sulla maggior parte delle cose. La musica non era una di queste.

"Dai papà", disse E-Z, dodici anni. "Mi sto annoiando e in questo momento sul satellite stanno trasmettendo un weekend interamente dedicato ai Muse".

"Non hai portato le cuffie?" chiese sua madre Laurel.

"Sono nel mio zaino nel bagagliaio". Sospirò.

"Potremmo sempre fermarci a prenderle...".

Martin, il padre del ragazzo che stava guidando, controllò l'ora. "Vorrei arrivare alla baita in montagna prima che faccia buio. Per me Muse va bene. Inoltre, saremo lì presto".

Laurel girò il quadrante del sistema satellitare della loro nuovissima decappottabile rossa. Esitò per un attimo su Classic Rock. L'annunciatore disse: "Il prossimo è l'inno dei Kiss, I Wanna Rock N Roll All Night. Non toccare la manopola".

"Aspetta, è una bella canzone!" gridò il ragazzo.

"Cosa, niente più Muse?" Laurel chiese, tenendo la mano sul quadrante.

"Dopo Kiss, ok?".

"Allora vada per Kiss", disse Martin, mentre azionava i tergicristalli del parabrezza. Non stava ancora piovendo, ma i tuoni stavano rimbombando. Ramoscelli e altri detriti si muovevano all'interno e all'esterno del veicolo mentre salivano verso la montagna.

Laurel starnutì e mise un segnalibro sulla sua pagina. Incrociò le braccia tremando. "Questo vento sta davvero ululando. Ti dispiace se alziamo la capote?".

"Io voto per il sì", disse E-Z, togliendosi dei rametti dai capelli biondi.

THWACK.

Non c'era tempo per urlare, quando la musica si spense. Al ragazzo fischiavano ancora le orecchie a causa del suono e dell'esplosione dei quattro airbag. Il sangue gli colava sulla fronte mentre toccava la cosa che aveva sulle gambe: un albero. Il sangue si accumulava dentro e intorno all'intruso di legno. Fece scorrere il dito lungo il tronco dell'albero. Sembrava pelle; lui era l'albero e l'albero era lui.

"Mamma? Papà?", singhiozzò, con il petto gonfio. "Mamma? Papà? Ti prego, rispondi!".

Aveva bisogno di chiamare aiuto. Dov'era il suo telefono? L'impatto dell'incidente l'aveva fatto volare via. Poteva vederlo, ma era troppo lontano per raggiungerlo. O forse sì? Era un ricevitore e alcuni dicevano che il suo braccio di lancio era come la gomma. Si concentrò, si stirò e si allungò finché non riuscì a prenderlo.

Il segnale era forte quando le sue dita insanguinate premettero il 9-1-1, poi si scollegarono. Perché lo trovassero, doveva usare il nuovo servizio avanzato. Digitò

E9-1-1. In questo modo diede alle autorità il permesso di accedere alla sua posizione, al numero di telefono e all'indirizzo.

"Servizi di emergenza. Qual è la sua emergenza?".

"Aiuto! Abbiamo bisogno di aiuto! Per favore. I miei genitori!"

"Prima di tutto dimmi, quanti anni hai? Come ti chiami?"

"Ho dodici anni. Mi chiamano E-Z".

"Per favore, verifica il tuo indirizzo e il tuo numero di telefono".

Lo fece.

"Ciao E-Z. Parlami dei tuoi genitori. Riesci a vederli? Sono coscienti?".

"Io, non riesco a vederli. Un albero è caduto sulla macchina, su di loro e sulle mie gambe. Aiuto. Per favore".

"Stiamo ricevendo la vostra posizione".

E-Z chiuse gli occhi.

"E-Z?" Più forte, "E-Z!"

Il ragazzo si svegliò. "Io, scusa, io..."

"Stiamo mandando un elicottero. Cerca di rimanere sveglio. I soccorsi stanno arrivando".

"Grazie", gli occhi gli si abbassarono e li riaprì a forza. "Devo rimanere sveglio. Ha detto di rimanere sveglio". Tutto ciò che voleva era dormire, dormire per porre fine a tutto il dolore.

Sopra di lui, due luci, una verde e una gialla, tremolarono davanti ai suoi occhi. Per un attimo gli sembrò di vedere delle piccole ali sbattere mentre i due oggetti si libravano.

"È messo male", disse quello verde, avvicinandosi per dare un'occhiata più da vicino.

"Aiutiamolo", disse quello giallo librandosi più in alto.

E-Z alzò la mano per scuotere le luci tremolanti. Un suono acuto gli fece male alle orecchie.

"Sei d'accordo ad aiutarci?", cantarono le luci.

"Sì. Aiutami".

Poi tutto divenne nero.

EFFETTO

Sam, lo zio di E-Z, era in ospedale quando si è svegliato. Il ragazzo non fece la domanda su dove fossero i suoi genitori perché non voleva sentire la risposta. Se non lo sapeva, poteva fingere che stessero bene. Che sarebbero entrati nella sua stanza e lo avrebbero abbracciato da un momento all'altro. Ma in fondo alla sua mente sapeva, anzi credeva, che fossero morti. Si immaginava che avrebbe gettato le coperte e sarebbe corso da loro, che si sarebbero riuniti in un abbraccio di gruppo e che avrebbero pianto per quanto erano stati fortunati. Ma aspetta un attimo, perché non riusciva a muovere le dita dei piedi? Ci riprovò, concentrandosi molto, ma non successe nulla.

Sam, che lo stava osservando, disse: "Non c'è un modo semplice per dirtelo", mentre lui stava trattenendo un singhiozzo.

"Le mie gambe", disse E-Z, "non le sento".

Lo zio Sam strinse la mano del nipote. "Le tue gambe..."

"Oh no. Non dirmelo. Non dirmelo e basta".

Si liberò dalla mano dello zio. Si coprì il viso, creando una barriera tra sé e il mondo mentre le lacrime gli scendevano sulle guance.

Lo zio Sam esitò. Suo nipote era già in lacrime, già in lutto, eppure doveva dirgli dei suoi genitori. Non c'era un modo semplice per dirlo, quindi sbottò: "I tuoi genitori. Mio fratello e tua madre... non ce l'hanno fatta".

Sapere e sentire quelle parole erano due cose diverse. Una delle due lo rendeva un dato di fatto. E-Z gettò la testa all'indietro e ululò come un animale ferito, tremando e volendo scappare, ovunque. Solo lontano.

"E-Z, sono qui per te".

"No! Non è vero. Stai mentendo. Perché mi stai mentendo?" Si agitava, stringeva i pugni e li sbatteva sul materasso mentre si infuriava e si infuriava senza accennare a fermarsi.

Sam spinse il pulsante vicino al letto. Cercò di calmarlo, ma E-Z era fuori controllo, si agitava e imprecava. Arrivarono due infermieri; uno inserì l'ago mentre l'altro, insieme a Sam, cercava di tenerlo fermo e gli sussurrava dolcemente che sarebbe andato tutto bene.

Sam guardò, mentre suo nipote, nel mondo dei sogni o dovunque si trovasse ora, riusciva a strappare un sorriso. Si tenne stretto quel sorriso, pensando che sarebbe passato un po' di tempo prima di rivederne uno sul volto di suo nipote. La strada da percorrere era lunga e difficile. Suo nipote avrebbe dovuto affrontare il giorno in cui la sua vita sarebbe andata in pezzi. Una volta fatto questo, avrebbe potuto lottare e insieme avrebbero potuto costruirgli una vita nuova. Nuova, diversa, non uguale. Niente sarebbe stato più come prima.

Tutto perché si trovavano nel posto sbagliato al momento sbagliato. Vittime della natura: un albero. Un albero che era diventato l'arma della natura a causa dell'incuria umana. La struttura di legno era morta, con le radici sopra il terreno che si contendevano l'attenzione per anni. E quando gli dissero che era stato segnato con una X per essere abbattuto in primavera, avrebbe voluto urlare. Invece, chiamò il miglior avvocato che conoscesse. Voleva che qualcuno pagasse, che pagasse il conto per due vite stroncate troppo presto e per le gambe e la vita distrutte di suo nipote.

Ma a che scopo? Niente poteva cambiare il passato, ma in futuro avrebbe aiutato suo nipote a trovare la sua strada. In quel momento Sam formulò un piano.

Sam assomigliava a una versione adulta di Harry Potter (senza la cicatrice). In quanto unico parente vivente di E-Z, si sarebbe preso cura del nipote. Un ruolo che aveva trascurato in passato. Avrebbe cercato di essere come suo fratello maggiore Martin, non di sostituirlo.

Si scrollò di dosso le scuse che gli ribollivano dentro. Cercava di fargli usare il lavoro per sollevarlo dalle responsabilità. Si sarebbe allontanato, cancellando tutti gli obblighi. Così avrebbe potuto smettere di recriminare su se stesso. Odiando se stesso per tutto il tempo perso.

Mentre suo nipote dormiva, chiamò l'amministratore delegato della sua azienda di software. In qualità di programmatore senior affermato e ai vertici del suo settore, sperava che sarebbero giunti a un compromesso. Gli disse cosa voleva fare.

"Certo, Sam. Puoi lavorare da remoto. Non cambierà nulla. Fai quello che devi fare. Noi siamo con te. La famiglia prima di tutto, sempre".

Quando si scollegò, tornò al capezzale del nipote. Per il momento, si sarebbe trasferito nella casa di famiglia, in modo che E-Z potesse rimanere vicino ai suoi amici e alla scuola. Insieme avrebbero rimesso insieme i pezzi e ricostruito la sua vita. Sempre che non si spaventasse del tutto. Dopotutto, essendo scapolo, aveva poca o nessuna esperienza con i bambini, tanto meno con gli adolescenti.

✳✳✳

D opo aver lasciato l'ospedale, costretti dal destino, non hanno avuto altra scelta che creare un legame che andasse oltre il sangue.

E-Z ha opposto resistenza, negando di poter fare tutto da solo. Alla fine non ha avuto altra scelta che accettare l'aiuto offerto.

Sam si è fatto avanti e gli è stato vicino, quasi come se sapesse di cosa aveva bisogno suo nipote prima che lui glielo chiedesse.

Ed era lì per E-Z nel secondo giorno più brutto della sua vita, quando gli fu detto che non avrebbe mai più camminato.

"Entra pure", disse il dottor Hammersmith, uno dei migliori chirurghi ortopedici neurologi.

Sulla sua sedia a rotelle, E-Z entrò, seguito da Sam.

Hammersmith era famoso per riparare l'irrimediabile e stava per farlo. In precedenti consulti aveva promesso al ragazzo che avrebbe giocato di nuovo a baseball.

"Mi dispiace", disse Hammersmith. Dopo qualche secondo di silenzio imbarazzante, lo riempì mescolando alcune carte.

"Di cosa ti dispiace esattamente?". E-Z chiese, spingendo con tutte le sue forze per avanzare nella sua poltrona. Non riuscendo a portare a termine il compito, rimase al suo posto.

"Quello che mi ha chiesto", disse Sam, avanzando senza sforzo sulla sua sedia.

Hammersmith si schiarì la gola. "Speravamo che, dato che tutto funzionava normalmente, la paralisi potesse essere temporanea. Per questo ti ho mandato a fare altri esami e ti ho suggerito di fare fisioterapia. Ora non c'è dubbio, mi dispiace dirtelo E-Z, ma non camminerai mai più".

"Come hai potuto fargli questo?". Chiese Sam.

La finezza delle sue parole si fece sentire. "Portami via da qui, zio Sam!".

"Aspetta", disse Hammersmith, incapace di guardarli negli occhi. "Ho chiesto aiuto ai colleghi di tutto il mondo. Le loro conclusioni sono state le stesse".

"Grazie mille".

"E-Z, è ora che tu vada avanti. Non voglio darti altre false speranze. "

Sam si alzò e mise le mani sulle maniglie della sedia a rotelle.

"Chiederemo un secondo parere, un terzo e un quarto!".

"Puoi farlo", disse Hammersmith, "ma lo abbiamo già fatto. Se ci fosse qualcosa di nuovo, là fuori, qualsiasi cosa a cui potessimo attingere, lo faremmo. Le cose potrebbero cambiare nel corso della tua vita E-Z. Il campo della ricerca sulle cellule staminali sta facendo progressi. Nel frattempo, non voglio che tu viva la tua vita con i "se" e i "forse"".

Poi si rivolge a Sam,

"Non lasciare che tuo nipote sprechi la sua vita. Aiutalo a ricostruire e a tornare nella terra dei vivi. Oh, e odio doverlo dire, ma presto avremo bisogno di riavere la sedia a rotelle: sembra che ci sia una certa carenza. Se non ti dispiace prendere altri accordi".

"Bene", disse Sam, mentre lasciavano l'ufficio di Hammersmith senza parlare. Mise la sedia a rotelle nel bagagliaio, allacciò le cinture di sicurezza e mise in moto l'auto.

"Andrà tutto bene".

E-Z, che aveva le lacrime che gli scendevano sulle guance, le asciugò. "Mi dispiace".

"Non devi mai scusarti con me, ragazzo, per aver mostrato i tuoi sentimenti".

Sam sbatté i pugni sul volante e uscì dal parcheggio facendo stridere le gomme.

Guidarono senza parlare per qualche istante, poi lui si avvicinò e accese la radio. Questo ha fatto calare il silenzio tra i due e ha dato a E-Z l'opportunità di gridare senza sentirsi in colpa.

Quando imboccarono il vialetto di casa, erano calmi e affamati. Il piano era di guardare qualche programma e ordinare una pizza.

Qualche giorno dopo arrivò una sedia a rotelle nuova di zecca.

$*\!*\!*$

Due luci, una gialla e una verde, lampeggiano vicino alla nuova sedia a rotelle di E-Z.

"Questa non va bene, bip-bip".

"Sono d'accordo, non va bene per niente. Ha bisogno di qualcosa di più leggero, resistente, ignifugo, antiproiettile e assorbente, zoom-zoom".

"Tu-sai-chi ha detto che non dobbiamo perdere tempo, quindi facciamolo prima che l'umano si svegli, bip-bip".

Le luci danzarono intorno alla sedia a rotelle. Una sostituì il metallo e l'altra le gomme. Quando completarono il processo, la sedia sembrava uguale a prima, ma non lo era.

E-Z sussurrò nel sonno.

"Usciamo da qui! Bip bip!"

"Proprio dietro di te! Zoom zoom!"

E così fecero, mentre il piccolo continuava a dormire.

***

Un anno dopo, a E-Z sembrava che lo zio Sam fosse sempre stato lì. Non che avesse sostituito i suoi genitori. No, non sarebbe mai stato in grado di farlo, anzi, non ci avrebbe mai provato, ma andavano d'accordo. Erano amici. Erano più di questo, erano una famiglia. L'unica famiglia che il tredicenne aveva lasciato al mondo.

"Voglio ringraziarti", disse, cercando di non farsi venire le lacrime agli occhi.

"Non devi ringraziarmi, ragazzo".

"Ma devo, zio Sam, senza di te avrei gettato la spugna".

"Sei fatto di una materia più forte di questa".

"Non lo sono. Da quando c'è stato l'incidente ho paura, intendo dire molta paura. Ho avuto degli incubi".

"Tutti abbiamo paura; parlare di questo aiuta. Intendo dire se vuoi parlarne con me".

"A volte succede di notte, quando stai dormendo. Non voglio svegliarti".

"Sono nella stanza accanto e i muri non sono così spessi. Chiamami a gran voce e sarò lì. Non mi dispiace".

"Grazie, spero di non averne bisogno ma è bene saperlo".

Tornarono a guardare la televisione e non parlarono più dell'argomento.

Fino a una notte, quando E-Z si svegliò urlando e Sam, come promesso, era lì.

Accese la luce. "Sono qui. Stai bene?"

E-Z era aggrappato al bordo del letto, come chi sta per precipitare in un burrone. Lo aiutò a rimettersi sul materasso.

"Va meglio ora?"

"Sì, grazie".

"Ti va di parlarne? Posso preparare della cioccolata".

"Con i marshmallow?"

"Non c'è bisogno di dirlo. Torno subito".

"Ok". E-Z chiuse gli occhi per un secondo e i rumori acuti ripresero. Si coprì le orecchie e osservò le luci gialle e verdi che danzavano davanti ai suoi occhi. Tolse le mani e sentì i piedi nudi dello zio che si muovevano lungo il corridoio.

"Ecco a te", disse Sam, mettendo in mano al nipote una tazza di cioccolata calda. Si parcheggiò sulla sedia a rotelle, dove sorseggiò e sospirò.

Con la mano sinistra, E-Z colpì l'aria, quasi rovesciando la bevanda.

"Cosa stai facendo?"

"Non lo senti? Quel suono che ti fa saltare le orecchie?".

Sam ascoltò con attenzione, ma niente. Scosse la testa. "Se stai sentendo qualcosa di strano, perché cerchi di scacciarlo?".

E-Z si concentrò sulla sua bevanda calda, poi ingoiò un mini-marshmallow. "Immagino che tu non riesca a vedere le luci, allora?".

"Luci? Che tipo di luci?".

"Due luci: una verde e una gialla. Grandi quanto l'estremità del tuo dito. Si accendono e si spengono da quando ho avuto l'incidente. Mi perforano le orecchie e lampeggiano davanti ai miei occhi. Mi danno fastidio".

Sam si avvicinò alla testiera del letto e guardò dalla prospettiva del nipote. Non si aspettava di vedere nulla, e ovviamente non lo fece: lo sforzo fu quello di rassicurarlo. "No, ma dimmi di più, così potrò capire meglio come è iniziata".

"Al momento dell'incidente ho visto due luci, gialla e verde e, non ridere, ma credo che mi abbiano parlato. Ecco perché ho avuto degli incubi".

"Che tipo di luci? Vuoi dire, come le luci di Natale?".

"No, non come le luci di Natale. Non sono niente. Ora non ci sono più. Probabilmente si tratta di un disturbo da stress post-traumatico o di un flashback".

"Il disturbo post-traumatico da stress o un flashback sono due cose molto diverse. Mi chiedo se non sia il caso di parlarne con qualcuno. Intendo qualcuno, oltre a me".

"Vuoi dire come i miei amici?".

"No, intendo un professionista".

POP.

POP.

Erano tornati di nuovo. Lampeggiano davanti al suo naso e lo fanno strabuzzare gli occhi. Si trattenne. Cercò di non scacciarle. Mentre Sam prendeva la tazza con una mano e si tastava la fronte con l'altra, schiaffeggiò l'aria. "Allontanati da me!"

Sam guardò suo nipote congelarsi, come una scultura di ghiaccio al Festival d'Inverno. Sam schioccò le dita davanti ai suoi occhi, ma non ci fu alcuna reazione. E-Z sospirò, si appoggiò allo schienale, fece un respiro profondo e in pochi secondi russò come un soldato. Sam tirò su le coperte. Baciò il nipote sulla fronte, poi tornò nella sua stanza. Alla fine si addormentò.

Il giorno dopo, Sam suggerì a E-Z di scrivere i suoi sentimenti, magari in un diario. Nel frattempo si informò per prenotare un appuntamento con un professionista.

"Vuoi dire uno strizzacervelli?"

"O uno psicologo. E nel frattempo, scrivi tutto. Quando li vedi, che aspetto hanno, registra gli avvistamenti".

"Un diario, voglio dire, a chi assomiglio, a Oprah Winfrey?".

"No", disse Sam. "Ragazzo, stai avendo degli incubi, senti dei rumori acuti e vedi delle luci. Potrebbero essere un segno, come hai detto tu, di PTSD o di qualcosa di medico. Devo indagare e parlare con il tuo medico per avere il suo parere. Nel frattempo, scrivere i tuoi pensieri, tenere un diario potrebbe aiutarti. Molti uomini hanno scritto diari o tenuto un diario".

"Me ne citi uno di cui riconoscerei il nome?".

"Vediamo, Leonardo da Vinci, Marco Polo, Charles Darwin".

"Intendo qualcuno di questo secolo".

"Hai già nominato Oprah".

✳✳✳

L a salute mentale di E-Z è migliorata dopo alcune sedute con un terapeuta/consulente. È stata gentile e non ha giudicato l'adolescente, come lui temeva. Al contrario, ha offerto suggerimenti e strategie specifiche per calmarlo e aiutarlo. Anche lei, come suo zio Sam, gli aveva suggerito di scrivere tutto su un diario.

Invece, per un compito scolastico, lui ha scritto un racconto ispirato all'uccello preferito di sua madre: una colomba. Dopo aver ricevuto un 10 e lode, la sua insegnante iscrisse il suo racconto a un concorso di scrittura a livello provinciale. All'inizio era arrabbiato perché aveva iscritto il suo racconto senza chiederglielo. Ma quando ha vinto, è stato incredibilmente felice. Da allora, la sua insegnante ha iscritto il suo racconto a un concorso nazionale.

Mentre suo nipote si dedicava all'arte della scrittura, Sam si dedicava a un nuovo hobby: la genealogia. Una sera, mentre stavano cenando, sbottò:

"Ora che hai scritto un racconto e hai avuto un certo successo, forse dovresti provare a scrivere un romanzo".

"Io? Un romanzo? Non esiste".

"Hai il sangue dello scrittore", rivelò lo zio Sam. "Ripercorrendo la nostra storia, ho scoperto che io e te siamo imparentati con l'unico e solo Charles Dickens".

"Allora forse TU dovresti scrivere un romanzo". Rise. "Non sono io quello con un racconto premiato".

Le luci verdi e gialle tremolavano sopra il suo piatto. Almeno non poteva sentire quel rumore acuto dello Zio Sam.

".... Dopo tutto, io e te siamo cugini nel tempo di Charles Dickens. Guarda tutto quello che hai superato. Sei un ragazzo straordinario, cosa hai da perdere?".

Il suo nome è Ezekiel Dickens e questa è la sua storia.

CAPITOLO 1

Nei primi tredici anni della sua vita, fu conosciuto con diversi nomi. Ezekiel, il suo nome di nascita. E-Z, il suo soprannome. Catcher della sua squadra di baseball. Scrittore di racconti. Figlio dei suoi genitori. Nipote di suo zio. Migliore amico. Ora avevano un nuovo nome per lui.

Non che la parola con la "c" gli dispiacesse. Anzi, alcune alternative gli piacevano meno. Come i commenti che alcune persone dicevano, perché pensavano di essere politicamente corrette. "Oh, ecco il ragazzo costretto su una sedia a rotelle". Lo dicevano indicandolo, come se pensassero che anche lui avesse problemi di udito. Oppure dicevano: "Mi è dispiaciuto sapere che sei costretto sulla sedia a rotelle". Questo lo ha fatto rabbrividire. Ma quello che lo ha mandato in bestia è stato "Oh, sei tu il ragazzo che usa la sedia a rotelle adesso". Vedere qualcuno, soprattutto una persona più giovane su una sedia a rotelle, metteva a disagio alcune persone. Se si sentivano così, perché dovevano dire qualcosa?

Questo ha fatto riaffiorare un ricordo di tanto tempo fa. Un ricordo dei suoi genitori, che guardavano il film Bambi in televisione in un sabato pomeriggio piovoso. La mamma aveva preparato le sue famose palline di popcorn. C'erano bibite, M&Ms, marshmallow e le Twizzler preferite da papà. Il coniglio Thumper diceva: "Se non puoi dire qualcosa di carino, non dire niente". Quando la madre di Bambi morì, fu la prima volta che vide sua madre e suo padre piangere per un film. Poiché era così scioccato dal loro comportamento, lui stesso non versò una lacrima.

A scuola, alcuni ragazzi lo chiamavano "il ragazzo degli alberi - lo storpio". Alcuni erano compagni di squadra che un tempo lo ammiravano quando era il re dietro il piatto. Odiava il riferimento al ragazzo albero più del commento sullo storpio. Non si sentiva dispiaciuto per se stesso (non la maggior parte delle volte) e non voleva che nessuno si dispiacesse per lui.

Quando arrivò il momento di tornare a scuola il primo giorno, lo fece con l'aiuto dei suoi amici. PJ (acronimo di Paul Jones) e Arden lo sostennero e lo spinsero, a seconda delle necessità. Ben presto furono conosciuti come il Trio Tornado. Soprattutto perché ovunque andassero regnava il caos. Fu allora che E-Z imparò ad aspettarsi l'inaspettato.

Così, quando qualche mese dopo i suoi amici passarono a prenderlo per andare a scuola e poi dissero che non sarebbero andati, non ne fu troppo sorpreso. Quando gli dissero che dovevano bendarlo, non se lo aspettava.

Sul sedile posteriore chiese. "Dove stiamo andando?" Nessuna risposta. "Mi piacerà?"

"Sì", dissero i suoi amici.

"Allora perché il mantello e il pugnale?".

"Perché è una sorpresa", disse PJ.

"E l'apprezzerai ancora di più quando saremo lì".

"Beh, non posso scappare". Si schernì.

La madre di Arden parcheggiò. "Grazie mamma", disse lui.

"Chiamami quando hai bisogno che ti venga a prendere", disse lei.

I due amici aiutarono E-Z a salire sulla sua sedia a rotelle e partirono.

"È una mia impressione o questa sedia sembra più leggera ogni volta che la tiriamo fuori?". Chiese Arden.

"Sei tu!" Rispose PJ.

Mentre si muovevano su un terreno non pianeggiante, E-Z sentiva l'odore dell'erba appena tagliata. Quando i suoi amici gli tolsero la benda, si trovò al campo da baseball. Le lacrime gli salirono agli occhi quando vide i suoi ex compagni di squadra, la squadra avversaria e l'allenatore Ludlow. Erano in uniforme completa, allineati lungo la linea di fondo appena gessata.

"Bentornato!", esclamarono.

E-Z si tolse le lacrime con la manica mentre la sedia si avvicinava al campo da gioco. Da quando l'incidente gli aveva portato via il sogno di giocare a baseball da professionista, aveva evitato la partita. Con un groppo in gola, era così pieno di emozioni che non riusciva a prendere fiato.

"Non ha parole", disse PJ, dando una gomitata ad Arden.

"Questa è la prima volta".

"Grazie, ragazzi. Non vi sbagliavate sul fatto che fosse una sorpresa".

"Aspettate qui", gli dissero i suoi amici.

E-Z rimase da solo a godersi la vista del campo da baseball. Il luogo che un tempo era stato il suo posto preferito sulla terra. Gli vennero di nuovo le lacrime a guardare l'erba verde che brillava alla luce del sole. Le asciugò quando i suoi amici tornarono portando con sé una borsa con l'attrezzatura.

Arden si avvicinò: "Sorpresa, amico, oggi sei tu a catturare!".

"Cosa vuoi dire? Non posso giocare con questa roba!" disse, battendo le mani sui braccioli della sedia a rotelle.

"Ecco, guarda questo, mentre ti sistemiamo", disse PJ, consegnandogli il telefono e premendo play.

E-Z guardò con stupore i giocatori come lui che entravano nel campo da baseball. Osservò più da vicino le loro sedie con ruote modificate. Un giocatore si avvicinò al piatto, prese la palla e fece il giro delle basi.

"Wow! È fantastico!".

"Se possono farlo loro, puoi farlo anche tu!". Disse Arden mentre metteva le ginocchiere sulle gambe del suo amico e PJ fissava la protezione per il petto. Mentre scendevano in campo, i suoi amici gli lanciarono la maschera da ricevitore e il guanto.

"In battuta!" Chiamò l'allenatore Ludlow.

Il lanciatore lanciò la prima palla veloce proprio nella zona e lui la prese.

Il secondo lancio era un pop up. E-Z lo prese, facendo un balzo in avanti, sollevandosi. Raggiungendo. Si sorprese anche di se stesso quando la prese. Non se ne erano accorti, ma si era sollevato. Il suo sedere aveva lasciato la seduta della sedia e non aveva idea di come avesse fatto.

"Wow", disse PJ, "è stata una presa eccellente".

"Sì, probabilmente l'avresti mancata, se non fosse stato per la sedia".

E-Z sorrise e continuò a giocare. Quando la partita finì, si sentì bene. Normale. Ringraziò i ragazzi per averlo fatto tornare in forma.

"La prossima volta colpisci tu", disse PJ.

E-Z si schernì mentre la mamma di Arden li accompagnava al drive through e poi a scuola. Se si fossero sbrigati, sarebbero arrivati in tempo prima dell'inizio della lezione successiva. Gli studenti affollano i corridoi, mentre lui si dirige verso il suo armadietto. I suoi compagni di classe sentirono il rumore delle gomme sul pavimento di linoleum e si separarono.

E-Z era stato il primo ragazzo a richiedere l'accesso alla sedia a rotelle nella sua scuola, ma era già una leggenda prima di perdere l'uso delle gambe. Gli ci è voluto molto per chiedere aiuto, ma una volta che l'ha fatto, l'ha ottenuto. Aveva già il loro rispetto come atleta, aveva vinto una serie di trofei da solo e come membro della squadra. Doveva conquistare di nuovo il loro rispetto come nuovo se stesso.

Dopo la partita tornarono a scuola e conclusero la giornata. Poiché era stata solo una mezza giornata, E-Z era piuttosto stanco quando la mamma di Arden e i suoi amici lo accompagnarono a casa dopo la scuola.

Dopo averli ringraziati, entrò in casa.

"Sono a casa, zio Sam".

"Lo vedo, hai passato una bella giornata", disse Sam.

"Sì, è stata una bella giornata". Si stiracchiò e sbadigliò.

"Vieni. Ho qualcosa da mostrarti. Una sorpresa".

"Non un'altra", disse E-Z, mentre seguiva lo zio lungo il corridoio. Passò davanti alla prima a destra, la stanza dei suoi genitori, destinata un giorno a diventare una stanza per gli ospiti. Fino ad allora, era esattamente come l'avevano lasciata e così sarebbe rimasta finché E-Z non avesse deciso altrimenti. Di tanto in tanto lo zio Sam si offriva di aiutarlo a sistemare la stanza, ma il nipote rispondeva sempre la stessa cosa.

"Lo farò quando sarò pronto".

Sam accettò con riluttanza. Era convinto che suo nipote dovesse andare avanti. Questo era il primo passo verso l'obiettivo. Da allora, aveva parlato con il suo consulente che aveva detto che Sam avrebbe dovuto incoraggiare E-Z a parlare di più dei suoi genitori. Ha detto che renderli parte della sua vita quotidiana lo avrebbe aiutato a guarire più velocemente. Proseguirono lungo il corridoio, oltrepassarono il bagno e si fermarono al magazzino.

"Ta-dah!" Disse lo zio Sam mentre lo spingeva dentro.

E-Z rimase senza parole mentre osservava l'ufficio appena trasformato. Al centro, davanti alla finestra che dava sul giardino, c'era una scrivania. Su di essa c'erano un PC da gioco e un sistema audio nuovi di zecca. Fece scivolare la sua sedia sotto la scrivania - perfetta - facendo scorrere le dita sulla tastiera. Vicino c'era una stampante, una pila di fogli e un bidone della spazzatura, tutto a portata di mano.

Alla sua sinistra c'era una libreria. Si avvicinò. Il primo scaffale conteneva libri di scrittura e classici. Riconobbe alcuni dei preferiti dei suoi genitori. Il secondo conteneva dei trofei, tra cui il premio per la sua scrittura. Il terzo e il quarto contenevano tutti i suoi libri d'infanzia preferiti. I due scaffali inferiori erano vuoti. I suoi occhi corsero verso la parte superiore dello scaffale e dovette alzare la sedia per vedere cosa c'era.

Sam entrò nella stanza accanto a lui. Mise una mano sulla spalla del nipote.

"Quelli, non ero sicuro che fosse troppo presto. I..."

La pièce de résistance: una foto di famiglia. Una lacrima gli scese sulla guancia mentre ricordava il giorno del servizio fotografico. Era in un piccolo studio fotografico del centro. Erano tutti vestiti eleganti. Papà nel suo abito blu. La mamma nel suo nuovo vestito blu con una sciarpa rossa legata al collo. Lui nel suo abito grigio, lo stesso che indossò per il loro funerale.

Trattenne un singhiozzo, ricordando l'allestimento dello studio del fotografo. Lo studio conteneva tutto ciò che era natalizio, anche se era solo luglio. Sorrise, pensando alle decorazioni natalizie di cattivo gusto e al caminetto finto. Settimane dopo, il biglietto arrivò con la posta, ma per i suoi genitori quel Natale non arrivò mai. Girò la sedia verso l'uscita e si diresse verso il corridoio con lo zio alle calcagna.

"So che ci vorrà del tempo. Mi dispiace se ho esagerato troppo presto, ma è passato più di un anno e noi, io e il tuo consulente, abbiamo pensato che fosse arrivato il momento".

E-Z continuò a camminare. Voleva andarsene. Scappare nella sua stanza e chiudere fuori il mondo, poi gli venne in mente qualcosa. Qualcosa di fondamentale. Suo zio non poteva conoscere la storia della fotografia. Se l'avesse saputo, non l'avrebbe messa lì. Dopo tutto quello che aveva fatto per lui, gli doveva una spiegazione. Si fermò.

"Non l'abbiamo mai usata, era destinata agli auguri di Natale, ma non sono mai arrivati a Natale".

"Mi dispiace tanto. Non lo sapevo".

"So che non lo sapevi, ma non per questo fa meno male".

Esausto sia fisicamente che mentalmente, si avvicinò alla sua stanza. Il suo dialogo interiore continuava con rinforzi positivi. Ricordandogli che al mattino tutto sarebbe andato meglio. Perché quasi sempre era così.

"Doveva essere un posto in cui scrivere. Ricorda, ora sei un autore pluripremiato e hai il sangue dello scrittore".

Era quasi in camera sua: perché suo zio non lo aveva lasciato andare via? Il suo temperamento si accese.

"Ho scritto un racconto, ma questo non significa che possa o voglia scriverne altri. Tu dici che nelle mie vene scorre il sangue di Charles Dickens, ma io voglio diventare un ricevitore dei Dodgers di Los Angeles. Solo perché mi chiamano "ragazzo degli alberi", lo storpio, non significa che devo accontentarmi. Perché dovrei accontentarmi?".

"Vorrei che non usassi la parola con la "c"".

"Storpio, fottuto storpio", disse mentre faceva una brusca virata e sbatteva il gomito sul muro. Il suo osso buffo, non così buffo, gli faceva un male pazzesco.

"Stai bene?"

E-Z grugnì una risposta, poi proseguì verso la sua stanza. Aveva intenzione di sbattere la porta dietro di sé. Invece, rimase incastrato per metà dentro e per metà fuori dalla porta. Poi le ruote della sua sedia si bloccarono.

"FRICK!"

Sam rilasciò la sedia senza dire una parola. Chiuse la porta mentre usciva.

E-Z afferrò alcuni oggetti infrangibili e li lanciò contro il muro. Per calmarsi, visualizzò i suoi genitori che gli dicevano quanto fossero orgogliosi di lui. Gli mancava. Ma se suo padre fosse stato qui ora, lo avrebbe rimproverato per essersi comportato da monello. Anche sua madre lo avrebbe rimproverato, ma in modo più gentile e delicato. Si asciugò le lacrime. Sentì il bruciore della vergogna e il suo corpo si accasciò per la stanchezza sulla sedia a rotelle.

Lo zio Sam chiese attraverso la porta chiusa: "Stai bene?".

"Lasciami in pace!" E-Z rispose. Anche se aveva bisogno del suo aiuto. Senza di lui, non avrebbe potuto indossare il pigiama o andare a letto. Avrebbe dovuto dormire sulla sedia, con i suoi vestiti. Dentro di sé ha sempre saputo la verità. Se avesse smesso di preoccuparsi, anche gli altri avrebbero smesso di preoccuparsi. Allora sarebbe stato davvero solo.

Si avvicinò con la sedia alla finestra e guardò il cielo notturno. La musica. Era l'unica cosa che li univa veramente come famiglia. Certo, avevano le loro differenze nei generi musicali, ma quando una bella canzone passava alla radio, la mettevano da parte.

Un gatto nero rognoso attraversò il prato. Sua madre aveva sempre voluto che andassero a New York a vedere Cats a Broadway. Avrebbe voluto che ci andassero insieme. Creare un ricordo. Ora non lo avrebbero mai fatto. Quella canzone, qualcosa che parlava di ricordi, gli fece prendere il telefono. Scelse un inno hard rock, alzò il volume. Usò i pugni per battere il ritmo sui braccioli della sedia mentre urlava il testo della canzone.

Finché non si mise a dondolare così forte da rotolare dalla sedia e cadere sul pavimento. All'inizio, vedendo la sua stanza da terra, voleva piangere. Invece ha iniziato a ridere e non riusciva a smettere.

"Stai bene lì dentro?" Chiese Sam.

"Mi servirebbe il tuo aiuto". Gli faceva male lo stomaco a forza di ridere.

La prima reazione di Sam fu di allarme, quando vide suo nipote a terra che si teneva lo stomaco. Quando si rese conto che lo stava tenendo per le risate, si accasciò sul pavimento accanto a lui.

Più tardi, quando Sam se ne andò, disse: "Andrà tutto bene, ragazzo".

"Ce la caveremo".

Fu allora che fecero il patto di farsi dei tatuaggi.

CAPITOLO 2

"Mi dispiace, non posso giocare a baseball con voi oggi".

"Dai", disse Arden. "Non sei stato così male l'ultima volta".

"Sparisci", rispose E-Z. Prese velocità per raggiungere lo zio e si scontrò con Mary Garner, capo cheerleader.

"Oh, scusa, Mary".

Era la prima volta che la vedeva dopo l'incidente. Alzò lo sguardo, mentre i suoi capelli cadevano come una tenda sui suoi occhi: profumavano di cannella e miele.

"Imbecille", disse lei. "Guarda dove vai".

Fece marcia indietro e si allontanò. Il suo entourage la seguì.

Lui sorrise, allungò il collo per guardarla allontanarsi. I suoi amici si affiancarono e fecero lo stesso. Arden fischiò.

Si guardò alle spalle e fece un cenno di saluto nella loro direzione.

"Dio, è fantastica", disse PJ.

"È sexy", disse Arden.

"Molto".

Uscendo dalla scuola, PJ chiese: "Allora, spiegaci perché non vuoi giocare oggi".

"Sì, aiutaci a capire", disse Arden, facendo una smorfia e incrociando gli occhi. "Siamo inutili senza di te".

"Senti, io e lo zio Sam abbiamo fatto un patto. Fare qualcosa insieme, qualcosa di importante, oggi dopo la scuola".

I suoi amici incrociarono le braccia bloccando il percorso della sua sedia.

"Hai ancora intenzione di escluderci e non ci dici nemmeno perché?", disse la rossa PJ.

"Sei un vero idiota".

"Non ti faremmo mai una cosa del genere".

Si allontanarono, accelerando il passo.

E-Z accelerò, ma non fu sufficiente. "Aspettate! Stiamo facendo dei tatuaggi!".

I suoi amici si fermarono.

"Mi sto facendo un tatuaggio in memoria di mia madre e mio padre: ali di colomba, una su ogni spalla".

"Veniamo con te!"

"Ho pensato che avreste pensato che fossi un po' troppo tenero".

Continuarono a camminare senza parlare per un po'.

"Lo zio Sam mi aspetta al negozio di tatuaggi".

CAPITOLO 3

Quando Sam vide il nipote con i suoi amici rimase sorpreso.

"Credevo che questo patto fosse tra noi, cioè un segreto".

"I ragazzi volevano portarmi a una partita e ho dovuto dirglielo".

"Ok, mi sembra giusto. Ma non ho l'abitudine di sostituirmi ai loro genitori o di dare il permesso per conto dei loro genitori". Poi a PJ e Arden: "Mi sta bene che siate qui, ma solo i vostri genitori possono approvare i vostri tatuaggi".

"Aspetta!" Disse PJ. "Non ho mai pensato di farci dei tatuaggi".

"I miei diranno sicuramente di no", disse Arden. I suoi genitori avevano dei problemi e lui ne approfittava. Si comportava come se i loro continui litigi non lo infastidissero per la maggior parte del tempo. Di tanto in tanto, quando non ce la faceva più, si rifugiava a casa di un amico.

"Anche la mia". PJ era il maggiore e aveva due sorelle di cinque e sette anni. I suoi genitori lo incoraggiavano a dare il buon esempio e il più delle volte lo faceva.

Concentrandosi su un futuro sportivo, si è mantenuto sulla retta via.

Condividendo un momento di illuminazione, gli adolescenti si diedero il cinque.

"Cosa?" Chiese Sam.

"Diremo loro perché E-Z lo sta facendo e che vogliamo dei tatuaggi per sostenerlo", disse PJ.

Arden annuì.

"Aspetta un attimo. Quindi, voi due cretini volete usare la morte dei miei genitori come scusa per farvi tatuare?".

Sam aprì la bocca, ma le parole gli sfuggirono.

PJ e Arden avevano la faccia rossa e guardavano il marciapiede.

E-Z li lasciò liberi. "Per me va bene".

Sam chiuse la bocca mentre lui e i due ragazzi formavano un semicerchio intorno alla sedia a rotelle.

"Promettimi una cosa però: non sono ammesse le farfalle".

"Ehi, cos'avete contro le farfalle?". Chiese Sam.

CAPITOLO 4

P er farla breve, PJ e Arden hanno convinto i loro genitori a lasciarli tatuare.

"Sarò da voi tra un secondo", disse il tatuatore dando un'occhiata ai quattro. Di fronte allo specchio, c'era un corpulento cliente maschio che stava aggiungendo un altro tatuaggio alla sua collezione di molti. Questo nuovo tatuaggio si trovava tra il pollice e l'indice. "Sei tu Sam?" chiese l'uomo che stava facendo il tatuaggio.

A Sam venne un po' di nausea, perché aveva letto che la mano era uno dei punti più dolorosi da tatuare. "Sì, ho parlato con te al telefono. Questo è mio nipote E-Z e i suoi amici PJ e Arden".

"Volete tutti e quattro un tatuaggio, oggi? Perché mi aspettavo solo due di voi".

"Mi dispiace. Possiamo rimandare, se necessario, oppure posso farmi fare il mio in un altro giorno", disse Sam con desiderio.

"La fortuna vuole che mia figlia venga presto ad aiutarmi. Quindi, benvenuta da Tattoos-R-Us. Puoi aspettare lì. Serviti pure di un bicchiere d'acqua. Ci sono anche alcuni opuscoli che potresti voler consultare. Potrebbero aiutarti a decidere dove vuoi fare il tuo tatuaggio. Ogni area del corpo ha una soglia di dolore". Il ragazzo corpulento che si fa tatuare ridacchiò.

"Grazie", rispose Sam mentre si dirigevano verso la sala d'attesa. Una volta seduti su un divanetto, il suo ginocchio ballonzolante fece venire i brividi a PJ e Arden. Attraversarono la stanza e guardarono la bacheca. Per calmare i nervi, Sam continuò a blaterare. "Ho controllato su internet, sono in attività da 25 anni e l'uomo con cui abbiamo parlato è il proprietario. Hanno un'ottima reputazione presso il Better Business Bureau. Inoltre, hanno un sacco di recensioni a cinque stelle sul loro sito web".

Tutti gli occhi si voltarono quando entrò nel locale un'affascinante donna vestita in stile goth. Aveva circa trent'anni e, a giudicare dai lineamenti, era la figlia del proprietario. Aveva tatuaggi su ogni parte della carne esposta e piercing sporadici ovunque.

"Scusate il ritardo", disse toccando il padre sulla spalla. Diede un'occhiata alla sala d'attesa e gli sussurrò qualcosa. Poi fece un sorriso a denti stretti e si girò verso i clienti.

"Ciao, sono Josie". Tese la mano e la strinse ad ognuno di loro. "Quello laggiù è Rocky. Lui è il proprietario e io sono sua figlia".

"Io sono Sam e questo è mio nipote E-Z e i suoi due amici, PJ e Arden". Non si sedette, ma cadde di nuovo.

Josie andò a prendergli un bicchiere d'acqua.

E-Z pensò a quanto doveva farle male il piercing sulla lingua, poi disse allo zio: "Non devi farlo".

"Mi stai dando del pollo?", disse lui, con tutto il corpo che tremava mentre Josie gli metteva in mano il bicchiere. Quando lo sollevò verso le labbra, rovesciò un po' d'acqua.

"Siete vergini per i tatuaggi, vero?". Chiese Josie.

E-Z pensò che avesse una voce dolce, come quella di Stevie Nicks, la cantante preferita di suo padre dei Fleetwood Mac, che cantava di Rhiannon la strega.

Non dovettero rispondere, perché il loro silenzio diceva tutto.

"Beh, con Rocky siete in ottime mani. È il miglior tatuatore della città. Farà male ai ragazzi. Sì, farà male. Ma è come il tipo di dolore di cui canta John Cougar. Sai - Hurts So Good".

Sam fece una smorfia. "Quanto fa male in realtà?".

"Dipende dalla tua soglia del dolore e da dove decidi di farlo. C'è un opuscolo laggiù, che mostra le varie aree del corpo con una classificazione del dolore".

E-Z sentì il suo viso surriscaldarsi e le carnagioni dei suoi amici assumere una tonalità simile. Lanciò un'occhiata in direzione di Sam, notando che la sua carnagione era cambiata in una tonalità verdastra.

Josie continuò. "Dopo il primo tatuaggio, potrebbe piacerti e volerne altri".

Sam si alzò, il suo corpo fremeva di paura.

"Potrebbe aver bisogno di un po' d'aria fresca", disse E-Z, accompagnando lo zio verso la porta.

Una volta fuori, Sam camminò su e giù per il marciapiede, con il cuore che batteva come se stesse per uscire dal petto. "Vorrei tanto fumare".

"Apprezzo che tu sia venuto qui con me, davvero, ma onestamente non sei obbligato a farlo. So che abbiamo fatto un patto e che è una cosa che voglio fare, in memoria di mia madre e mio padre, ma non mi devi nulla. Perché non andiamo a fare una passeggiata, magari a prendere un caffè e ti mandiamo un messaggio quando abbiamo finito, ok?".

"Ho detto che ci sarei stato per te, sempre. Ora sono qui per te. Odio gli aghi. E i trapani. Pensavo di poterlo fare, ma ora mi rendo conto che la paura è più forte di me. Sono proprio una pappamolla".

"Ci sei sempre stato per me, zio Sam. Non devi dimostrarlo a me, a nessuno, facendoti un tatuaggio che nemmeno vuoi. Ora vattene da qui. Ti chiamo quando abbiamo finito". Si mise a rotelle per risalire la rampa e i suoi amici si misero in fila dietro di lui. Diede un'occhiata a Sam da sopra la spalla. Quel povero ragazzo era rigido come una statua.

"Starò bene. Ora vattene".

Sam rise. "Ma prima di andare, è meglio che tu mi dia la lettera che ho scritto ieri sera, così posso aggiungere i nomi di PJ e Arden. Perché senza il mio permesso nessuno di voi si farà un tatuaggio".

"Ottima idea", disse E-Z mentre passava il biglietto lungo la linea. Ora è firmato e torna su. Lo mise in tasca ed entrarono in casa dove Josie li stava aspettando.

"Ok, tocca a te. Se hai intenzione di pisciarti addosso, ti mostrerò dov'è il bagno".

"Mordimi", disse E-Z mentre ruotava la sedia in posizione.

✳✳✳

Mentre Rocky stava finendo di lavorare al bancone, Josie passò a E-Z un libro contenente dei tatuaggi.

"Lo so già senza guardare. Vorrei un'ala di colomba su ogni spalla". Ecco di nuovo le luci verdi e gialle. Voleva tanto scacciarle, ma non voleva che anche Josie pensasse che fosse pazzo.

Josie sfogliò il libro. "Sono queste quelle che avevi in mente?".

Lui annuì, poi la osservò nello specchio mentre si lavava le mani e indossava un paio di guanti neri. Ha tolto i calamai dalla confezione sterile e li ha disposti sul tavolo.

"Hai un biglietto di un genitore o di un tutore? Presumo che tu non abbia diciotto anni".

E-Z sorrise e le porse il biglietto.

"Sembra tutto a posto. Ora passiamo a questioni più importanti. Hai la schiena pelosa?" Sorrise. "Se sì, dovremo prima pulirla e depilarla. Intendo tutta la schiena".

"Decisamente no".

Il suono delle risatine dei suoi amici dalla sala d'attesa fece sorridere anche lui. Nel frattempo, Josie sparì nella stanza sul retro e si sentì della musica. Per un secondo, Another Brick in the Wall, poi niente musica.

"Ehi, perché l'hai fatto?", chiese.

"Aborro qualsiasi cosa dei Pink Floyd". Lei continuò a sistemare le cose.

"Non puoi dirlo se non hai mai ascoltato Dark Side of the Moon".

"L'ho ascoltato, era una schifezza", disse lei mentre gli tirava la camicia sopra la testa. "Oh!"

POP.

POP.

E le due luci svanirono.

Rocky si avvicinò e si mise accanto a lei. "Ma che diamine?".

"Che diamine, davvero", disse Josie.

Il che fece avvicinare PJ e Arden.

"Non capisco, E-Z. Perché hai mentito?".

"Certo che non mentirebbe, E-Z non mente mai", disse Arden.

"COSA!?" Chiese E-Z, cercando di spostare la sedia in modo da poter vedere quello che stavano vedendo loro. "Mentire? Su cosa? Dimmelo, qualunque cosa sia. Posso sopportarlo".

Josie chiese: "Perché hai mentito sul fatto di essere una vergine dei tatuaggi?".

✳✳✳

"**N**on l'ho fatto!" E-Z balbettò, non avendo idea di cosa volesse dire.

"Aspetta un attimo", disse Arden. "Andiamo amico, se hai mentito, devi avere una buona ragione".

"Il gioco è fatto!" Disse PJ. "Anche se non può averle ottenute senza il permesso di un adulto".

Rocky prese uno specchio a mano e lo posizionò in modo che E-Z potesse vedere quello che stavano vedendo. Due tatuaggi, uno sulla spalla destra e l'altro sulla sinistra. Ali.

"Che cosa?"

"Mi ha detto che voleva le ali", disse Josie. "Pensavo fossi un bravo ragazzo".

"Lo sono! Onestamente, non ho idea di come siano arrivate lì e non sono il tipo di ali che volevo. Volevo delle ali da colomba. Queste sembrano più ali d'angelo".

"Andiamo amico", disse Rocky. "Queste sono state fatte da un professionista. Qualche tempo fa. E comunque sono ali d'angelo davvero eccezionali. Faccio i miei complimenti a chi le ha fatte. Digli che se mai dovessero cercare un lavoro, vengano a trovarmi".

"Croce sul cuore, non ho fatto tatuaggi. Questa è la prima volta che entro in un negozio di tatuaggi. Chiedi a mio zio. Lui mi sosterrà. Lui lo sa".

"Tutto questo non ha senso", disse Arden.

Rocky scosse la testa. "Almeno ammettilo, ragazzo".

"Voi due volete dei tatuaggi?". Chiese Josie con le mani sui fianchi.

"No", risposero i due.

"Gli uomini sono dei gran bugiardi", disse Josie mentre si chiudevano la porta alle spalle.

"Non importa, amore, tanto è ora di cenare", poi mise il cartello CHIUSO sulla porta.

✳✳✳

Sam tornò per vedere i tre ragazzi che aspettavano fuori dallo studio. Il loro linguaggio del corpo era strano. Il rosso PJ aveva le braccia incrociate, mentre l'olivastro Arden aveva le mani sui fianchi. Nel frattempo, suo nipote era vicino alle lacrime.

"Grazie a Dio, zio Sam, grazie a Dio sei tornato".

Si avvicinò di corsa. "Oh no, è stato terribilmente doloroso? Si attenuerà tra qualche giorno. Andrà tutto bene. Ora fammi dare un'occhiata". Fischiò mentre il nipote si chinava in avanti per poter sollevare la camicia. "Accidenti, devono aver fatto male".

"Probabilmente sì", disse PJ.

"Quando le ha prese per la prima volta".

"La prima volta? Cosa?"

"Le aveva già quando lei gli ha tolto la camicia".

"Quello che non riusciamo a capire è: come?".

"Cosa vuoi dire? Posso assicurarti che non li aveva ieri".

"Vedete, ve l'avevo detto che lo Zio Sam mi avrebbe appoggiato". Se non gli credevano, avrebbero creduto a suo zio, ma perché avrebbero pensato che avrebbe mentito? Sapevano che non era un bugiardo.

"Secondo Rocky, ha queste cose da un po' di tempo".

"Vedi come sono guarite?". Disse PJ. "Rocky e Josie erano infastiditi, e avevano tutto il diritto di esserlo visto che E-Z sembrava sorpreso quanto noi di vederli".

"E voi due", chiese Sam, "come sono andati i vostri tatuaggi?".

"Abbiamo deciso di non procedere", disse PJ.

"Non ci sembrava giusto".

Sam disse: "Raccontaci cosa è successo. Spiegati meglio, perché non riesco a capirci nulla".

"Non posso. Zio Sam, sai che ieri non c'erano. Non ho spiegazioni. Tutto quello che voglio è tornare a casa". Iniziò a muoversi, strimpellando le ruote della sedia, più velocemente, più velocemente ancora. Voleva andare via, ovunque. Se non gli credevano, che vadano al diavolo.

Quando si avvicinò alla fine della strada, il semaforo passò dal verde al rosso. Una bambina, da sola, era già in movimento per attraversare. Scese dal marciapiede, mentre un camper girava l'angolo. La sua sedia a rotelle si sollevò da terra e si diresse verso di lei. Lui allungò la mano e la afferrò. Appena in tempo per evitare che finisse sotto le ruote del veicolo.

Ormai fuori pericolo, la sedia a rotelle tornò a terra e lui la portò in salvo. Davanti a lui si trovava un cigno bianco più grande del normale. Gli fece un cenno di saluto con l'ala e poi volò via.

"Cigno", disse la bambina, mentre si guardava intorno per cercare i suoi genitori.

E-Z ne approfittò per confondersi tra la folla e sparire dietro l'angolo, poi strimpellò i raggi delle ruote più forte che mai e in breve tempo fu a qualche isolato di distanza.

"Hai visto?" esclamò Arden, fermandosi all'angolo. "Ahi", disse mentre la donna dietro di lui lo urtava. "Ahi" sentì alle sue spalle, altri pedoni dietro di lui si scontrarono. PJ ha mantenuto la sua posizione, mentre il tizio dietro di lui gli andava addosso. Ad Arden disse: "Sì, l'ho visto... ma non sono sicuro di quello che ho visto. Le ali tatuate erano una cosa, questo era... cosa? Un miracolo?".

"Era un'illusione ottica", disse Sam, mentre il suo telefono vibrava. Era un messaggio di E-Z che gli chiedeva di andare a prenderlo al più presto vicino al parcheggio della ferramenta. "E-Z ha bisogno di me, riuscirete a tornare a casa?".

"Certo, nessun problema, Sam".

"Spero che stia bene".

Sam tornò verso l'auto, cercando di mantenere la calma mentre cercava di capire cosa fosse appena successo.

Nessuno dei due ragazzi voleva parlare di ciò che avevano visto: la sedia a rotelle di E-Z in volo.

"Hai visto?", sussurravano altri dietro di loro mentre la folla si radunava.

"Vorrei aver avuto il mio telefono pronto", ha detto una donna.

Una seconda donna, con un microfono e una telecamera, si è fatta strada in prima fila. Quando il semaforo è cambiato, ha attraversato la strada, seguita da una coppia in lacrime, i genitori delle bambine. Dietro di loro c'era il conducente del camper.

"Grazie a Dio, c'eri anche tu", ha esclamato. "Non l'avevo vista. Sei un eroe, ragazzo. Grazie".

"Mamma!", chiamò la bambina, mentre la madre la prendeva in braccio. Lei e suo marito l'hanno abbracciata, mentre il giornalista si avvicinava e il cameraman riprendeva il momento.

L'uomo che l'aveva quasi investita stava singhiozzando. Il reporter e il fotografo parlarono con lui. "L'ha salvata, lei e io. Il ragazzo, il ragazzo sulla sedia a rotelle".

Hanno cercato di trovarlo, ma era sparito. Si stava nascondendo, come un criminale. Aspettava che lo Zio Sam venisse a salvarlo. Cercava di dare un senso a quello che era successo. Cercando di non dare di matto.

Sulla scena del crimine, due luci, una verde e una gialla, cancellarono le menti di tutti coloro che si trovavano nelle vicinanze. Poi distrussero tutti i filmati registrati.

"Cosa ci facciamo qui?" chiese il giornalista.

"Non ne ho idea", rispose il cameraman.

Mentre tornava a casa, E-Z si sentiva un po' come un eroe. Ma sapeva che il vero eroe era la sedia, la sua sedia a rotelle che aveva preso il volo.

E-Z Dickens era un Angelo del tatuaggio.

***

"Ho volato, zio Sam. Ho volato davvero".

Sam accostò al vialetto e parcheggiò.

"L'hai visto, vero? Mi hai visto salvare quella bambina. Non avrei potuto arrivare in tempo e la mia sedia a rotelle lo sapeva, si è sollevata da terra e si è diretta verso di lei".

"Sì, l'ho visto. È stato eccezionale. Mi riferisco al modo in cui hai salvato quella bambina dal male, forse dalla morte. Ma la tua sedia non si è sollevata. È stato lo slancio a spingerti in avanti. Con l'adrenalina e la velocità con cui ti sei mosso per raggiungerla, probabilmente ti è sembrato di volare, ma non è così".

"Ho volato. La sedia ha lasciato il suolo".

"E-Z andiamo. Tu e io sappiamo che non stavi volando. Devi saperlo. Voglio dire, cosa pensi di essere? Un fottuto angelo?".

Sam scese dall'auto, prese la sedia a rotelle dal bagagliaio e si avvicinò per aiutare il nipote a salirci. Nel farlo, la spalla destra di E-Z sbatté contro il bordo della portiera e lui gridò di dolore.

"Acqua!" urlò. "Mi sembra di andare in fiamme".

Sam corse in cucina e tornò con una bottiglia d'acqua.

E-Z gliela versò sulla spalla. Il dolore si attenuò un po', poi l'altra spalla sembrò andare a fuoco. Ci versò sopra il resto della bottiglia. Sam lo spinse in casa, mentre E-Z cercava di strapparsi la camicia di dosso. Sam lo aiutò a togliersela dalla testa.

"Oh no!" Sam gridò, coprendosi il naso. Le scapole di suo nipote avevano ora l'aspetto e l'odore di carne bruciata al barbecue. Si precipitò in cucina per prendere altra acqua.

Durante il tragitto E-Z urlò e continuò a urlare, finché non perse i sensi.

CAPITOLO 5

E ra buio e lui era tutto solo, con solo l'ombra della luna che si stendeva sopra di lui nel cielo.

Le braccia erano incrociate sul petto, come aveva visto fare ai cadaveri durante un funerale a bara aperta. Le scosse. Ormai rilassato, le depositò sui braccioli della sua sedia a rotelle solo per scoprire che non ci stava dentro. Per paura di cadere, incrociò nuovamente le braccia sul petto. Ma aspetta, non si è accasciato quando le ha incrociate prima: lo ha fatto di nuovo ed è rimasto in piedi.

E-Z tenne un braccio ben saldo contro il petto, mentre l'altro, il destro, si allungò fino a raggiungere la massima estensione. I suoi polpastrelli entrarono in contatto con qualcosa di freddo e metallico. Con il braccio sinistro fece lo stesso, trovando ancora metallo. Sporgendosi in avanti, toccò la parete di fronte a lui e fece lo stesso dietro di sé. Mentre si muoveva, il sedile sotto di lui si spostava, con un movimento di cedimento come un sistema di sospensioni. Era questo sistema che lo teneva in piedi, o forse no?

PFFT.

Il suono della nebbia che si diffonde nell'aria. Calda, aumentava il suo olfatto, immergendolo in un bouquet di lavanda e agrumi.

Cadde in un sonno profondo, durante il quale sognò sogni che non erano sogni perché erano ricordi. L'incidente si ripeteva di nuovo, in loop. Gettò la testa all'indietro e urlò.

"Un momento, per favore", disse una voce femminile. Era una voce robotica, come quella che si sente in una registrazione quando non c'è nessun umano.

Troppo spaventato per appisolarsi di nuovo, chiese: "Chi c'è? Per favore. Dove mi trovo?".

"Sei qui", disse la voce, poi ridacchiò. La risata rimbalzò sul contenitore simile a un silo e gli martellò le orecchie mentre andava e veniva.

Quando smise, decise di liberarsi. Usando ogni briciola di forza, allungò le braccia e spinse. Era una bella sensazione. Fare qualcosa, qualsiasi cosa, all'inizio, finché la claustrofobia non ebbe il sopravvento.

PFFT.

Lo spray, questa volta più vicino, gli arrivò dritto negli occhi. L'acido citrico pungeva, le lacrime salivano come se avesse tagliato una cipolla e si alzò in piedi.

Aspetta un attimo...

Cadde di nuovo a terra. Muoveva le dita dei piedi. Lo fece di nuovo. Allungò la gamba destra. Poi la gamba sinistra. Funzionavano. Le sue gambe funzionavano. Si sollevò...

Una voce, questa volta maschile, disse: "Per favore, rimanga seduto".

Si pizzicò la coscia destra e poi quella sinistra. Chi avrebbe mai immaginato che un pizzico o due potessero essere così piacevoli? Nessuno poteva fermarlo. Finché aveva l'uso delle gambe, si sarebbe alzato di nuovo.

C'era un rumore sopra di lui, come un ascensore in movimento. Il suono si fece più forte. Guardò in alto. Il soffitto del silo stava crollando. Diventava sempre più grande. Infine, si fermò completamente.

"Siediti", chiese la voce maschile.

E-Z si sollevò, ma il soffitto si abbassava sempre di più, finché non riuscì più a stare in piedi. Si sedette pazientemente, aspettando che l'oggetto si ritirasse come un ascensore che sale verso l'alto, ma non si mosse.

PFFT.

"Fammi uscire!"

"Aggiungi il laudano", disse la voce della donna.

Le pareti fecero una pausa, poi spruzzarono una dose extra lunga.

PPPFFFTTT.

Fu l'ultimo suono che sentì.

✳✳✳

Tornare a letto e chiedersi se avesse perso la testa e avesse immaginato l'intero incidente del silo era E-Z. Sembrava reale, aveva un odore reale. E le due voci, perché non si erano manifestate? Si grattò la testa e vide due luci davanti ai suoi occhi. Come prima, una era verde e l'altra gialla.

"Pronto?", sussurrò, mentre un fischio acuto, simile a un flagello di zanzare, lo assaliva. Lanciò la mano destra all'indietro, sferrando un potente colpo. Ma prima di colpire, si bloccò con la mano a mezz'aria. Gli occhi gli si velarono, come un pollo ipnotizzato.

POP.

POP.

Le luci si trasformarono in due creature. Ognuna spinse una spalla ed E-Z cadde sul cuscino dove chiuse gli occhi e dormì.

"Dovremmo farlo ora, bip-bip", disse la prima luce gialla.

"Assicuriamoci che stia dormendo, prima, zoom-zoom", disse l'ex luce verde.

"Ok, mettiamoci al lavoro, bip-bip".

"Abbiamo il suo consenso, zoom-zoom?".

"Ha detto di sì, ma non se lo ricorda. Temo che non sia un accordo vincolante. Potrebbe essere solo parziale e tu sai chi odia i parziali. Per non parlare del fatto che i parziali umani verrebbero catturati tra un bip e l'altro".

"Sì, mi piace troppo per lasciare che diventi uno zoom-zoom tra un bip e l'altro".

"Il fatto che ti piaccia non ha nulla a che fare con questo. Non dimenticare quello che è successo al cigno. Per non parlare - perché gli umani dicono cosa non dire prima di dire cosa non vogliono dire?". Senza aspettare una risposta. "Saremmo in un bel guaio e tu-sai-chi sarebbe molto arrabbiato, bip-bip".

"Ma l'umano ha già le sue ali tatuate. I processi non iniziano finché il soggetto non ha dato il suo consenso". Schioccò le dita e apparve un libro. Sbatté le ali creando una brezza che fece girare le pagine. "Qui dice che le ali vengono installate solo dopo l'approvazione del soggetto. Quindi, quando lui ha detto di sì, questo deve aver suggellato l'accordo". Alzò le braccia e il libro volò in alto, come se stesse per colpire il soffitto, ma invece vi sparì attraverso.

I libri volarono, uno atterrò sulla spalla di E-Z e l'altro sulla sua testa.

"Non sono stato io", disse senza aprire gli occhi.

"Dormi di più, zoom-zoom", disse lei toccandogli gli occhi.

"Shhhh, beep-beep".

"Mamma, torna. Ti prego, torna!".

"È molto irrequieto, zoom-zoom".

"Sta sognando, beep-beep".

E-Z aprì la bocca e russò come un cucciolo di elefante. La brezza li teneva in aria: non c'era bisogno di sbattere le ali. Ridacchiarono, finché lui non chiuse la bocca. Li fece precipitare in caduta libera. Sbattendo furiosamente le ali, si ripresero rapidamente.

"Oh no, sta digrignando i denti, bip-bip".

"Gli umani hanno strane abitudini, zoom-zoom".

"Questo bambino umano ne ha passate abbastanza. Somministrando questi diritti, sentirà meno dolore, bip-bip".

La prima creatura volò sul petto di E-Z e atterrò con il mento in avanti e le mani sui fianchi. La creatura si girò una volta, in senso orario. Ruotando più velocemente, dal battito delle sue ali emise un canto. Il canto era un basso lamento. Una triste canzone del passato che celebrava una vita che non c'era più. La creatura si appoggiò all'indietro, con la testa appoggiata al petto di E-Z. La rotazione si fermò, ma la canzone continuò a suonare.

La seconda creatura si unì, facendo lo stesso rituale, ma girando in senso antiorario. Crearono una nuova canzone, senza i bip-bip e gli zoom-zoom. Infatti, quando cantavano, le onomatopee non erano necessarie. Mentre nelle conversazioni quotidiane con gli umani sì. Questa canzone si sovrappose all'altra e divenne una celebrazione gioiosa e acuta. Un'ode alle cose che verranno, a una vita non ancora vissuta. Una canzone per il futuro.

Uno spruzzo di polvere di diamante esplose dalle loro orbite dorate. Si voltarono in perfetta sincronia. La polvere di diamante spruzzò dai loro occhi sul corpo di E-Z che dormiva. Lo scambio continuò fino a ricoprirlo di polvere di diamante dalla testa ai piedi.

L'adolescente continuò a dormire profondamente. Finché la polvere di diamante non gli trapassò la carne, aprì la bocca per urlare ma non emise alcun suono.

"Si sta svegliando, bip-bip".

"Sollevatelo, zoom-zoom".

Insieme lo sollevarono mentre apriva gli occhi vitrei.

"Dormi di più, bip-bip".

"Non sentire dolore, zoom-zoom".

Cullando il suo corpo, le due creature accolsero il suo dolore in se stesse.

"Alzati, bip-bip", ordinò.

La sedia a rotelle si alzò. E, posizionandosi sotto il corpo di E-Z, attese. Quando una goccia di sangue scese, la sedia la catturò. La assorbì. La consumava come se fosse un essere vivente.

Man mano che il potere della sedia aumentava, anche la sua forza aumentava. Presto la sedia fu in grado di sostenere il suo padrone a mezz'aria. Questo permise alle due creature di portare a termine il loro compito. Il compito di unire la sedia e l'umano. Legarli per l'eternità con il potere della polvere di diamante, del sangue e del dolore.

Mentre il corpo dell'adolescente tremava, le punture sulla sua pelle si rimarginavano. Il compito era completato. La polvere di diamante era parte della sua essenza. Così, la musica si fermò.

"È fatta. Ora è a prova di proiettile. E ha una super forza, bip-bip".

"Sì, ed è bello, zoom-zoom".

La sedia a rotelle tornò sul pavimento e l'adolescente sul suo letto.

"Non ne avrà memoria, ma le sue vere ali cominceranno a funzionare molto presto, bip-bip".

"E gli altri effetti collaterali? Quando inizieranno e saranno evidenti?".

"Questo non lo so. Potrebbe avere dei cambiamenti fisici... è un rischio che vale la pena correre per ridurre il dolore, bip-bip".

"Sono d'accordo zoom-zoom".

Esauste, le due creature si accoccolarono nel petto di E-Z e si addormentarono. Non sapendo che erano lì, quando si stiracchiò al mattino, caddero sul pavimento.

"Oops, scusate", disse alle creature alate prima di girarsi e tornare a dormire.

"Sei sveglio?" Chiese Sam, prima di aprire un po' la porta. Suo nipote stava russando, ma la sua sedia non era dove l'aveva lasciata quando l'aveva aiutato a mettersi a letto. Scrollò le spalle e tornò nella sua stanza dove lesse alcuni capitoli di David Copperfield. Qualche ora dopo tornò nella stanza di suo nipote.

"Toc, toc".

"Uh, buongiorno", disse E-Z.

"Va bene se entro?".

"Certo."

"Hai dormito bene?".

"Credo di sì". Si stiracchiò e si appoggiò alla testiera del letto.

"Come ha fatto la tua sedia ad arrivare fin qui? Pensavo di averla parcheggiata contro il muro".

Scrollò le spalle.

"E guarda i braccioli: li hai dipinti?".

Si chinò, vide la sfumatura rossa e scrollò di nuovo le spalle. "Cosa mi è successo?"

"Sei svenuto. Quello che non capisco è il motivo. Hai detto che ti sentivi come se le spalle andassero a fuoco. Ho fatto una ricerca online usando la tua descrizione ed è saltato fuori un rimedio omeopatico. È incredibile quello che si può trovare lì. Ho mescolato un po' di olio di lavanda con acqua e aloe in un flacone spray e l'ho versato direttamente sulla tua pelle. Dicevano che ti avrebbe dato un sollievo immediato. Non scherzavano perché ti sei rilassato e ti sei addormentato".

"Grazie, ora mi sento molto meglio". Cercò di alzarsi dal letto, ma le zzzzz volavano nella sua testa come se fosse Wile E. Coyote. "Penso che resterò a letto ancora per un po'".

"Buona idea. Posso portarti qualcosa?".

"Magari un po' di pane tostato? Con marmellata di fragole?".

"Certo, piccola." Uscì dalla stanza, dicendo che sarebbe tornato a breve. Quando tornò con il cibo su un vassoio, il nipote cercò di mangiare ma non riuscì a trattenere nulla.

"Magari un po' d'acqua".

Sam portò una bottiglia da cui E-Z cercò di bere, anche se non riuscì a mandarla giù.

"Penso che continuerò a riposare". I suoi occhi rimasero aperti, fissando il nulla davanti a sé. "Che ora è?"

"Sono le 5 del mattino e oggi è sabato. Sei fuori da quasi dodici ore. Mi hai spaventato".

La connessione, la lavanda in entrambi i luoghi, colpì E-Z in modo strano. Aveva sperimentato un cross-over nella vita reale? Era una coincidenza troppo grande, sempre che il silo esistesse davvero. Oppure era stato un sogno? Sembrava più un incubo. Ma le sue gambe funzionavano all'interno di quel contenitore metallico. Sarebbe tornato indietro in un minuto, magari correndo qualsiasi rischio, per tornare a usare le gambe.

"E-Z?"

"Ehm, cosa? Io... sinceramente, credo che vorrei chiudere gli occhi e riposare ancora un po'".

Sam uscì dalla stanza, chiudendosi la porta alle spalle.

E-Z entrava e usciva di coscienza, mentre l'incidente veniva riprodotto in loop. Con indosso delle ali bianche, Stevie Nicks forniva la colonna sonora di accompagnamento. Mentre sullo sfondo due luci, una verde e una gialla, rimbalzavano su e giù.

✳✳✳

Nei giorni successivi, cercò di mettere insieme i pezzi nella sua mente facendo una lista di punti in comune:

Ali bianche - ali bianche tatuate sulle spalle. Stevie Nicks aveva delle ali bianche nel suo sogno.

Lavanda - lo zio Sam usava lavanda e aloe per lenire le ustioni. Nel silo, la lavanda spruzzava l'aria per calmarlo.

Luci gialle e verdi. Le ha viste dopo l'incidente e nella sua stanza.

Sedia a rotelle: era volata per poter salvare la bambina. Quando era un ricevitore, il suo sedere aveva lasciato la sedia per poter prendere la palla.

Braccioli - erano diventati rossi. Nessun incidente simile. Nessuna spiegazione.

Sensazione di bruciore sulle spalle/tatuaggi sulle spalle. Nessuna spiegazione.

Non credeva più in Dio, non dopo l'incidente. Nessun Dio avrebbe permesso che un albero schiacciasse i suoi genitori. Erano brave persone, non avevano mai fatto del male a nessuno. Quello che era successo alle sue gambe non era importante. Qualsiasi dio che valesse qualcosa, avrebbe raggiunto l'albero e l'avrebbe fermato prima che accadesse.

A meno che, se c'era un dio, non fosse stato fuori a pranzo. Sì, è vero.

Il suo corpo stava cambiando e lui voleva delle risposte.

Dentro di sé sapeva che l'unico modo per ottenerle era tornare nel maledetto silo, se esisteva.

CAPITOLO 6

Il mattino seguente E-Z si librava in aria sopra il suo letto da quando gli erano spuntate le ali. Mentre andava a guardare le sue nuove appendici nello specchio dell'armadio, per poco non si schiantava contro il muro.

"Tutto bene lì dentro?" Sam chiamò dalla stanza accanto.

"Sì", rispose lui, svolazzando di lato, mentre ammirava il suo nuovo potere di volo. I pennacchi piumosi lo affascinavano. Soprattutto il modo in cui lo spingevano in avanti, come se fossero un tutt'uno con il suo corpo. Sentendosi più simile a un uccello che a un angelo, cercò di ricordare ciò che aveva imparato a scuola sull'ornitologia. Sapeva che la maggior parte degli uccelli aveva delle piume primarie, forse dieci. Senza le primarie, non potevano volare. Lui aveva più di dieci piume primarie sulle sue ali e anche più secondarie. Provò a virare a sinistra e poi a destra, mettendo alla prova la sua manovrabilità. Sentendosi senza peso, volò nella sua stanza. Si librava sulla sedia a rotelle, di cui non aveva più bisogno. Con queste ali poteva librarsi in volo per il mondo. Mettendo le mani sui fianchi, come Superman, si diresse verso la porta. Arrivò lì mentre Sam la apriva.

"Mi hai spaventato a morte!" Disse Sam, quasi saltando fuori dalla pelle. Colto alla sprovvista, l'adolescente cercò di mantenere il controllo della situazione. Cambiò direzione, con l'intenzione di andare verso il letto. La transizione, però, non è stata così facile come sperava e si è lanciato in una caduta libera.

Sam corse verso la sedia a rotelle, muovendola avanti e indietro per tenerla sotto il nipote.

E-Z si riprese e risalì.

"Vieni giù, subito!" Sam gridò, brandendo i pugni in aria.

Volò verso il letto e fece un atterraggio sicuro. Le sue ali si chiusero come una fisarmonica senza musica. "È stato molto divertente. Non vedo l'ora di volare a scuola".

Sam si accasciò sulla sedia del nipote. "Che cos'è stato? E pensi davvero di poter volare con quelle cose a scuola? Saresti lo zimbello di tutti".

"Si abituerebbero e invece di chiamarmi ragazzo albero, lo storpio, potrebbero chiamarmi ragazzo mosca. Sì, mi piace".

"Da quello che ho visto, è stato un tentativo inetto. E ragazzo mosca suona ridicolo".

"Era il mio primo tentativo. Ci prenderò la mano".

Sam scosse la testa perché la curiosità ebbe la meglio su di lui e superò le sue emozioni per fuggire. "Posso dare un'occhiata da vicino?" chiese. "Intendo senza che tu te ne vada?" chiese alzandosi in piedi mentre E-Z girava il corpo verso di lui. "Sono spariti. Completamente. Intendo i tatuaggi. Sono stati sostituiti da vere ali e tu puoi volare. Oh, cavolo!" Si sedette prima di cadere.

"Mi sono svegliato, le ali sono uscite e subito dopo stavo volando".

"È magia. Deve essere così. O forse stiamo sognando, tu sei nel mio sogno o io nel tuo e presto ci sveglieremo e...". Sam cercava di mantenere la calma per il bene di suo nipote, ma dentro di sé il suo cuore batteva forte.

"Non è un sogno".

"Come sono saltati fuori? Hai dovuto dire qualcosa? Voglio dire, ci sono delle parole magiche che devi pronunciare?".

"Non ricordo di aver detto nulla. Però credo che potrei fare un tentativo". Ci pensò su per qualche secondo, assumendo una posa da pensatore di Rodin. "Aspetta un attimo, fammi provare una cosa". Fece oscillare l'aria con un movimento senza bacchetta: "Autem!".

"Quando hai imparato il latino?".

"Duolingo, un'applicazione gratuita sul mio telefono".

"Anch'io, sto imparando il francese. Prova en haut".

"En haut!" Ancora niente. "Sollevami! Qui exaltas me!" Infastidito, incrociò le braccia. "Immagino sia un bene che tu sia entrato e mi abbia visto volare, altrimenti non mi crederesti!". Si chiese cosa stessero facendo PJ e Arden: non li vedeva da giorni. Subito dopo le sue ali si aprirono e si trovò a librarsi sopra il suo letto.

"Ro-ro", disse Sam, mentre le ali si ritraevano ed E-Z cadeva a terra.

"Sarebbe stato un bel momento per afferrare la mia sedia".

Sam sorrise. "Più facile a dirsi che a farsi. Mi dispiace. Stai bene?"

"Non sono ferito. Intendo fisicamente, ma mentalmente, chi lo sa?". Lui rise. "Ti dispiace darmi una mano a salire sulla sedia?".

Sam lo sollevò e lo depositò al sicuro sulla sedia. Quando si appoggiò all'indietro, le ali, invece di ritirarsi completamente, scattarono fuori a tutta forza. E-Z si alzò, volteggiando come Campanellino.

"Allora, è così che funziona, eh?". Disse Sam.

"Devo prendere la mano, non so perché, ma...".

"Beh, quando sei pronto, vieni giù e andiamo a fare colazione. Io porterò il mio portatile e potremo fare qualche ricerca".

"È un'idea intelligente. Potremmo andare all'Ann's Cafe. E io verrei giù, se potessi". Le ali si ritrassero quando E-Z fu direttamente sopra la sua sedia a rotelle. "Questo è ciò che chiamo servizio", disse mentre si lasciava cadere delicatamente sulla sedia.

Chiacchierarono mentre lui si vestiva. Poi E-Z andò in bagno, mentre Sam si preparava.

Mentre uscivano di casa e si dirigevano verso l'Ann's Café, E-Z aveva due idee. Uno: gli mancava andarci e due: "Non ci vado da secoli. Da quando..."

"Lo so, ragazzo. Sei sicuro che non sia troppo presto?".

La colazione all'Ann's Café era una tradizione per la sua famiglia. Oltre ad aprire presto, alle 6 del mattino, era raggiungibile a piedi. All'interno c'erano cabine private, arredate in ecopelle e con tovaglie a quadri rossi. Suo padre diceva sempre che il locale aveva un tema "lontano". I jukebox trasmettevano musica degli anni Sessanta, in modo che la gente non fosse obbligata a pagare. I poster di Marilyn Monroe, James Dean e Marlon Brando riempivano le pareti. Il menu era vastissimo: dai Club Sandwich ai Cheeseburger alle fondute. Ma i suoi preferiti erano i frullati extra spessi e le frittelle di mele.

Appena li vide, la proprietaria Ann si avvicinò subito. "Mi sei mancato". Gli gettò le braccia al collo.

"Questo è mio zio Sam, Ann". Si strinsero la mano. "A proposito, grazie per il biglietto e i fiori, è stato un bel pensiero".

I suoi occhi si riempirono di lacrime. "Ora vieni qui. Ho il tavolo perfetto per te".

Era in un angolo tranquillo, quindi non doveva preoccuparsi che la sua sedia intralciasse il personale di cucina o gli avventori.

"Ti preparo subito il tuo solito piatto. Sai cosa preferisci, Sam, o devo tornare?".

"Cosa prendi?"

"Pancake alle mele à la mode. Sono i migliori del pianeta e Ann porta sempre sciroppo e cannella in più".

"Sembra buono, ma credo che opterò per un noioso bacon e uova, con un contorno di funghi".

"Capito", disse Ann. "E tu sceglierai un frullato al cioccolato?". Lui annuì. "Caffè per te Sam? "Nero", rispose lui. "E grazie per avermi dato il benvenuto".

"Ogni zio di E-Z è il benvenuto qui".

Dopo che Ann andò a prendere le bevande, lui sbottò: "Zio Sam, penso che mi sto trasformando in un angelo".

"Prima dovresti morire", disse lui, mentre Ann metteva le bevande sul tavolo e tornava in cucina.

"Forse sono morto, nell'incidente d'auto. Per qualche minuto. Chi sa quanto tempo ci vuole per diventare un angelo? Nei film, se arrivi alla Porta di Pearly, il grande uomo può cambiare le cose e rispedirti di nuovo quaggiù. Sempre che tu creda in queste cose, cosa che io non faccio".

"Nemmeno io. Gli angeli non esistono. Né diavoli. Se non all'interno di ognuno di noi. Voglio dire che tutti abbiamo del bene e del male dentro di noi. È ciò che ci rende umani. Per quanto riguarda la morte, mi avrebbero detto se avessero dovuto rianimarti. Non hanno detto nulla del genere".

"Allora come si spiega l'improvvisa comparsa dei tatuaggi, che ora si sono trasformati in vere e proprie ali? Ieri non li avevo. Quindi, cosa è successo tra ieri e oggi? Niente che giustifichi la crescita di nuove appendici".

"Non che ti venga in mente", disse Sam. E si mise a ridere.

E-Z infilzò un pancake e se lo infilò in bocca, lasciando che lo sciroppo gli colasse sul mento. Ann si fece da parte.

"Beh, di certo non hai un aspetto molto angelico in questo momento", disse Sam, prendendo una forchettata di uova strapazzate. "Sono davvero buone". Dopo qualche altro boccone, cercò nella sua valigetta e tirò fuori il suo portatile. Lo accese e digitò "define angel". Girò lo schermo in modo che potessero leggere le informazioni mentre mangiavano.

"Un messaggero, specialmente di Dio", lesse Sam, "una persona che svolge una missione di Dio o che agisce come se fosse stata inviata da Dio".

"Agisce come se", ripeté E-Z mentre si infilava altri pancake in bocca.

Sam lesse: "Una persona informale, specialmente una donna, che è gentile, pura o bella. Sei piuttosto bella, con i tuoi capelli biondi e i tuoi occhi azzurri".

"Stai zitto".

"Una rappresentazione convenzionale", fece una pausa. "Di uno qualsiasi di questi esseri raffigurati in forma umana con le ali". Sam bevve un altro sorso di caffè, in tempo perché Ann gli riempisse la tazza.

"Farete indigestione leggendo e mangiando allo stesso tempo".

E-Z rise.

Sam rispose: "No, sono nel settore informatico, quindi sono abbastanza bravo nel multitasking".

Ann ridacchiò e si allontanò.

"Cosa intendono con "questi esseri"?". Chiese E-Z.

"Nell'angelologia medievale si dice che gli angeli erano divisi in ranghi. Nove ordini: serafini, cherubini, troni, dominazioni (note anche come domini)", fece una pausa e bevve un sorso d'acqua. Poi continuò: "Virtù, principati (detti anche principati), arcangeli e angeli".

"Wow! Prova a ripeterli dieci volte velocemente". Sorrise.

"Non avevo idea che ci fossero così tanti tipi di angeli".

"Nemmeno io. Questo cibo è così buono che continuo a chiedermi se io e te stiamo sognando".

"Vuoi dire che vorresti che stessimo sognando e che le mie ali sparissero?".

"Potrebbero andarsene con la stessa rapidità con cui sono arrivate". Avvicinò il portatile e digitò "A un umano crescono le ali da angelo". E-Z si schernì, ma si avvicinò per vedere cosa veniva fuori. Sam cliccò su un articolo scientifico.

"Come ho detto, non ci sono prove di ali d'angelo. Non credo che sia così. Penso che forse l'incidente, quando ho salvato la bambina, abbia avuto a che fare con la loro comparsa. È stato un fattore scatenante perché il bruciore è iniziato subito dopo il mio ritorno a casa e poi, beh, sai il resto".

"Come state voi due qui?" Chiese Ann.

"Vi ho ordinato altri due pancake, E-Z, come al solito. A meno che tu non riesca a mangiare di più?".

"Perfetto".

"E tu, Sam?"

"Solo una ricarica", disse lui, offrendole la sua tazza vuota che lei prese e tornò a riempire fino all'orlo. Un campanello suonò in cucina e lei andò a recuperare i pancake.

E-Z vi versò sopra lo sciroppo d'acero, seguito da una noce di burro. "Sei la migliore", disse ad Ann. Lei sorrise e li lasciò finire di mangiare.

Lo zio Sam osservava il nipote con attenzione. Avrebbe voluto ordinare le frittelle di mele, ma era già sazio.

"Cosa?"

"Non lo so, è come se quando assaggi il cibo, il tuo viso si illuminasse come un angelo sull'albero di Natale".

E-Z posò la forchetta. "Molto divertente. Sei un vero comico".

Quando finirono di mangiare, Sam chiese: "Allora, dopo aver letto degli angeli, hai cambiato idea? Cioè, pensi ancora che ti trasformerai in uno di loro? E se sì, cosa hai intenzione di fare?".

"Cosa intendi con "fare"? Ho le ali, tanto vale usarle".

"Per come la vedo io, se non le usi, se neghi la loro stessa esistenza, allora spariranno".

E-Z scosse la testa. "Non è un'opzione. Hai visto cosa è successo. Sono usciti senza che io facessi nulla e ti ho detto che stamattina, quando mi sono svegliato, volavo sopra il mio letto. Ero maledettamente in bilico".

"E-Z, sto pensando al futuro. Forse hai bisogno di parlare con qualcuno, dobbiamo parlare con qualcuno di questo".

"L'incidente è avvenuto più di un anno fa, il consulente ha detto che sto bene. Inoltre, tutto questo è nuovo".

"Potrebbe essere un ritardo. Qualcosa potrebbe averlo scatenato".

"Esaminiamo i fatti. Numero uno: avevo dei tatuaggi quando non ne avevo. Numero due: la mia sedia si è sollevata da terra e ho salvato una bambina; inoltre, mi sono sollevato dalla sedia per prendere una palla durante una partita. Fino a poco tempo fa negavo questo fatto... Numero tre: i tatuaggi bruciavano da morire. Numero quattro: sono apparse delle vere ali. Numero cinque: posso volare. Ti ricorda qualcosa tutto questo? Intendo dire in altri casi".

"È questo che non capisco. Come sia potuto accadere, ma la mente è un computer enormemente potente. È ciò che ci separa dal regno animale e il motivo per cui l'uomo è sopravvissuto così a lungo. Ho sentito storie in cui una persona era in estremo pericolo e sono arrivati i soccorsi. Oppure, quando una persona è rimasta intrappolata sotto un veicolo e un passante è riuscito a sollevare l'auto per salvarle la vita".

"Ho letto qualcosa a riguardo; si chiama forza isterica, ma non ho mai sentito parlare di casi in cui le ali sono cresciute".

"Forse le ali sono apparse per salvarti".

"Da cosa? Dal troppo sonno?" rise lui. "Sarebbero state utili durante l'incidente. Avrei potuto far volare mamma e papà a cercare aiuto invece di aspettare lì con un maledetto tronco addosso. Tenendomi fermo. Non è un miracolo. Non so cosa sia Zio Sam, so solo che è così".

"Stiamo parlando. Valutando. Scambiando idee. Cerchiamo di trovare delle risposte".

"Sarebbe bello avere delle risposte, ma... chi sarebbe un esperto a cui chiedere in questa situazione?".

"Che ne dici di un ministro o di un prete?".

E-Z scosse la testa. Non entrava in una chiesa dal funerale dei suoi genitori.

"Cosa abbiamo da perdere?"

"Credo che valga la pena tentare, ma... Oh, oh."

"Cosa c'è?"

"Sento delle spinte contro le mie scapole. Devo andare e non siamo venuti in macchina. Mi dispiace, devo sbrigarmi. Ci vediamo a casa". Uscì dal bar e continuò a correre, finché le sue ali non spuntarono dalla felpa e si sollevò da terra. A casa si rese conto di non avere le chiavi, ma non poteva rimanere sul portico, non con le ali fuori. Ha provato con il latino per farle rientrare, ma non ha funzionato nulla. Così volò in alto e riuscì a entrare dalla finestra della sua camera da letto senza essere visto da nessuno.

"E-Z!" Sam chiamò quando arrivò a casa. "E-Z!"

"Sono quassù".

"Stai bene? Sono arrivato il più velocemente possibile".

"Entra, accomodati. Non c'è traccia di ritrazioni, per ora".

Vedendo la finestra aperta. "Immagino che tu sia arrivato qui in aereo".

"Sì, per fortuna ho dimenticato di chiudere la finestra ieri sera. Potremmo continuare la nostra discussione, finché non potrò uscire di nuovo".

"Conosco un prete. Se c'è qualcuno che può aiutare, è lui".

Due ore dopo, con la radio che trasmetteva musica a tutto volume, si avviarono verso il prete. Take Me to Church di Hozier riempiva l'etere. Una coincidenza? Pensarono di no e cantarono a squarciagola il testo della canzone. Per fortuna, con i finestrini alzati, nessuno poteva sentirli.

✳✳✳

Nella chiesa non c'era accesso per le sedie a rotelle e c'erano molte scale da salire.

"Tu vai all'ombra della grande quercia e io vado a cercare Padre Hopper", suggerì Sam.

"È il suo vero nome?" E-Z rise.

"Per quanto ne so io. Tu resta qui e io torno subito".

"Lo farò."

L'adolescente tirò fuori il suo telefono. Anche se gli piaceva l'ombra fornita dall'albero, non riusciva a vedere lo schermo. Si riposizionò sulla sedia, notando un insolito ronzio nell'aria. Un rumore che sembrava provenire dall'albero stesso.

Alzò lo sguardo, cercando di capire se si trattasse di un uccello, quando il tono si alzò e il volume aumentò. Mise il telefono in silenzioso. Il suono finì e ne iniziò uno nuovo. Questo era melodico, ipnotico ed egli cadde in uno stato onirico.

La sua testa si piegò in avanti, finché un nuovo suono non lo fece svegliare. Sussurri, provenienti da sopra la sua testa. Voci che provenivano dal fogliame dell'albero. Incrociò le braccia, mentre un brivido lo attraversava e gli faceva spuntare le ali. Prima di rendersene conto, la sua sedia si sollevò da terra. Scansò i rami e si sollevò verso il cuore dell'enorme quercia.

"Mettimi giù!", ordinò.

Continuò a sollevarsi. Quando i suoi arti entrarono in contatto con l'albero, il sangue gli colò sugli avambracci e sulla testa.

"Fermati! Stupido..."

"Non è molto carino, bip-bip", disse una vocina acuta.

"Credevo avessi detto che era bello quando era sveglio, zoom-zoom", disse una seconda voce.

"Wow!" Disse E-Z, cercando di riprendere il controllo e di evitare di agitarsi completamente. Fece alcuni respiri profondi. Si calmò. "Chi, cosa e dove siete?".

"Chi siamo, in effetti, bip-bip".

Ancora una volta, le stesse luci, una verde e una gialla, danzarono davanti ai suoi occhi.

Incuriosito, disse: "Ciao".

La luce gialla scomparve.

Un urlo.

Poi sparì quella verde.

"Che cosa? Voi due, qualunque cosa siate, smettetela. Mi devi una spiegazione. So che mi state pedinando. Venite fuori e affrontatemi!".

POP.

Un piccolo angelo verde si posò sul suo naso. Una puzza stranamente sgradevole, quasi da limburger, si diffuse nella sua direzione. Si coprì il naso.

"Buona giornata, E-Z, beep-beep", disse la cosa con un inchino.

Quando pronunciò il suo nome, perse il controllo delle ali. Traballava e ondeggiava a mezz'aria come un uccello che impara a volare. Volle che le sue ali tornassero fuori, ma queste lo ignorarono. Si aggrappò ai braccioli della sedia mentre precipitava.

POP!

Ora erano in due. Ognuno di loro afferrò un orecchio e fece cadere lui e la sua sedia al sicuro a terra.

"Ahi", disse E-Z strofinandosi le orecchie mentre il prete e suo zio giravano l'angolo. "Grazie, credo".

POP.

POP.

Le due creature scomparvero.

"E-Z, questo è Padre Bradley Hopper ed è ansioso di aiutarti".

Hopper allungò la mano, E-Z fece lo stesso. Quando le loro carni si unirono, l'adolescente scomparve.

Hopper e Sam rimasero l'uno accanto all'altro, con gli occhi vitrei. Entrambi fissavano il nulla come due manichini in una vetrina.

CAPITOLO 7

I piedi di E-Z toccarono terra e all'inizio rimase accecato dal bianco. Mise un piede davanti all'altro, prima camminando, poi facendo jogging sul posto e infine spiccando una corsa a perdifiato. Si è lanciato contro il muro, rimbalzando come se stesse saltando in un castello.

POP

POP

Non era più solo. Davanti a lui c'erano due esseri a più ali, in fiore. Uno era verde, l'altro giallo. Man mano che si avvicinava, le loro ali si trasformavano in un caleidoscopio intorno agli occhi dorati.

Toccò prima i petali del fiore verde. Non aveva mai visto un fiore completamente verde, tanto meno uno con gli occhi. Gli occhi che aveva riconosciuto dal loro incontro precedente. Le ali gli solleticarono il dito e il fiore verde rise. Evitò di avvicinarsi troppo con il naso, aspettandosi di sentire un odore di formaggio, ma non fu così.

Il secondo fiore, giallo, aveva più ali petali dell'altro. I petali rispondevano al suo tocco, come il corallo che si muove nell'oceano. Gli occhi dorati di questo fiore avevano ciglia definite. Si avvicinò per dare un'occhiata più da vicino.

Mentre continuava a osservare i due, un PFFT riempì l'aria. Con esso si sprigionò un puzzo potente e molto dolciastro che gli fece venire la nausea. Si allontanò, coprendosi il naso e asciugandosi il bruciore dagli occhi. Il fiore giallo parlò. "Il mio nome è Reiki e ti abbiamo portato qui bip-bip".

"Dove si trova esattamente questo posto? E perché le mie gambe funzionano?".

"Non importa dove, E-Z Dickens, né perché sei come sei bip-bip".

Attraversò la stanza e raccolse il fiore giallo con la mano destra e quello verde con la sinistra. WHOOSH! Questa volta una nebbia pungente lo colpì e lui iniziò a starnutire e continuò a starnutire.

"Per favore, mettici giù, prima di farci cadere, bip-bip".

"C'è una scatola di fazzoletti, laggiù, zoom-zoom".

"Oh, scusa". Li mise giù e prese un fazzoletto, ma non ne aveva più bisogno. Mantenne la distanza, appoggiando la schiena a una parete bianca.

"Ti abbiamo portato qui ora, bip-bip".

"Sono Hadz, comunque zoom-zoom".

"Perché dovevi sapere bip-bip".

"Che non devi parlare al sacerdote delle tue ali zoom-zoom".

"In realtà, non devi parlare con nessuno di niente bip-bip".

Appoggiando la mano sul muro, si incamminò, pensando mentre lo faceva. "Prima di tutto, perché dici bip-bip e zoom-zoom?".

Reiki e Hadz sgranarono gli occhi. "Non hai mai sentito parlare di onomatopee?".

"Certo che sì".

"Allora dovresti saperlo, bip-bip".

"Che aggiunge eccitazione, azione e interesse, zoom-zoom".

"Per far sì che il lettore senta e ricordi, bip-bip".

"Quello che vuoi che sappiano, zoom-zoom".

Rise. "Questo è vero se stai leggendo qualcosa, ma non è necessario in una conversazione. Ricordo quello che dice Reiki perché lo dice lui e ricordo quello che dice Hadz perché lo dice lei. Presumo che uno di voi sia una ragazza e uno un ragazzo, è corretto?".

"Sì", confermò Hadz. "Io sono una ragazza. Sono contento di non dover continuare a dire zoom-zoom".

"E io sono un ragazzo. Mi mancherà dire bip-bip".

"Puoi dirli se vuoi, ma è un po' fastidioso e durante la conversazione la ripetizione può essere noiosa".

"Non vogliamo essere noiosi!".

"Sarebbe inutile per il nostro scopo di portarvi qui".

"Ok", disse E-Z. "Quindi, ora torniamo a quello che avete detto prima di iniziare a parlare di un espediente letterario". Annuirono. "Se non posso dire a nessuno quello che mi sta succedendo, allora sono solo in questa cosa, qualunque essa sia. Ho salvato una bambina. Suppongo che abbia a che fare con te?".

"Sì, hai ragione in questa supposizione bip, oops, scusa".

"Voglio sapere che cos'è e perché mi sta succedendo?".

"Chiudi gli occhi", disse Hadz.

"Lo farò, ma niente scherzi".

I fiori ridacchiarono.

I suoi piedi lasciarono il suolo e atterrò in un'altra stanza. In questa stanza, come in precedenza, all'inizio fu accecato dal bianco. Quando i suoi occhi si abituarono all'ambiente circostante, notò i libri. Scaffali e scaffali impilati con volumi altissimi.

"Non aver paura", gli disse Hadz.

Non aveva paura. Anzi, era estasiato. Perché in questa stanza non solo poteva usare le gambe, ma poteva sentire il sangue pulsare attraverso di esse. I suoi sensi si acuirono; l'odore dei vecchi libri si diffuse nella sua direzione. Annusò il dolce profumo di prunus dulcis (mandorla dolce). Mescolato con la planifolia (vaniglia) creava un'anisola perfetta. Il suo cuore batteva, il sangue pompava: non si era mai sentito così vivo. Voleva rimanere, per sempre.

All'interno delle sue scarpe, il movimento di ogni dito del piede gli dava piacere. Si ricordò di un gioco che faceva da bambino. Si tolse le scarpe e i calzini e toccò ogni dito del piede pronunciando la filastrocca: "Questo porcellino è andato al mercato".

"Ha perso la testa", disse Reiki, mentre E-Z esclamava: "Wee!".

"Dagli un momento. Questo è un posto davvero incredibile".

E-Z si rimise i calzini. Scivolò per la stanza sul pavimento bianco che era lucido come una lastra di ghiaccio. Rideva mentre si spingeva contro la prima e la seconda parete, rimbalzando e atterrando sul pavimento. Non riusciva a smettere di ridere, finché non notò che stava succedendo qualcosa di strano ai libri sopra di lui. Scosse la testa quando uno volò via dallo scaffale e gli finì in mano. Era un libro del suo antenato, Charles Dickens. Il libro si aprì da solo, si sfogliò dall'inizio alla fine e poi volò di nuovo verso il punto in cui era arrivato.

"Benvenuto nella biblioteca degli angeli", disse Reiki.

"Wow! Proprio wow! Quindi voi due siete angeli?".

"Hai ragione", disse Hadz. "E siete qui perché siamo stati nominati vostri mentori".

"Nominati? Nominati da chi? Da Dio?", si schernì. Hadz e Reiki si guardarono, scuotendo le loro teste floreali.

"Il nostro scopo".

"È quello di spiegarti la tua missione".

"Anche per mostrarti la strada. Per assisterti", dissero insieme.

"Missione? Quale missione?" La sua mente si allontanò. Nella sua testa sentiva il tema di Mission Impossible. Vide Tom Cruise che veniva calato via cavo in una sala computer. "Ehi, aspetta un attimo! Voi due eravate nella mia stanza, vero? E mi avete seguito fin dall'incidente".

"Stavamo aspettando il momento giusto per presentarci", disse Reiki. "Speravamo di farlo in modo meno formale, ma quando siete stati....".

"...stavate andando a parlare con il sacerdote, abbiamo dovuto insistere".

"Beh, vi siete presi tutto il tempo necessario. Pensavo di avere le allucinazioni", disse più forte di quanto volesse.

POP.

Il Reiki scomparve.

"Guarda cosa hai fatto!" Disse Hadz.

POP.

Erano spariti e non aveva idea di dove, quando o se sarebbero tornati. Tuttavia, non aveva intenzione di perdere un minuto. Si mise a terra e fece venti flessioni, seguite da altrettanti salti mortali. Gli occhi gli bruciavano per il bagliore e avrebbe voluto avere degli occhiali da sole. TICK-TOCK.

Un paio di Ray Ban apparvero dal nulla. Li indossò, mentre il suo stomaco brontolava. Scattò un selfie, poi controllò l'ora. Stava succedendo qualcosa di strano all'orologio. Stava impazzendo. E i numeri non smettevano di cambiare. Il suo stomaco brontolò di nuovo. TICK-TOCK.

Apparvero un cheeseburger e delle patatine fritte, ora le sue mani erano piene. Pensò a un frullato al cioccolato con una ciliegia al maraschino in cima. TICK-TOCK.

Un frullato extra-large, con una ciliegia in cima, arrivò su un tavolo bianco che non c'era mai stato prima. O forse sì? Visto che sia il tavolo che la parete erano bianchi?

Prima di iniziare a mangiare, ne assaporò il profumo e poi, a ogni morso, il sapore. Era come se non avesse mai mangiato un cheeseburger o delle patatine fritte. La ciliegia, poi, aveva un sapore così dolce, seguito da quello del cioccolato. Divorò il suo pasto in piedi. Il cibo è sempre più buono quando viene consumato in piedi. Quest'ordine aveva un sapore così buono che era ridicolo.

Quando finì, non ringraziò nessuno per il pasto. Poi rivolse la sua attenzione alla biblioteca e a una scala bianca che non aveva mai notato prima. Il solo pensiero bastò a far sì che la scala si avvicinasse a lui, come se volesse essere utile. Vi salì e la scala si mosse come un disco su una tavola Ouija, passando davanti a uno scaffale dopo l'altro di libri. Poi si fermò.

Mentre saliva, lesse i titoli sui dorsi. Quelli di fronte a lui erano di Charles Dickens e ogni volume aveva il suo paio di ali.

Uno volò verso di lui: "Un canto di Natale". Sfogliò un paio di pagine per mostrargli che si trattava di una Prima Edizione, pubblicata il 19 dicembre 1843. Mentre continuava a muovere le pagine, si meravigliò delle illustrazioni. Erano così dettagliate e anche a colori. E sullo sfondo, dietro Tiny Tim e la sua famiglia in uno dei disegni, qualcosa si mosse. Occhi. Due paia. Hadz e Reiki! Per poco non gli cadde il libro. Dato che aveva le ali, tornò al suo posto sullo scaffale. Nel frattempo perse l'equilibrio, cadde dalla scala e si aggrappò alla vita. Quando si sentì di nuovo stabile, scese gradualmente e appoggiò i piedi a terra. Si chiese perché le sue ali non fossero spuntate per aiutarlo. Qui tutto il resto aveva ali che funzionavano, infatti gli angeli avevano più paia di ali. Nel mondo là fuori, le sue gambe non funzionavano e lui aveva le ali, che funzionavano. Qui, dovunque si trovasse, le sue gambe funzionavano, ma le sue ali erano ormai inutilizzabili.

Si grattò la testa. Se solo lo zio Sam fosse qui. Eppure, non poteva parlargli. Era proibito. Ma perché? Cosa potevano fargli? Gli angeli lo hanno perseguitato fin dall'incidente. Pensava che fossero angeli buoni, visto che non gli avevano fatto del male, per ora. La nostalgia di casa lo assalì come un'onda gigantesca, minacciando di portarlo a fondo.

"Voglio andare a casa!" gridò, mentre il suo telefono vibrava. Prima che avesse la possibilità di aprirlo...

POP.

Reiki lo afferrò e lo lanciò a...

POP.

Hadz che lo lanciò contro la parete bianca più lontana. Rimbalzò, colpì il pavimento e si frantumò in mille pezzi. "Mi devi quattrocento dollari per un nuovo telefono! Spero che voi angeli abbiate dei contanti".

Hadz si avvicinò e schiaffeggiò E-Z con la sua ala. Le piume gli fecero il solletico, invece di ferirlo. "Ora tu, E-Z Dickens, siediti qui". Una sedia bianca premette contro la parte posteriore delle sue gambe costringendolo a sedersi.

"E smettila di fare lo stronzo", disse Reiki.

"Wow! Gli angeli possono dire questo? Ma che razza di angeli siete? Angeli in formazione? Sono io quello che vi aiuterà a guadagnarvi le ali?".

Si rese conto che avevano già le ali. Anzi, ne avevano diverse paia. Quindi, l'idea che stava cercando di esprimere sembrava vana mentre si libravano sopra di lui.

"Sono io che ti aiuto o sei tu che devi aiutare me? Perché se è così, come hai detto, stai facendo un pessimo lavoro. Non metterò presto una buona parola per nessuno dei due".

"Stiamo aspettando delle scuse".

"Beh, le aspetterete per molto tempo. Perché ho sete".

TIC TAC.

Apparve un boccale di root beer in un bicchiere smerigliato. Lo bevve in un sorso. "Perché mi hai portato qui, senza il mio consenso. E..."

"ZITTO!" disse una voce roboante, mentre si avviluppava da una delle pareti bianche.

Era alta come il soffitto. Anzi, più alta. Era storta, ma immensa per dimensioni e statura. Le sue ali sfioravano le pareti e il soffitto. "TIENI LA TUA TENTAZIONE!", chiese l'angelo dalle dimensioni spropositate, tirando le sue ali verso E-Z con uno SWOOSH fino a quando non si trovò davanti a lui.

***

"E-Z Dickens, sei stato convocato qui davanti a me", disse l'enorme angelo. "Io sono Ophaniel, sovrano della luna e delle stelle. E questi sono i miei sottoposti. Non devi trattarli con insolenza. Dovrai trattarli con gentilezza e rispetto perché sono i miei OCCHI e le mie ORECCHIE per te. Senza di loro non sei NULLA".

Balbettò una frase incomprensibile combattendo l'impulso di fuggire.

"NON interrompere finché non avrò finito di parlare", ordinò Ophaniel.

Lui annuì, con il corpo che tremava, troppo spaventato per dire una parola.

"E-Z", tuonò la sua voce. "Sei stato salvato. Ti abbiamo salvato per uno scopo".

Reiki e Hadz si avvicinarono e si sedettero sulle spalle di Ophaniel.

"State fermi", ordinò Ophaniel.

Piegarono le ali, chinandosi per non perdere nemmeno una parola.

E-Z si segnò mentalmente di chiedere loro come ripiegare le sue ali con la stessa efficienza con cui loro ripiegavano le loro. Sempre che riesca a riavere le sue ali.

Ophaniel continuò. "Quando i tuoi genitori sono morti, E-Z Dickens, anche tu avresti dovuto morire. Era il tuo destino. Un destino che abbiamo modificato per i nostri scopi. Abbiamo perorato con successo la tua causa. Ti abbiamo promesso che avresti fatto cose straordinarie. Che avresti aiutato gli altri. Ti abbiamo salvato e ti abbiamo fatto pagare un debito. Un debito che hai pagato in gran parte consegnando le tue gambe".

Consegnato? Sembrava che avesse avuto una scelta. Che avesse preso la decisione finale di non camminare mai più, il che era una bugia. Aprì la bocca per parlare, ma la voce di Ophaniel continuò a tuonare.

"C'è ancora un debito da pagare, un debito che hai nei nostri confronti".

E-Z inspirò una grossa boccata d'aria. Voleva parlare ma non ci riusciva. Le sue labbra si muovevano ma non usciva alcun suono. Come osa questo angelo prendere decisioni per lui e dirgli che ha un debito?

"Ti abbiamo dato degli strumenti, una sedia potente. Questo per aiutarti. In modo che un giorno tu possa essere qui con i tuoi genitori e camminare con noi, con loro, nell'eternità". Ophaniel esitò per qualche secondo, per far sì che questo concetto venisse assimilato. "Oggi puoi farmi una domanda, ma solo una. Che sia buona".

Invece di riflettere sulla domanda, E-Z sbottò: "Quando potrò rivedere i miei genitori?".

"Quando avrai pagato il tuo debito per intero".

"Un'altra domanda, per favore".

"Ci sarà tempo per le domande e ci sarà tempo per le risposte. Per ora, sei affidato ai miei sottoposti. Puoi fare loro delle domande e loro possono scegliere di rispondere.

Oppure possono scegliere di non farlo. Saranno loro a scegliere se rispondere sì o no. Allo stesso modo, potrai scegliere se rispondere o meno quando ti faranno delle domande. Trattali come vorresti essere trattato e non rivelare dettagli su questo luogo o sul nostro incontro. Non parlare di questo, di tutto questo a nessun umano. Ripeto, tieni queste cose solo per te".

Non riusciva ancora a parlare. Senza chiederglielo, Ophaniel procedette a rispondere alla sua domanda successiva.

"Se non manterrai questa promessa, le tue ali saranno come la pasta - deboli - e non sarai mai in grado di ripagare il tuo debito".

Gli venne in mente un'altra domanda.

"Sì, quando hai salvato quella bambina, la combustione faceva parte del processo. Le tue ali devono bruciare, rafforzarsi, legarsi a te, così sarai pronto per la tua prossima sfida".

Pensò: e se non volessi farlo?

Ophaniel rise e volò verso la parte più alta della stanza. Poi scomparve attraverso il soffitto.

CAPITOLO 8

Subito dopo si ritrovò di nuovo sulla sedia a rotelle di fronte al prete.

"Zio Sam, dobbiamo andare. ORA".

"Oh", disse Sam guardando il nipote che si allontanava. "Mi scuso per averle fatto perdere tempo, ma deve andare a casa". Sam si affrettò mentre Hopper lo seguiva. Accelerò il passo, raggiunse il nipote e, prendendo il controllo delle maniglie, spinse la sedia a rotelle. Hopper corse e presto camminò accanto a loro, anche se con il fiatone.

"Vedo che allora non hai proprio le ali, E-Z".

Si guardò alle spalle, sollevando un finto bicchiere alle labbra e poi roteando gli occhi.

"Non ho problemi di alcolismo", disse Sam con aria di sfida.

Anche in questo caso, l'adolescente alzò gli occhi, mentre si avvicinavano al parcheggio. Il prete non li seguì.

Una volta raggiunta l'auto, Sam disse, cercando di riprendere fiato: "Che diavolo è successo?", mentre apriva la portiera e aiutava il nipote a salire.

"Prima usciamo di qui". Stava prendendo tempo perché non poteva dirgli cosa era successo. Doveva inventarsi una bugia convincente e lui non era mai stato bravo a mentire.

Sua madre lo scopriva sempre perché le sue orecchie diventavano sempre rosse quando mentiva.

"Sto aspettando una spiegazione", disse Sam, stringendo la presa sul volante.

Don't Look Back, dei Boston, risuonava negli altoparlanti dell'auto.

"Mi dispiace, dovevo andare. Non credo che Hopper possa essere d'aiuto e non volevo che sapesse qualcosa di più di quello che gli hai già detto".

"Non mi hai ancora spiegato perché hai insinuato che avessi problemi di alcolismo".

"Oh, quello. Mi è venuto in mente e l'ho detto senza pensarci. Mi dispiace".

"Mi vanto di non bere alcolici. Certo, ogni tanto bevo una birra. Per essere socievole a un evento di lavoro. Ma non sono come gli altri ubriaconi dell'IT. E non lo sarò mai".

E-Z non stava pensando alle parole dello zio Sam. Stava invece esaminando le informazioni che Ophaniel gli aveva comunicato. Era in debito con gli angeli per averlo salvato e aveva barattato le sue gambe con la sua vita. Gli angeli avevano fatto un patto per il loro scopo e ora si aspettavano che lui pagasse il debito, ma come?

Tutto ciò che sapeva con certezza era che doveva vincere. Qualunque compito gli avessero posto sul cammino, doveva superarlo. Con l'aiuto di Reiki e Hadz, per quanto piccoli, avrebbe pagato il dovuto. Poi, se non altro, avrebbe rivisto i suoi genitori. Presumeva che questo significasse che sarebbe morto e che si sarebbero incontrati in paradiso, se esisteva un posto del genere. Lo avrebbe scoperto presto.

CAPITOLO 9

Tornato a casa, l'adolescente andò subito in camera sua.

"Se hai bisogno del mio aiuto", fu tutto ciò che Sam riuscì a dire prima che suo nipote sbattesse la porta.

E-Z si coprì il viso con le mani. Era stato bello riavere le gambe. Sbatté i pugni sui braccioli, mentre le sue ali uscivano e lo facevano volare verso il letto. "Grazie", disse loro, come se fossero separate e non facessero parte di lui.

"Attento", disse Hadz, che stava riposando sul cuscino. L'angelo volò verso la lampada e disse: "Svegliati, è tornato a casa".

E-Z era ora comodamente sdraiato sul letto, con gli occhi chiusi, quasi addormentato.

"Stanotte, tu voli", cantarono gli angeli.

"Senti, ho avuto una giornata estenuante, come sai, e tutto quello che voglio fare è dormire".

"Puoi fare un pisolino di cinque minuti", disse Reiki.

"Poi, ci alziamo e andiamo!".

Si stava quasi addormentando di nuovo quando Sam irruppe. "Scusa se ti disturbo, ma PJ e Arden dicono che è tutto il giorno che cercano di contattarti. La tua batteria è scarica?".

"Ehm, no, ho perso il telefono", disse guardando male i suoi due aiutanti.

"Bugiardo, bugiardo, pantaloni in fiamme", lo rimproverarono. Sam, data la sua mancanza di reazione, non sentì le loro voci acute. E-Z li scacciò via.

"Ecco perché compro sempre un'assicurazione con il mio piano. Non preoccuparti, domani ti faremo avere un ricambio. In ogni caso, è ora che tu faccia l'upgrade. Puoi mantenere lo stesso numero di telefono. Farò sapere ai ragazzi che ti farai sentire".

"Grazie, zio Sam. Buonanotte".

"Notte E-Z."

CAPITOLO 10

Nel suo sogno, stava facendo una gita sugli sci con i suoi genitori. In realtà era un ricordo, ma lo stava rivivendo come un sogno.

E-Z aveva sei anni. Un maestro di sci stava insegnando a lui e a sua madre tutti i movimenti. Nel frattempo, suo padre, che non era un principiante come loro, si faceva strada lungo la collina innevata.

Impararono a sciare sulla baby hill, che è il modo in cui venivano chiamate le colline di prova.

"Siete pronti?", disse l'istruttore, "per affrontare una delle colline più grandi?".

Loro risposero di sì. Pensavano di esserlo. Ma dire e fare sono due cose diverse.

Al primo tentativo, non andarono lontano prima che uno di loro cadesse. Era sua madre e, una volta caduta, si sedette sulla neve fredda ridendo. Lui l'ha aiutata a rialzarsi e sono ripartiti.

Questa volta fu E-Z a cadere, sbattendo la faccia sulla neve fredda. Si è scrollato di dosso la caduta, è stato aiutato a rialzarsi dall'istruttore, mentre sua madre passava spruzzando neve sulla sua strada. Lui la prese come una sfida e la superò con un sorriso.

Subito dopo si accorse che lei stava arrivando dietro di lui. Lei si è imbattuta in un po' di neve fresca e lo ha lasciato nella polvere, ritrovando il suo passo. Tuttavia, lui si impegnò, dando il massimo, e la raggiunse. Scesero, fianco a fianco, poi si separarono, poi di nuovo insieme. Il tutto ridendo come due ragazzini. In fondo alla collina, vestito dalla testa ai piedi di azzurro, c'era suo padre. Si distingueva: una scheggia di blu circondata da neve vergine, con una sedia a rotelle in mano.

"La neve", disse E-Z, inalando un altro marshmallow. Il sapore era ancora più buono, tutto sciolto. Poi sentì un freddo cane e si svegliò circondato dal ghiaccio nella vasca da bagno. Lo zio Sam era lì, seduto al suo fianco.

"E-Z, questa volta mi hai davvero spaventato".

"Cosa? Che cosa è successo?

"Ho sentito dei rumori e sono entrato a controllare come stavi. La tua finestra era spalancata, le tende svolazzavano. Ti ho toccato la fronte e stavi bruciando. Temevo che stessi per avere un attacco epilettico. Anche le tue ali sembravano appassite.

"Ho pensato di chiamare il 911, ma poi ho deciso di non farlo. Non potevo portarti al pronto soccorso, non con quelle ali. Ho dovuto metterti sulla sedia a rotelle, riempire la vasca da bagno di ghiaccio e vedere se riuscivo a farti abbassare la temperatura. Sono andato a prendere il ghiaccio, chiedendo donazioni agli amici del quartiere. Sono stati estremamente utili".

"Ora mi sento meglio, grazie", disse cercando di alzarsi. Non fece molta strada prima di cadere di nuovo a terra.

"Devi dirmi cosa sta succedendo".

"Non posso zio Sam. Devi fidarti di me". L'adolescente cercò di alzarsi di nuovo. "Aspetta qui", disse Sam, uscendo dal bagno e tornando con la sedia a rotelle. "Ecco", disse mettendo il termometro in bocca al nipote. "Se è normale, puoi salire sulla sedia".

Era normale, quindi con un accappatoio avvolto intorno a lui, E-Z fu sollevato dalla vasca e portato sulla sedia. Le sue ali si espansero, poi si rilassarono e non sembrarono più in fiamme.

Passando per il salotto, intravide il telegiornale.

"Ieri sera un incidente aereo è stato deviato", disse il portavoce. "Lo chiamano "atterraggio miracoloso", ma ecco un filmato crudo, ripreso da uno dei nostri telespettatori mentre accadeva".

Guardò il filmato, che mostrava l'atterraggio dell'aereo, ma non c'era nient'altro, nessuna ripresa di lui. Si sentì sollevato e tornò nella sua stanza.

"Torno subito per aiutarti a vestirti".

Avrebbe tanto voluto raccontare tutto a suo zio, ma non poteva. "Grazie", disse dopo essersi vestito.

"Ti guardo sempre le spalle".

"Anche a te", disse l'adolescente. "Penso che andrò nel mio ufficio a scrivere qualcosa".

"Buona idea, ho delle faccende in casa sulla lista delle cose da fare che vorrei portare a termine oggi". Iniziò ad andarsene, poi tornò indietro. "Sai, ragazzo, non devi scrivere subito un romanzo. Potresti tenere un diario o una rubrica. Scrivi le cose che un giorno potresti dimenticare. Come i ricordi preziosi".

"Ho pensato di scrivere qualcosa e di chiamarlo Tattoo Angel".

"Mi piace."

Una volta nel suo ufficio, si sedette per un momento a pensare all'aereo, chiedendosi come avesse potuto fare ciò che gli era stato chiesto. Non avrebbe potuto farlo senza l'aiuto del cigno e dei suoi amici uccelli, o senza l'aiuto della sua sedia. Forse anche quei due aspiranti angeli lo avevano aiutato a modo loro, incitandolo in sottofondo.

Si concentrò sulla scrittura e digitò il titolo: Tattoo Angel. Le sue dita volevano scrivere di più, ma la sua mente voleva vagare. Si appoggiò alla sedia e fissò lo schermo vuoto. Aveva bisogno di una prima frase fantastica, come quella che aveva scritto il suo antenato Charles Dickens: "Sono nato".

Quando qualche tempo dopo non riuscì più a sopportare la vista dello schermo bianco, digitò: "Vorrei non essere mai nato".

Vorrei non essere mai nato".

E continuò a scrivere.

Non posso più camminare.

Non giocherò mai a baseball o a hockey a livello professionale e non otterrò mai una borsa di studio sportiva.

Non posso correre.

Non riesco a saltare.

Ci sono così tante cose che non posso fare.

Che non farò mai.

Smise di scrivere, vedendo qualcosa in alto a destra dello schermo che si muoveva verso il basso. Scorreva.

Lacrime. Lacrime piccole piccole.

Si uniscono. Diventando sempre più grandi.

Scendono a cascata sullo schermo.

Pensò di aver sentito qualcosa e alzò il volume.

"WAH! WAH! WAH!" cantò una voce acuta.

Una seconda voce si aggiunse.

"WAH-WAH!

WAH-WAH!

WAH-WAH!"

E-Z spense il computer.

Era stato solo uno sproloquio e si sentiva meglio per questo. Tutti hanno bisogno di una festa della pietà ogni tanto. Aveva finito il suo sistema.

Una cosa era certa: come scrittore non era Charles Dickens.

Charles Dickens non poteva volare, però.

***

"Svegliati, è ora di andare!". Disse Reiki, volando verso la finestra.

Hadz stava aspettando alla finestra aperta. "Pronto?"

Quindi si aspettavano che saltasse dal terzo piano di casa sua. "Non ho intenzione di uscire! Guarda quanto siamo in alto".

"Dimentichi che hai le ali".

"E se cadrai, te ne accorgerai".

Almeno era ancora vestito, mentre lo calavano sulla sedia a rotelle. Rabbrividì, guardò in basso e si chiese come facessero le sue ali a tenere in aria sia lui che la sedia.

"E la mia sedia a rotelle?"

"Ricordi cosa ha detto Ophaniel? Ora... vai fuori!".

Una volta fuori, le sue ali si estesero completamente. Sopra le sue spalle, poteva vedere le ali in azione.

Le piccole ma forti creature lo sollevarono, sempre più in alto, conducendo l'adolescente attraverso il cielo notturno, mentre i luminosi occhi stellati lo guardavano dall'alto.

Quando ritennero che fosse pronto, lo lasciarono andare.

"Posso volare", disse. "Posso davvero volare!".

"Smettila di metterti in mostra", disse Reiki, "e segui il programma".

"Lo farei se sapessi cos'è", disse ridacchiando.

Hadz volò avanti. E-Z e Reiki si sollevarono sopra la scuola, vicino al campo da baseball. Si diressero verso il centro della città. Le luci della pista vicino all'aeroporto erano in diretta competizione con le stelle sopra di lui.

"Stai andando molto bene", disse Reiki.

"Grazie".

Il rumore di un motore in avaria, in un jumbo jet davanti a loro, attirò la sua attenzione.

"Guarda lì, quell'aereo è in difficoltà. Vorrei avere il mio telefono per chiamare aiuto". Il motore strombazzava e l'aereo si abbassò un po', poi si stabilizzò.

"Non hai bisogno di un telefono. Benvenuto alla tua seconda prova".

"Ti aspetti che io, cosa? Che porti l'aereo sulle spalle? Non posso salvare un aereo, non ho abbastanza forza. Non posso farlo".

"Ok, allora", disse Hadz, che ora avevano raggiunto.

"Una cosa però devi sapere: se non li salvi, tutti i passeggeri a bordo moriranno".

"Tutti i 293 passeggeri. Uomini, donne e bambini".

"Più due cani e un gatto", aggiunse Reiki.

La sua testa si riempì di urla, provenienti dalle persone all'interno dell'aereo. Come faceva a sentirle, attraverso le spesse pareti di metallo? I cani abbaiavano e un gatto miagolava. Un bambino piangeva.

"Smettila, spegnilo e lo farò io".

"Non lo spegneremo".

"Ma finirà, una volta che avrete messo l'aereo al sicuro all'aeroporto, laggiù".

"Crediamo in te", disse Hadz.

"Ma non mi vedranno? Se mi vedranno sarà tutto finito, voglio dire con le condizioni di Ophaniel: non potrò mai vedere i miei genitori".

"Vederti?"

"Questa è l'ultima delle tue preoccupazioni!".

"Ora vai", disse Hadz. "Oh, e potrebbe servirti questo".

Ora aveva una cintura di sicurezza che lo teneva sulla sedia a rotelle mentre sfrecciava nel cielo verso l'aereo che precipitava.

"Vi terremo d'occhio", gli dissero.

"Mi aiuterete, se avrò bisogno di voi?".

"Queste sono le tue prove, attribuite a te e solo a te. Siamo qui per fare il tifo per te. Buona fortuna".

"Aspettate un attimo, non avete intenzione di darmi delle vere e proprie lezioni? Mi mostrerete cosa devo fare?".

POP.

POP.

"Grazie di niente!", esclamò.

✳✳✳

All'aeroporto, nella torre di controllo del traffico aereo, un controllore si accorse che l'aereo era in difficoltà. Non riuscendo a contattare il pilota, notò un oggetto volante non identificato sul suo radar.

Ispirandosi a Superman e a Mighty Mouse, E-Z alzò le braccia. Si posizionò sotto il corpo della possente bestia metallica e chiamò a raccolta tutta la sua forza.

"Ho pensato che ti servisse un po' di aiuto", gli disse un cigno più grande del normale. Lui annuì e gli uccelli volarono da molte direzioni. Quando il jumbo jet entrò in contatto con lui, gli uccelli reali si allinearono. Lo aiutarono a tenere fermo l'aereo. Per stabilizzarlo, in modo che lui e la sua sedia potessero sopportare tutto il peso.

All'interno le cose rotolavano come biglie. Doveva sbrigarsi e avrebbe voluto avere un altro paio di ali, o ali più potenti. Se solo fosse stato nella stanza bianca. Si concentrò sul compito da svolgere e si preparò mentalmente alla discesa. Abbassando lo sguardo, notò che anche la sua sedia aveva delle ali, sui poggiapiedi e sulle ruote. "Grazie", sussurrò a nessuno. Poi agli uccelli: "Ora ci penso io, grazie per la vostra assistenza".

Ormai pronto, portò il jumbo a terra, mantenendolo stabile e in piano. Toccò la parte anteriore dell'aereo sull'asfalto. Poi, dato che il carrello di atterraggio non era sceso, dovette togliersi di mezzo. Allungò il braccio destro al massimo e posizionò la sedia lontano dal centro dell'aereo. Abbassò il centro dell'aereo e poi la coda. Ce l'ha fatta! Sì! Si allontanò tra i suoni spaventosi delle sirene urlanti che si avvicinavano da tutte le direzioni sotto forma di autopompe, ambulanze e auto della polizia.

Prima che lo individuassero, è volato via. I passeggeri all'interno hanno applaudito, scattato foto e registrato con i loro telefoni. Presto fu di nuovo con Hadz e Reiki.

"Sei stato molto bravo. Siamo orgogliosi di te, protetto".

Sorrise, finché non sentì le sue ali come se qualcuno le avesse incendiate. Subito dopo si accorse che stava bruciando e gli faceva così male che voleva morire. Desiderava la morte. La desiderava ardentemente. Ora è in caduta libera, con la sedia rivolta verso il basso, tiene gli occhi ben aperti e aspetta che le sue labbra bacino il suolo.

Poi fu portato via dai due angeli, che lo portarono a casa e lo misero a letto.

Il dolore non diminuiva, ma E-Z sapeva che oggi non sarebbe morto. Sarebbe stato al sicuro per un altro giorno. Un'altra prova. Tutto ciò che doveva fare era sopravvivere a questa.

***

"Quando inizierà a funzionare la polvere di diamante?". Chiese Hadz. "Sta ancora soffrendo moltissimo".

"È un trattamento nuovo, quindi non posso dire quando, ma prima o poi farà effetto".

"Spero che possa resistere così a lungo!".

"Con l'aiuto dello Zio Sam, ce la farà. Una volta che avrà fatto effetto, vedremo dei segnali. Forse qualche cambiamento fisico".

E-Z continuò a russare

POP.

POP.

E ancora una volta se ne andarono.

CAPITOLO 11

U n giorno dopo, E-Z aveva già pianificato la sua giornata. Per prima cosa, doveva preparare lo zaino per la gita del sabato al parco. Avrebbe fatto colazione, avrebbe scritto un po' e poi sarebbe uscito. Mentre preparava lo zaino, sentì le voci acute di Hadz e Reiki prima di vederli.

"Vi sento", disse.

POP.

Hadz apparve per primo.

POP.

Poi Reiki - entrambi nella loro magnificenza angelica completamente trasformata.

"Buongiorno", cantarono all'unisono in modo stucchevole e dolce.

E-Z infilò un quaderno nello zaino e alcune penne ignorandole. Sperava di trovare qualcosa di stimolante da scrivere nel parco. Si abbassò per chiudere la zip dello zaino quando si accorse che i due angeli erano seduti sulla cerniera.

"Oh, scusate. Quasi non vi vedevo".

"Ci è mancato poco", disse Reiki.

Hadz tremava troppo per pronunciare una sola parola.

Gli volarono sulle spalle mentre puntava la sedia verso la porta chiusa.

"Dobbiamo parlarti", disse Hadz.

"È... importante. Abbiamo fatto qualcosa...".

"A me?"

Si librarono davanti ai suoi occhi.

"Sì. Mentre dormivi, qualche settimana fa".

"Qualche settimana fa! Ok, ti ascolto...". In realtà, stava cercando di non perdere la testa. Il pensiero che gli avessero fatto qualcosa. Mentre dormiva. Senza il suo permesso. Era una terribile violazione della fiducia. Strinse i pugni. Silenzio. Incrociò le braccia. Non gli avrebbe reso le cose facili.

Sam bussò alla porta: "Colazione E-Z, hai bisogno di aiuto?".

"No, sono a posto così. Arrivo tra qualche minuto". Il silenzio si estende ai rumori esterni di Sam che torna in cucina.

"Prima di tutto", disse Hadz, "abbiamo fatto quello che abbiamo fatto solo per aiutarti".

"Con le prove. Abbiamo fatto qualcosa per aiutarti a raggiungere i tuoi obiettivi".

"Vuoi dire che avreste potuto aiutarmi con l'aereo? Sicuramente mi sarebbe servito il vostro aiuto. Per fortuna ce l'abbiamo fatta grazie al cigno e agli uccelli".

"Sì, a questo proposito, l'aiuto non è consentito, né da parte degli amici né da parte degli uccelli. Abbiamo denunciato l'incidente in questione alle autorità competenti".

E-Z scosse la testa, non riusciva a credere a quello che stava sentendo. "Non dirmi che qualcuno ha fatto del male al cigno o agli uccelli? È meglio che non mi dica questo... Oh, e perché quel cigno mi ha parlato in inglese? L'ha fatto, lo sai".

"Questa è una questione riservata", disse Hadz, svolazzando vicino al suo viso con le mani sui fianchi. Reiki assunse la stessa posizione e le loro ali gli sfiorarono le palpebre.

"Ehi, smettila", disse, più forte di quanto volesse.

"Tutto bene lì dentro?" Chiese Sam attraverso la porta chiusa.

"Tutto bene", rispose lui, agitando la mano davanti al viso e scagliando le creature attraverso la stanza. Reiki colpì il muro e scivolò giù. Hadz, già più in basso, cercò di afferrare Reiki, ma troppo tardi. Entrambi gli angeli precipitarono e atterrarono sul pavimento.

"Mi dispiace", disse l'adolescente. Spostò la sedia a rotelle più vicino a loro. Si chiese se avessero delle stelle che giravano nella loro testa come i personaggi dei cartoni animati di una volta. Gli piaceva molto quando succedeva a Wile E. Coyote. Barcollarono un po', così li mise sul letto. Quando gli angeli si ripresero, disse: "Scusa ancora. Non volevo colpirvi. Le vostre ali mi hanno fatto il solletico agli occhi".

"Sì, l'hai fatto!" Disse Reiki.

"E noi non lo dimenticheremo".

Si sentì in colpa. Erano così piccoli; non si era reso conto che un semplice colpo di mano poteva farli volare in quel modo. Era come se le avesse battute fuori dal parco e le avesse a malapena sfiorate.

"A questo proposito..." Disse Reiki.

Hadz aggiunse: "Mentre dormivi, abbiamo eseguito un rituale su di te".

E-Z mantenne di nuovo la calma, ma a malapena. "Un rituale, avete detto?". Lo guardarono, colpevoli come il peccato. "Se foste umani, vi denuncerebbero per avermi fatto qualcosa senza il mio permesso. È un'aggressione a un minore. Saresti in prigione...".

Gli angeli tremarono e si strinsero l'uno all'altro.

"Non avevamo scelta".

"L'abbiamo fatto per il vostro bene".

"Lo capisco, ma in questo momento le vostre scuse NON sono accettate".

"Mi sembra giusto", dissero gli angeli. "Per ora." Cantarono: "Abbiamo evocato i poteri, i grandi e illusori poteri sopra e intorno a te. Abbiamo chiesto loro di aiutarti aumentando la tua forza, il tuo coraggio e la tua saggezza. In parole povere, credevamo che tu avessi bisogno di qualcosa in più e così lo abbiamo evocato per te".

"Capisco. Le scuse non sono ancora accettate".

"L'abbiamo fatto con il minimo disagio per te", disse Hadz.

E-Z considerò quest'ultima informazione. Allo stesso tempo, guardava la sua sedia a rotelle. Sembrava diversa ora, a parte l'ovvio cambio di colore dei braccioli.

"Cosa succede alla mia sedia ultimamente?", chiese. "È come se avesse una mente propria".

Gli angeli stavano di nuovo tremando.

"Che cosa hai fatto? Esattamente? Perché sospetto che non solo abbiate aggredito me, ma anche la mia sedia".

Infine, gli angeli spiegarono tutto sulla polvere di diamante e sul sangue. Dei poteri che erano stati conferiti a lui e alla sedia. "Man mano che le difficoltà del compito aumenteranno, dovrai aumentare".

"Lo so già, è per questo che le mie ali bruciano. Aumentano di temperatura dopo ogni compito. Ma continuo a ripetermi che ne varrà la pena quando potrò rivedere i miei genitori".

"Se completerai le prove nel periodo stabilito. E se seguirai le linee guida alla lettera", disse Hadz.

"Aspetta un attimo", disse E-Z battendo le braccia sui braccioli. "Nessuno ha detto che c'era una scadenza. Non nella Sala Bianca. Non in nessun momento. E se c'è un regolamento che dovrei seguire, allora dammelo, così posso leggerlo. Inoltre, non c'è stato alcun impegno da entrambe le parti. Nessuno ha detto quante prove completate sono necessarie per concludere l'accordo. Forse dobbiamo mettere tutto per iscritto? Esiste un avvocato degli angeli o meglio ancora un'assistenza legale degli angeli?".

Hadz rise. "Certo, abbiamo gli avvocati degli angeli, ma devi essere un angelo per poterne avere uno".

Reiki disse: "Hai portato a termine il primo compito senza l'aiuto di nessuno. Hai salvato la vita di quella bambina con l'iniziativa della tua sedia, la forza di volontà e la fortuna. Queste tre cose possono portarti solo fino a un certo punto, quindi ti abbiamo dato più potenza di fuoco. Il massimo che potevamo chiedere".

"Il massimo che potevamo rischiare di darti".

"Ehi, cosa intendi per rischio? Stai dicendo che questo rituale potrebbe danneggiarmi?".

"Ti abbiamo fatto un favore. Ci siamo messi in pericolo per aiutarti. Se non riesci a perdonarci ora, un giorno lo farai".

"Non sai come eludere la mia domanda! Hai mai pensato di entrare nella politica degli angeli, se esiste una cosa del genere?".

Disse Hadz. "Le persone che ti circondano potrebbero notare alcuni cambiamenti nel tuo aspetto fisico".

"Sì, potrebbero", disse Reiki con un sorriso.

"Cosa intendi per cambiamenti fisici?", gridò.

POP.

POP.

E se ne andarono.

E-Z era di nuovo solo. Mentre si dirigeva verso la porta, si chiese cosa volessero dire. Qualunque cosa fosse, l'avrebbe scoperto presto. Nel frattempo, pensò a come la sua sedia avesse il suo sangue. Come la sedia fosse un'estensione di se stesso. Si diresse verso la cucina dove lo zio Sam lo stava aspettando.

"Beh, non è andata esattamente come avevamo previsto", disse Reiki. "Era piuttosto arrabbiato con noi. Non credo che si fiderà mai più di noi".

"Ha bisogno di noi più di quanto noi abbiamo bisogno di lui".

"Potremmo cancellare la sua mente, come abbiamo fatto con gli altri".

"Se non ci perdona, non possiamo farci nulla. Cancellare la sua mente non è un'opzione. Senza il suo consenso e se, no, quando lo scoprirà, lo allontaneremo per sempre. E sai bene chi non ne sarebbe contento".

"Hai ragione come sempre", disse Hadz.

"Pensi che qualcuno noterà i cambiamenti del suo aspetto oggi?".

"Ce ne siamo accorti, non è vero!".

"Forse avremmo dovuto dirglielo, almeno per quanto riguarda i capelli. Se glielo avessimo spiegato".

"Penso che i cambiamenti sarebbero migliori se venissero da qualcuno che non sia noi".

"Gli umani sono molto strani", disse Reiki.

"Lo sono. Ma lavorare con loro è l'unico modo per essere promossi come veri angeli".

"Per nostra fortuna, è piuttosto gentile".

CAPITOLO 12

E-Z infilzò la forchetta nel piatto pieno di frittelle. Era affamato, come se non mangiasse da giorni. E aveva sete. Buttò giù un bicchiere di succo d'arancia dopo l'altro. Riempì di nuovo il piatto di frittelle e continuò a mangiare finché non finirono tutte.

Sam rise quando vide suo nipote e continuò a inzuppare una fetta di pane tostato imburrato nel suo caffè.

"Cosa c'è da ridere?" Chiese E-Z.

"Ehm, niente, credo".

Gli unici rumori che si sentivano in cucina erano quelli di chi mastica, di chi taglia e di chi mastica. Oltre al ticchettio dell'orologio sulla parete alle loro spalle.

"Cosa?" E-Z chiese, notando che lo zio stava sorridendo e lo nascondeva dietro la mano.

"C'è qualcosa di diverso nel tuo, beh, sai, stamattina. C'è qualcosa che vuoi dirmi? Ad esempio, perché?".

Le due creature si avvicinarono e si sedettero ognuna sulle spalle di E-Z. Stavano origliando e lui non gradì affatto la loro intrusione non invitata, così le scacciò.

POP.

POP.

Sono scomparsi.

"Non sono sicuro di cosa intendi".

Sam si versò un'altra tazza di caffè. "È per una ragazza? Perché qualsiasi ragazza dovrebbe accettarti così come sei".

E-Z rise. "Nessuna ragazza. Sei fuori strada".

Entrambi rimasero in silenzio per qualche istante, mentre il tempo scorreva.

"Ho preparato una borsa e andrò al parco dopo aver scritto un po' stamattina. Mi porto dietro un taccuino e delle penne, nel caso in cui il parco mi ispiri".

"Mi sembra un buon piano, ma prima aiutami a riordinare", disse Sam alzandosi dal tavolo.

L'adolescente spinse indietro la sua sedia e insieme pulirono rapidamente. E-Z andò nel suo ufficio e si chiuse la porta alle spalle mentre il campanello suonava.

Sam fece entrare Arden e PJ. "È nel suo ufficio a lavorare. Vi sta aspettando? Se è così, non mi ha detto nulla al riguardo".

"Gli ho mandato un messaggio, ma non ha risposto", disse PJ.

"Quindi abbiamo pensato di fare un salto e portarlo fuori oggi. Per assicurarci che si divertisse un po'. Quel ragazzo lavora troppo. Mamma ha detto che ci avrebbe accompagnato. Dobbiamo solo verificare con E-Z e poi chiamarla".

"Mio nipote è appassionato di questo libro che sta scrivendo. Potrebbe opporsi".

"In un modo o nell'altro lo porteremo via da qui oggi", disse PJ.

"Aveva intenzione di andare al parco, dopo aver scritto un po'. Ma vai pure, magari ci vediamo lì più tardi". Sam tornò in cucina e prese del macinato di manzo dal freezer. Controllò la credenza per il sugo, gli spaghetti, le uova, le cipolle, il pangrattato e gli spinaci. Aveva tutto il necessario per preparare spaghetti e polpette più tardi.

I due ragazzi si incamminarono lungo il corridoio dopo aver appeso i cappotti.

Sam si infilò il cappotto. Era da un po' che rimandava il taglio del prato. Oggi era il giorno in cui se ne sarebbe occupato.

E-Z stava provando a scrivere, ma la creatività non fluiva. Quando arrivarono i suoi amici, fu felice dell'interruzione. Aprì Facebook, fingendo di controllare gli aggiornamenti.

"Uh, ciao ragazzi". Si girò verso di loro.

"Ehi, amico, che diavolo è successo ai tuoi capelli? Sei andato al salone di bellezza senza di noi?".

"Hai mostrato loro una foto e hai chiesto un look alla Pepe Le Pew invertito?".

"E anche le sopracciglia! Non sapevo nemmeno che si potessero tingere?".

E-Z si passò le dita tra i capelli, non avendo idea di cosa stessero parlando. Aspetta un attimo: era a questo che Sam si riferiva?

"E anche i suoi occhi sono diversi".

Arden si chinò: "Sì, hanno delle macchie d'oro. Fantastici!"

"Ehi, amico, stai indietro", disse E-Z. "Voi due mi state spaventando. Invadere il mio spazio non è bello".

"Almeno non puzza come Pepe", disse Arden allontanandosi. PJ lo raggiunse dall'altra parte della stanza dove sussurrarono tra loro.

"Ti dispiace se facciamo una foto?".

E-Z sorrise e disse: "Mozzarella".

PJ mostrò lo scatto ad Arden. "Vedi!" dissero facendo la grande rivelazione.

E-Z non riusciva a credere a quello che stava vedendo. I suoi capelli biondi avevano una striscia nera al centro e delle chiazze grigie sulle tempie. Grigio! Ingrandì l'immagine: avevano ragione, i suoi occhi avevano delle macchie d'oro. La sua mente tornò alla polvere di diamante: era questo l'aspetto della polvere di diamante? Sono stati quei due angeli idioti a fare questo! Ed è meglio che sappiano come rimediare! La prossima volta che li vedrà, gliela farà pagare. Nel frattempo, cercò di sdrammatizzare la situazione.

"Non importa. Ho avuto una notte difficile".

Arden chiese: "Perché non ce lo dici?".

PJ aggiunse: "I tuoi capelli stanno diventando grigi e sei ancora al liceo. Pensi che sia normale?".

"Penso che abbia ragione; stiamo facendo un dramma per niente. Cosa ha detto tuo zio a riguardo?".

"Non se n'è accorto, o se l'ha fatto, non ha detto nulla".

"Cosa? Vuoi dirmi che Sam non se n'è nemmeno accorto?".

"Aveva gli occhi aperti?"

E-Z cercò di ricordare. Prima lo zio Sam gli aveva chiesto se aveva qualcosa da dirgli. Era questo che intendeva?

"Solo un secondo", disse E-Z, mentre si dirigeva verso il bagno. Usò l'ingrandimento di dieci volte dello specchio per dare un'occhiata più da vicino. Rimase a bocca aperta. Le stelle o le macchie nei suoi occhi erano piuttosto gradevoli. Non erano dannose, anzi, lo facevano sembrare piuttosto figo. Esaminò i capelli grigi lungo le tempie.

E allora? Ne aveva passate tante con la morte dei suoi genitori. In più, le pressioni quotidiane della scuola superiore. E l'abituarsi alla sedia a rotelle. Per non parlare della gestione degli arcangeli e delle prove.

I suoi capelli diventati prematuramente grigi non erano un problema. Muove lo specchio e passa le dita tra i capelli. La consistenza era diversa quando toccava la striscia nera. Sembrava ruvida, quasi setolosa. Non era un problema, avrebbe applicato un po' di gel e...

Fuori il tosaerba si mise in moto. Sam stava finalmente compiendo la temuta azione. Prima dell'incidente, tagliare il prato era stato il lavoro più odiato da E-Z.

"YEOW!" Sam gridò quando il tosaerba si fermò.

La sedia di E-Z si diresse verso la porta d'ingresso che si aprì da sola. Si allontanò, mancando i gradini e atterrando sul prato alle spalle di Sam.

"Accidenti!" esclamò Sam. Aveva colpito un sasso con il tosaerba, che era volato in alto e lo aveva colpito vicino all'occhio. Gocce di sangue gli gocciolarono sulla guancia e si depositarono sull'erba.

La sedia a rotelle si spostò nel punto in cui c'era il sangue e lo assorbì con le ruote.

"Stai bene?"

"Sto bene", disse Sam. Scavò nella tasca, tirò fuori un fazzoletto e lo appoggiò sulla ferita.

Arden e PJ arrivarono. "Abbiamo sentito l'urlo".

"Sto bene, davvero", disse Sam. "Un piccolo incidente. Non c'è bisogno di preoccuparsi o preoccupare. Torniamo dentro".

Afferrò le maniglie della sedia a rotelle e spinse. Era estremamente difficile manovrarla sull'erba.

Nel frattempo Arden portò il tosaerba e lo ripose nel capanno.

"Sei ingrassato?" chiese PJ notando le difficoltà che Sam stava incontrando.

"Ho mangiato circa venti pancake stamattina".

"Forse la striscia nera è più pesante dei tuoi capelli normali?". Disse Arden, che li raggiunse con un sorrisetto.

"Oh, se ne sono accorti", disse Sam.

"Sì, me ne hanno parlato da quando sono arrivati. Perché non hai detto nulla?".

Ormai dentro, E-Z tirò fuori un cerotto e lo mise sulla ferita dello zio.

"È stato un cambiamento sottile", disse Sam. "No!", sorrise. "Oh, hai mai pensato di intraprendere la professione di infermiere? Hai un tocco delicato".

PJ e Arden si schernirono.

CAPITOLO 13

E-Z e i suoi amici tornarono nel suo ufficio. Decise di rimanere vicino a casa nel caso in cui Sam avesse avuto bisogno di lui. Sam era troppo impegnato a preparare la cena per pensare a cosa sarebbe potuto accadere con il tosaerba.

"La cena è pronta", chiamò qualche ora dopo. "Vieni a prenderla".

E-Z fece strada: "Ha un profumo delizioso!".

Si sedettero e si passarono il cibo e i condimenti.

"Hai già un bell'occhio nero", disse Arden a Sam.

Sam, che fino a quel momento non sapeva di avere una ferita visibile, ora la portava con orgoglio. Infilzò un'altra polpetta e la mise nel piatto.

"Cosa è successo là fuori?", chiese PJ.

"È stato un sasso. Si è impigliato nel tosaerba e mi ha colpito". Continuò a spingere il cibo nel piatto. "Come va la scrittura?" chiese al nipote, distogliendo l'attenzione da sé.

"Non ho avuto tempo di dedicarmici stamattina".

Sam cambiò argomento e chiese se ci fossero novità a scuola o nella squadra.

"Abbiamo un allenamento questa sera", disse PJ.

"E speriamo che E-Z prenda parte alla partita di domani".

E-Z scosse la testa, per un deciso no, e continuò a mangiare.

"Un inning, solo uno e se non vuoi continuare a giocare, per noi va bene", disse Arden.

"Ottima idea", disse lo zio Sam. "Immergiti. Se non ti senti bene, esci. Cosa hai da perdere?"

PJ aprì la bocca per dire qualcosa ma decise di non farlo. Si infilò una polpetta nella bocca. Masticò, bevve un bicchiere. "Quando sei lì, E-Z, sollevi il morale di tutti. I ragazzi hanno molta stima di te. Lo hanno sempre fatto e lo faranno sempre".

"Ok", disse E-Z. "Mi siederò in panchina se pensi che possa essere utile. Dopo cena, andiamo al parco e alleniamoci un po'. Vediamo come vanno le cose".

"Mi sembra giusto", disse PJ.

Ringraziarono Sam per l'ottima cena.

"Hai cucinato tu, quindi puliamo noi", propose Arden.

E-Z e PJ si scambiarono un'occhiata.

Quando Sam si allontanò dall'udito, PJ disse: "Sei proprio una leccapiedi".

Arden spruzzò un po' d'acqua in direzione di PJ, ma E-Z la prese quasi tutta in faccia.

PJ restituì uno spruzzo che schizzò sul pavimento della cucina, colpendo le scarpe di Sam.

"Il mocio e il secchio sono nell'armadio", disse, prendendo il cappotto mentre usciva.

Finirono di pulire e ormai erano quasi tutti asciutti, a parte E-Z che si cambiò la camicia. Finalmente arrivarono al campo da baseball, che era già occupato.

"Fantastico", disse E-Z. "Andiamo".

A bordo campo c'erano alcune ragazze della squadra di cheerleader della squadra avversaria. Una di loro, una ragazza dai capelli rossi, lanciò un'occhiata in direzione di E-Z. Fece una ruota e atterrò con facilità.

"Credo che potremmo rimanere per un po'", disse E-Z.

Attraversarono il campo e si diressero verso le panchine. Dovevano almeno salutare, altrimenti sarebbero sembrati degli idioti.

La ragazzina dai capelli rossi sussurrò qualcosa alla sua amica e le due ridacchiarono.

E-Z era certo che stessero ridendo di lui.

"Abbiamo compagnia", disse la ragazza dai capelli rossi.

"Sì, un tizio sulla sedia a rotelle con i capelli zebrati e due nerd", urlò il terza base. Si aspettava che tutti ridessero della sua pessima battuta, ma nessuno lo fece.

"Non farci caso", disse l'amico della ragazza dai capelli rossi. "È patetico".

"Vattene", urlò l'esterno sinistro. "Qui non c'è posto per uno storpio".

E-Z ignorò tutti i commenti. La sua sedia, invece, no. Spingeva, si agitava come un toro che cerca di uscire da un recinto. "Wow!", disse, mentre la sedia tentennava come un cavallo selvaggio.

Arden afferrò le maniglie della sedia e questa riprese il suo normale funzionamento.

Dietro il piatto, il ricevitore lasciò cadere una mosca e sbagliò un lancio. "Vedo che avete bisogno di un ricevitore decente", disse E-Z.

Le cheerleader ridacchiarono.

"Dammi cinque minuti dietro il piatto, solo cinque. Se riuscirò a prendere tutti i lanci che manderete nella mia direzione, vi faremo un favore e resteremo".

"E se non ci riesci?" chiese il lanciatore.

Il ricevitore si tolse la maschera. "Ci offrirai hamburger e patatine".

"E dei frullati", aggiunse il prima base.

"Affare fatto", disse E-Z mentre la sua sedia avanzava. Si sedette pazientemente mentre Arden si allacciava le ginocchiere. PJ gli ha messo la protezione per il petto sulla testa e gli ha applicato la maschera da ricevitore sul viso.

E-Z infilò il pugno nel guantone da ricevitore.

"Bene, lanciami la palla", ordinò E-Z.

"Spero che tu sappia cosa stai facendo, amico", dissero Arden e PJ.

"Fidati di me" disse E-Z. Si mise in posizione dietro il piatto. "Battitore!"

Il lanciatore fece cenno ad Arden di battere. Arden scelse una mazza e si avvicinò al piatto.

E-Z fece segno al lanciatore di lanciare una fastball alta. Invece, il lanciatore lanciò una palla curva, che era proprio nella zona. Arden mancò il colpo, ma non del tutto, perché colpì la palla con un tocco e la fece rimbalzare. E-Z si alzò dalla sedia e la afferrò.

"Wow!" gridò il lanciatore. "Bel salvataggio".

"Fortunato", disse il primo basista.

Le cheerleader si avvicinarono.

Al secondo lancio Arden fece un popping all'esterno destro.

PJ si mise alla battuta e fece uno strike out. E-Z prese tutte le palle con facilità, ma l'ultimo lancio fu selvaggio e per poco non lo perse. PJ si è diretto in prima, ma E-Z ha lanciato la palla a terra ed è stato eliminato.

Hanno giocato fino a quando non era troppo buio per vedere la palla.

Dopo la partita, decisero che era un pareggio. Andarono in una tavola calda lì vicino e ognuno pagò il proprio cibo.

"Vi faremo fuori nella partita di domani" si vantò Brad Whipper, il capitano della squadra.

"State giocando con E-Z?" Chiese Larry Fox, il giocatore di prima base.

"Oh, giocherà sicuramente", dissero Arden e PJ.

"Sicuramente".

La ragazza dai capelli rossi era Sally Swoon e sussurrò qualcosa ad Arden, che scosse la testa. "Chiediglielo tu stesso", disse.

"Chiedermi cosa?"

Le sue guance arrossirono.

"Vuoi sapere cosa è successo, vero?".

Lei annuì. "Hai chiesto al tuo parrucchiere di farlo, o loro...".

"Hanno commesso un errore?", disse lui.

Lei annuì.

"Mi sono svegliata stamattina ed era così. Fine della storia".

"Tira l'altro", disse un giocatore. "Ora raccontaci perché sei su una sedia a rotelle".

E-Z raccontò la sua storia. Tutti rimasero in silenzio mentre lo faceva. Nessuno mangiò o bevve. Quando finì, temeva che tutti lo avrebbero trattato in modo diverso, ma non fu così.

Parlarono delle prossime World Series e di altre chiacchiere legate allo sport.

Più tardi, quando i suoi amici lo accompagnarono a casa, erano tutti tranquilli. Diede la buonanotte ai ragazzi e tornò nella sua stanza. Cercò di guardare la televisione, di scrivere un po', ma qualunque cosa facesse continuava a pensare a tutto ciò che aveva perso. Si sdraiò sul letto, fissò il soffitto e alla fine si addormentò.

CAPITOLO 14

E-Z stava dormendo, sognando.

"Svegliati E-Z! Svegliati!" Reiki disse, saltando su e giù sul suo petto.

"Smettila!" esclamò.

Hadz gli spruzzò dell'acqua sul viso.

Lui se la scrollò di dosso. "Voi due avete delle spiegazioni da dare e dei rimedi da fare. Rimettetemi i capelli com'erano prima. E anche i miei occhi!".

"Non c'è tempo!" dissero, mentre la sedia si ribaltava e lo faceva cadere, per poi volare fuori dalla finestra già aperta.

"Non sono nemmeno vestito!" esclamò E-Z.

Reiki e Hadz ridacchiarono e dissero a E-Z di desiderare quello che voleva indossare. Quando abbassò di nuovo lo sguardo, indossava jeans, una cintura e una maglietta. Si guardò i piedi, dove le sue scarpe da corsa stavano allacciando i lacci. Mentre si libravano nel cielo, E-Z li ringraziò.

"Allora, ci perdoni?" Chiese Hadz.

"Dagli tempo", disse Reiki.

E-Z annuì, mentre la sua sedia si alzava sempre più in alto. Sopra un aereo, superando l'aereo. Ovviamente non era la loro destinazione. Continuarono a volare, fino a quando la sedia a rotelle si fermò di colpo, per poi puntare verso il basso.

"Eccola", disse Reiki.

In basso, un gruppo di persone si trovava all'esterno di un alto edificio di uffici in un gruppo.

"Lo senti anche tu?" chiese E-Z, notando che l'aria che circondava l'incidente era diversa. Vibrava di energia.

"Sì", disse Hadz.

"Sei stato bravo a notarlo questa volta", disse Reiki.

"Vuoi dire che le altre volte c'erano delle vibrazioni?".

"Sì, ma quando i tuoi poteri cresceranno, sarai in grado di individuare i luoghi".

"E non solo tu, anche la tua sedia può percepirle".

"Vuoi dire che ho una sedia super intelligente? Sapevo che era modificata, ma questa è fantastica!".

Gli angeli risero.

La sedia sfrecciò via mentre sotto di loro risuonavano degli spari. Videro persone che correvano, urlavano e cadevano.

E-Z e la sua sedia volarono verso il caos, tra gli spruzzi di proiettili in arrivo. Si sentì avvampare, mentre la sedia a rotelle li deviava. Si chiese cosa sarebbe successo se la sedia ne avesse mancato uno.

"Siamo abbastanza sicuri che tu sia a prova di proiettile", disse Reiki senza che lui lo chiedesse. "Faceva parte del rituale".

"E la polvere di diamante dovrebbe funzionare".

"Abbastanza sicuri?" disse, sperando che avessero ragione. "Se funziona, allora è un buon compromesso per la mia situazione dei capelli!".

Gli aspiranti angeli risero.

CAPITOLO 15

La sua sedia a rotelle si spingeva verso il basso, puntando su un uomo sul tetto dell'edificio. Aveva sparato sulla folla sottostante e su di loro quando si erano avvicinati a lui. La sedia a rotelle si è mossa in avanti, E-Z ha sentito uno strano suono, come quello di un aereo che abbassa il carrello d'atterraggio. Proveniva dalla sedia a rotelle, mentre una cassa di metallo scendeva e atterrava sopra il ragazzo. La pistola gli è volata via dalla mano e ha attraversato il tetto prima che l'aggeggio facesse presa. L'uomo ha tentato di sollevare E-Z e la sedia a rotelle dalla sua schiena, ma non ha funzionato.

Una sirena risuonò in lontananza e divenne sempre più forte man mano che si avvicinava.

"Se ti lascio salire", chiese E-Z, "ti comporterai bene?".

Anche se l'uomo fece un cenno di assenso, la sedia a rotelle si rifiutò di spostarsi.

E-Z doveva disattivare la pistola e andarsene prima che arrivasse la polizia. Si chiese se qualcuno al di sotto fosse ferito. Si aspettava che le ambulanze fossero in arrivo. Tuttavia, lui e la sua sedia potevano trasportare i feriti gravi in ospedale molto più velocemente.

Fissò la pistola sull'altro lato del tetto. Si concentrò, poi allungò la mano. Come se la sua mano fosse una calamita, la pistola vi volò dentro e la disattivò facendo un nodo. E-Z si tolse la cintura e la usò per legare le mani del tiratore dietro la schiena.

La sedia si sollevò e volò via come un razzo, mentre le porte sul tetto si aprivano. L'aggeggio modificato si sollevò, sospeso a mezz'aria, mentre E-Z guardava una squadra SWAT che si dirigeva verso il tiratore e lo prendeva in custodia. L'espressione dell'agente che ha trovato la pistola legata con un nodo è stata impagabile.

Per un paio di secondi esitò a considerare il suo mandato, ma c'erano persone ferite sotto di lui e lui poteva aiutarle più velocemente di chiunque altro ed è quello che fece. Si sarebbe preoccupato delle conseguenze più tardi, sperando che capissero.

E-Z atterrò vicino alla folla. Raccolse i quattro feriti più gravi e, dato che non erano coscienti, usò una parte della sua ala per tenerli al sicuro sulla sua sedia mentre volavano nel cielo.

La sedia assorbì il sangue dei passeggeri feriti che colava dalle loro ferite. Il loro sangue si è unito a quello di E-Z e Sam Dickens. Questa amalgama ha spinto i proiettili fuori dai loro corpi e le loro ferite hanno iniziato a guarire.

Ci vollero diversi minuti prima che raggiungessero l'ospedale. Quando arrivarono, tutti i pazienti erano guariti, come se le loro ferite non fossero mai accadute. Si strinsero nelle braccia di E-Z e lo ringraziarono.

Nel parcheggio dell'ospedale ognuno di loro saltò giù dalla sedia a rotelle.

Gli assistenti erano in piedi all'ingresso con le barelle pronte.

E-Z lanciò un'occhiata nella loro direzione. Salutò, poi volò via nel cielo. Sotto di lui, coloro che aveva salvato ricambiarono il suo saluto. Sperava che gli assistenti in attesa fossero troppo seccati di non essere necessari.

"Grazie", gridò un giovane con un saluto.

"Spero di rivederti", esclamò una donna di mezza età.

"Sei un vero eroe!" disse un uomo che gli ricordava lo zio Sam.

"Mi ricordi mio nipote, tranne che per la strana riga nei capelli!" disse una donna anziana.

Gli assistenti si avvicinarono ai quattro chiedendo: "Qualcuno ha bisogno di aiuto?".

Il giovane disse: "Non ci crederete, ma mi hanno sparato due volte poco fa. Credo di essere svenuto. Quando mi sono svegliato", ha tirato su il davanti della camicia che era macchiata di sangue, "le ferite erano sparite".

L'anziana donna, il cui vestito era macchiato di sangue, spiegò che le avevano sparato vicino al cuore.

"Sarei stata spacciata, se quel ragazzo sulla sedia a rotelle non mi avesse salvato la vita".

Gli altri due pazienti avevano storie simili da raccontare. Hanno lodato E-Z e lo hanno ringraziato ancora. Anche se non era più con loro.

"Penso che dovreste venire tutti in ospedale", disse il primo assistente.

Il secondo assistente disse: "Sì, avete vissuto un'esperienza traumatica. Dovreste consultare un medico e ottenere il via libera".

Tutti e quattro i cittadini precedentemente feriti hanno permesso agli addetti di aiutarli a entrare. Cercarono di far salire il più anziano dei quattro sulla barella.

"Sono in forma come un pesce!" esclamò la donna più anziana.

La seguirono all'interno dell'ospedale.

✳✳✳

"È meglio farlo ora", disse Reiki.

"È un po' triste però. Ha fatto cose così straordinarie e ora nessuno se ne ricorderà". Cancellarono le menti di tutti coloro che si trovavano nelle vicinanze.

"Ha fatto un lavoro straordinario".

"Sì, è stato scelto bene", disse Hadz.

E-Z tornò a casa, volando il più velocemente possibile. Sapeva che il dolore sarebbe arrivato, ma non quanto sarebbe stato forte questa volta. Riuscì a malapena ad attraversare la finestra e a salire sul letto prima che le sue spalle prendessero fuoco facendolo svenire.

Gli angeli tornarono, sussurrando parole tranquillizzanti quando gridava nel sonno. Quando il dolore diventava troppo forte, lo alleviavano prendendolo su di sé.

"La prova numero tre è stata completata", disse Reiki. "Le sta superando con facilità".

"È vero, ma dobbiamo assicurarci che non venga identificato. Può essere visto, ma dobbiamo cancellare i ricordi. Sono preoccupato però, potremmo perdere qualcuno".

"Se cancelliamo le menti di tutti coloro che si trovano nelle vicinanze, dovrebbe andare tutto bene".

CAPITOLO 16

La mattina dopo, E-Z stava mangiando i cereali quando Sam entrò in cucina.

"Il caffè ha un buon profumo", disse Sam.

L'adolescente versò allo zio una tazza piena. "Cosa?" chiese con un senso di déjà vu.

"Cosa, cosa?" Chiese Sam mentre aggiungeva un po' di panna nella tazza.

"Mi stai fissando", disse E-Z. Scosse la testa. Era nel Giorno della Marmotta? Il film su un giorno che si ripete all'infinito, con Bill Murray?

"Oh, quello. C'è qualcosa che vorresti dirmi?". Lasciò cadere una zolletta di zucchero nel caffè.

Ignorando lo zio, si mise in bocca dei cornflakes. "Non sono sicuro di cosa tu voglia dire".

Sam aspettò che il nipote finisse di fare colazione. "Sono venuto a trovarti ieri sera e il tuo letto era vuoto e la finestra era aperta. Come hai fatto a uscire con la sedia, non lo so. In ogni caso, se hai intenzione di uscire, dovresti dirmelo. Sono responsabile di te e dei tuoi spostamenti. La prossima volta promettimi che mi farai sapere dove stai andando e quando tornerai. È una cosa di cortesia".

"I..."

POP.

POP.

Hadz e Reiki apparvero. Reiki volò verso Sam, svolazzando davanti ai suoi occhi. Per qualche secondo, Sam sembrò zombificato. Poi riprese a sorseggiare il suo caffè. Solleva il bicchiere, sorseggia, lo mette giù. Ripetere. A E-Z venne in mente un giocattolo per uccelli, in cui l'uccello immerge la testa nel bicchiere e beve. Come si chiamava quella cosa?

"Dippy bird", disse Sam. Guardò l'orologio.

Ma che diavolo? Suo zio era in grado di leggere la sua mente?

"Chi è che non sa leggere nel pensiero?". Disse Hadz con un sorriso.

Sam si alzò e con occhi vitrei e movimenti robotici andò al lavandino, sciacquò la tazza e la mise in lavastoviglie. Poi prese le chiavi della macchina e se ne andò senza dire una parola.

E-Z rimase a bocca aperta mentre elaborava le informazioni e poi chiese: "Ok, voi due. Cosa avete fatto al mio zio Sam? Non avevate il diritto di... di... fare quello che avete fatto". Era così arrabbiato che il suo volto era rosso e i suoi pugni erano stretti.

POP.

POP.

Lo odiava. Ogni volta che facevano qualcosa di sbagliato, sparivano e lui doveva scusarsi con loro per farli tornare quando non aveva fatto nulla di male.

"Mi dispiace", disse. "Per favore, tornate".

POP

POP.

"Quel che è fatto è fatto", disse con calma. "Mi ha davvero letto nel pensiero?".

Reiki disse: "L'ha fatto, ma è stato un incidente isolato".

"Questo è un bene. Non sarei mai riuscito a farla franca".

"Siamo la tua riserva, durante le prove. Spetta a noi proteggere te e i tuoi amici, compreso lo Zio Sam".

"Cosa gli avete fatto?" chiese ancora, mentre il campanello suonava. Non si mosse, aspettò che rispondessero alla sua domanda. Il campanello suonò di nuovo. "Solo un secondo", disse. "Dimmi cosa gli hai fatto. ORA!"

"Gli ho cancellato la mente", sussurrò Reiki.

"Cosa avete fatto?"

"Abbiamo dovuto farlo, per proteggere te e la tua missione", aggiunse Hadz.

PJ e Arden entrarono in cucina. "La porta era aperta", disse Arden.

"Sì, ieri abbiamo detto a Sam che saremmo venuti a prenderti stamattina".

"Buongiorno anche a voi". Si alzò dal tavolo.

"Dobbiamo parlare, amico. Ma abbiamo fretta".

Prese lo zaino e il pranzo. Si avviarono verso la porta d'ingresso. In cima alle scale, la sedia si impennò in avanti, come se volesse volare giù. Chiese ai suoi amici di aiutarlo a scendere la rampa. Arden e PJ lo aiutarono a salire sul sedile posteriore dell'auto. Arden mise la sedia a rotelle nel bagagliaio.

"Salve, signora Lester", disse E-Z, mentre i tre ragazzi salivano sul sedile posteriore dell'auto.

"Buongiorno", disse lei, poi alzò il volume della radio. Il presentatore parlava di una nuova ricetta.

"Una volta che furono in viaggio", sussurrò PJ, "cosa hai fatto ieri sera?".

"Niente di che. Ho mangiato. Dormito. Le solite cose".

"Faglielo vedere".

PJ gli passò il telefono e premette play.

Era un video di YouTube. Di lui, sulla sua sedia a rotelle, che volava nel cielo trasportando persone ferite. La sedia era rosso sangue e si muoveva velocemente come una macchia di fuoco. Le sue ali bianche erano visibili. E il contrasto di quella striscia nera sui suoi capelli biondi accentuava il suo aspetto.

"Non saprei", disse E-Z, grattandosi la testa senza dare spiegazioni condivisibili. Ha aspettato che gli angeli arrivassero e cancellassero le menti dei suoi amici, ma non l'hanno fatto. Ha aspettato che il mondo si fermasse completamente, ma non è successo. Si chiese se avrebbe mai rivisto i suoi genitori? Era un test? Chiuse il telefono e lo restituì.

"Amico", disse Arden, mentre sua madre entrava in un parcheggio.

"Sbrigati o farai tardi", disse mentre apriva il bagagliaio.

"Ci vediamo dopo", disse Arden mentre la madre si allontanava.

I tre amici entrarono a scuola senza parlare. La campanella dell'ultimo avviso stava per suonare da un momento all'altro.

E-Z si mise a fare la ruota lungo il corridoio, sorridendo tra sé e sé e allo stesso tempo preoccupandosi di chi avrebbe visto il filmato. Anche se era fantastico vedersi in azione. Come un Superman più cool. Un vero eroe. Aveva salvato delle persone. Aveva salvato delle vite.

Lui e la sua sedia a rotelle erano invincibili. Erano un duo dinamico. Si chiese se avessero bisogno dell'aiuto dei due aspiranti angeli. Era stata una bella sensazione. Ogni singolo momento. Il salvataggio. Il salvataggio. Il completamento con successo di un'altra prova. Fantastico. Se solo potesse rendere partecipi i suoi migliori amici del suo segreto.

"E-Z Dickens!" La signora Klaus, la sua insegnante, lo chiamò.

"Sì, signora", disse E-Z, girando la pagina per leggere la lezione. Si chiese perché stesse perdendo tempo a scuola. Non ne aveva più bisogno.

✳✳✳

Cercò di non appisolarsi durante la lezione. La signora Klaus lo teneva d'occhio più del solito. Ogni volta che lui si addormentava, lei alzava la voce. Lui si svegliava senza sapere di cosa stesse parlando.

Dopo il suono della campanella e la fine della lezione, gli studenti si divisero per lasciarlo uscire per primo. Lanciò un'occhiata ad alcuni compagni di classe per ringraziarli. Pochi si guardarono negli occhi. La maggior parte distolse lo sguardo. Non erano ancora abituati al suo nuovo status.

Nel corridoio una folla di compagni e ammiratori lo stava aspettando. I flash si accendevano, mentre le foto venivano scattate da macchine fotografiche e cellulari. Sperava che il giornale scolastico fosse presente. Forse avrebbero anche scritto un articolo su di lui. Aspetta un attimo. Non avrebbe mai più rivisto i suoi genitori, non se tutti lo avessero saputo! Com'è potuto succedere! Si fece strada. Continuarono ad applaudire, sempre più forte con il passare del tempo. Alcuni chiamarono: "Discorso!".

PJ si avvicinò e chiese: "Hai visto Facebook ultimamente?".

E-Z scrollò le spalle.

"Dai un'occhiata alle ultime notizie", disse PJ, mostrando al suo amico i titoli dei giornali.

"Eroe locale su una sedia a rotelle". Smise di muoversi e cliccò sul filmato. Diceva che l'eroe locale frequentava la Lincoln High di Hartford, nel Connecticut. E-Z capì subito che gli studenti pensavano che fosse lui l'eroe - lo era - ma loro non potevano saperlo. Non dovevano sapere nulla di tutto ciò. Avrebbero dovuto cancellare le loro menti, come avevano fatto con lo Zio Sam. Ma non importava: non viveva ad Hartford, nel Connecticut. Avevano sbagliato. Perché allora i suoi compagni di classe applaudivano?

Lui si fece strada, loro si levarono di mezzo. Uscì direttamente sotto la pioggia battente. E-Z si chiese se avrebbe potuto usare i nuovi poteri della sua sedia per il suo vantaggio personale. Anche se non c'era una crisi o un processo, avrebbe potuto incantarsi o ritualizzarsi per tornare a casa? Ci pensò mentre continuava a rotolare lungo il marciapiede. Una volta la sua sedia lo aveva aiutato a salvare una bambina, prima ancora di avere dei poteri speciali.

Pensò a parole magiche come bibbidi-bobbidi-boo e expelliarmus. Le provò entrambe sulla sua sedia a rotelle, ma nessuna delle due ebbe effetto. Si guardò alle spalle sentendo dei passi che si avvicinavano alle sue spalle. Si aspettava uno dei suoi amici, invece era uno studente più giovane che gli chiese: "Dove sono le tue ali?".

E-Z rise: "Non ho le ali". Le sue ali sono spuntate e l'hanno portato in cielo. All'inizio pensò: "Oh, no!", ma decise di accettare e salutò il ragazzo che era tornato sul marciapiede. Il ragazzo era così eccitato che non aveva nemmeno pensato di tirare fuori il telefono per immortalare il momento. "A casa!", ordinò. Un lampo di luce rossa lo trasportò nel cielo, proprio vicino a casa sua, perché la sedia aveva un altro posto in cui farli stare.

Continuarono a volare finché non si trovarono direttamente sopra un centro commerciale. Ora sentiva l'aria vibrare, avvicinandosi al luogo in cui era necessario. La sedia puntò verso il basso, facendolo cadere in una banca e poi fermandosi a mezz'aria. I clienti sotto di lui continuavano a muoversi, ma lui era fuori dalla loro visuale. Non aveva ancora idea del perché si trovasse qui.

È un altro processo? Si chiese. Aspettò, ma non ricevette risposta. Se si trattava di un altro processo, allora il tempo che li separava era sempre meno. Dov'erano quei due angeli? Non avrebbero dovuto coprirgli le spalle? Pensò alle altre prove. La maggior parte di esse si erano svolte di notte. Al buio. Forse gli aspiranti angeli non potevano uscire alla luce, come i vampiri? Rise di questo strano collegamento e sperò che fosse vero. In qualche modo, non gli dispiaceva che questa volta ci fossero solo lui e la sua sedia. E-Z tornò al momento. I clienti stavano urlando all'interno del centro commerciale. Volò in avanti, uscì dalla banca ed entrò in un grande magazzino vicino. Il posto era praticamente privo di persone.

Una volta a terra, le ruote girarono da sole e lo portarono con sé. E-Z cercò di prendere il controllo. Ma anche la sua sedia a rotelle voleva il controllo. Accelerava, sempre più velocemente. Alla fine gli permise di dominare, temendo di maciullarsi le dita.

La sedia si fermò completamente quando a circa 4 metri davanti a loro c'erano dei clienti stesi a terra. La maggior parte di loro era a pancia in giù e con la faccia sul pavimento. Alcuni avevano le mani sulla nuca, altri le mani dietro la schiena.

In varie posizioni, vide le telecamere di sicurezza che mostravano solo immagini statiche. Non è un buon segno. La sedia a rotelle scattò di nuovo in avanti verso una giovane donna. Era vestita in tenuta mimetica con un cappello calato sugli occhi. Era di carnagione chiara, probabilmente bionda e con gli occhi azzurri, un tipo da modella. Brandiva un fucile in una mano e un coltello da caccia nell'altra. La sua immobilità nel brandire l'arma lo preoccupava. Questo e l'uso eccessivo del rossetto rosso mela candita. Era spalmato, trasformando un sorriso inquietante in una smorfia minacciosa.

E-Z considerò le persone in pericolo sul pavimento. Da quanto tempo erano lì? Cosa stava aspettando? Aveva chiesto dei soldi? Chi, al di fuori del negozio, sapeva che la scena degli ostaggi si stava svolgendo, visto che le telecamere non funzionavano?

Uno dei ragazzi sul pavimento attirò la sua attenzione. E-Z si portò il dito alle labbra. Il ragazzo si girò dall'altra parte e in quel momento notò un telefono sul pavimento con una luce rossa che pulsava. Stava registrando il suono. Sperò che la ragazza non se ne accorgesse: sembrava che potesse perdere la testa da un momento all'altro.

La sedia di E-Z partì come un colpo di cannone e fu subito addosso alla ragazza. La sua pistola volò in una direzione e il coltello nell'altra. L'involucro metallico della sedia cadde a terra.

"Chiama il 911", gridò E-Z. E ai clienti sul pavimento: "Andate via di qui!". Scapparono senza voltarsi indietro.

Ora era solo con la ragazza pazza. "Perché l'hai fatto?" chiese.

Lei canticchiò le parole di una canzone che aveva già sentito: "Non mi piace il lunedì", poi sorrise, sgranò gli occhi e disse: "E poi è solo un gioco". Tornò a canticchiare la canzone per qualche secondo, con gli occhi chiusi. Poi li riaprì e con gli occhi e le risate di chi ha voglia di ridere disse: "Oh, e se hai bisogno di un professionista che ti tinga i capelli come si deve, conosco qualcuno".

"Grazie", disse lui, passandosi le dita tra i capelli.

Si ricordò di una canzone che cantava sua madre. Una storia vera, che parlava di una sparatoria. Il gruppo si chiamava topi, o ratti.

Scosse la testa. La ragazza di fronte a lui assomigliava a un personaggio di un gioco a cui aveva giocato qualche volta. Anche per il rossetto sbavato. Non riusciva a ricordare quale, ma era sicuro che stesse imitando un giocatore. "Giocare a un gioco è una cosa: nessuno si fa male. Questa è la vita reale. Se non ti piace qualcosa, smetti di farlo! Non fare del male agli altri".

"Vattene", rispose lei, "come se avessi avuto scelta".

La polizia si precipitò sul posto e lui dovette andarsene.

Trovarono la ragazza con le armi legate a nodo nel corridoio di sicurezza di una console di gioco.

Si diresse verso casa, aspettando che il temuto bruciore delle ali lo colpisse. Arrivò fino a lì, e fin qui tutto bene. Ma era così affamato che non vedeva l'ora di mangiare tutto ciò su cui poteva mettere le mani.

Nel frigorifero c'era già pronto mezzo pollo che mangiò mentre aspettava che il formaggio si sciogliesse nella padella. Ha divorato il formaggio grigliato. Poi ne preparò un altro, mentre sgranocchiava una mela. Quando finì la mela, mangiò il gelato dalla vaschetta. Il dolore non arrivò mai, ma avrebbe avuto seri problemi di peso se avesse continuato a mangiare così.

"Zio Sam?" chiamò, controllando se fosse in casa: non c'era. Andò nel suo ufficio e fece un po' di compiti, poi giocò un po'. Ancora nessuna traccia di Sam. Nessun SMS. Nessuna chiamata o messaggio vocale. Sam gli faceva sempre sapere quando tornava a casa tardi. Strano. Dove si trovava?

CAPITOLO 17

Era passata la mezzanotte e non c'era ancora traccia dello zio Sam. Era la prima volta che non preparava la cena, per non parlare del fatto che non aveva detto a E-Z dove si trovava. Sapeva quanto il nipote diventasse ansioso quando le cose sfuggivano al suo controllo. In momenti come quello, la pelle dell'adolescente prudeva, come se il suo sangue bollisse in superficie.

Seduto sulla sua sedia a rotelle, fece l'equivalente del camminare. Rotolando la sedia lungo il corridoio e poi di nuovo giù. La parte difficile era girarsi, cosa che faceva nel suo ufficio. Mentre tornava verso la cucina, accese la televisione per creare un po' di rumore bianco. Si fermò a guardare prima di tornare nel corridoio e un'esperienza extracorporea lo colse.

Si trovava in salotto sulla sua sedia a rotelle e guardava se stesso alla televisione sulla sua sedia a rotelle. E-Z scosse la testa, cercando di dare un senso alla cosa. Perché Hadz e Reiki non avevano cancellato i loro ricordi? Poi accadde: il giornalista disse il suo nome e il suo indirizzo reale, compreso il quartiere. Questa volta aveva azzeccato tutto e non si era fermato lì.

"Il tredicenne E-Z Dickens voleva diventare un giocatore di baseball professionista. E ne aveva le capacità. Poi un incidente gli ha portato via i genitori e le gambe. L'orfano - diventato supereroe - ora vive con il suo unico parente, Samuel Dickens".

Voleva prendere a calci lo schermo del televisore. L'avevano detto, proprio così. Come se tutti i supereroi dovessero essere orfani. Come se fosse un prerequisito. Quando squillò il telefono, sperò che fosse Sam: era Arden.

"Lo stai guardando?", gli chiese. "Hanno detto a TUTTI dove vivi!".

"Lo so", disse E-Z. "La cosa peggiore è che lo zio Sam è assente. Mi chiama sempre, qualunque cosa accada".

Arden parlò con suo padre. "Resta lì, io e papà arriviamo subito. Puoi stare con noi, finché tu e Sam non capirete cosa fare. Lasciagli un biglietto".

"Grazie, ma starò bene qui".

"Papà dice: "Senza se e senza ma". Dice che i giornalisti ti staranno addosso come il bianco sul riso, qualunque cosa significhi".

"Non avevo pensato ai giornalisti che sarebbero venuti qui. Ok, mi preparo".

Andò in camera sua, preparò una borsa per la notte, poi andò in cucina per scrivere un biglietto e metterlo sul frigorifero. Un veicolo si fermò improvvisamente fuori, facendo stridere le gomme. Una porta sbatté, poi vennero sparati dei colpi mentre frammenti di vetro facevano esplodere le finestre. La porta d'ingresso si staccò dai cardini, mentre la sua sedia si diresse verso il tiratore che continuò a sparare mentre si avvicinava.

"È solo un ragazzo", disse E-Z, approfittando della sua esitazione. Afferrò la pistola, la fece annodare e la lanciò sul prato.

Il ragazzo, che era più giovane di E-Z, approfittò dei secondi in cui gli lanciava la pistola per buttarlo a terra.

"Non va bene", disse E-Z, mentre la sua sedia lo spingeva via e faceva cadere la gabbia di metallo sul ragazzo che singhiozzava e chiedeva della sua mamma. "Stai indietro", disse E-Z alla sedia.

Il bambino era arrotolato in posizione di feto, tremava e piangeva. La sedia ritirò la gabbia: il bambino non si mosse.

E-Z, ora di nuovo sulla sedia a rotelle, chiese: "Chi ti ha portato qui? E perché tutti questi spari?".

"Non è niente di personale", spiegò il ragazzo. "Dovevo farlo. Una voce nella mia testa mi ha detto che dovevo farlo. O avrebbero ucciso me e la mia famiglia. Ecco perché ho rubato le chiavi di mio padre e ho imparato a guidare, velocemente".

"Non avevi mai guidato prima?"

"Solo nei giochi".

Ancora giochi. "A chi ti riferisci? Come si chiamano?"

"Non lo so. Gioco a qualche gioco online. Una donna entrava nel gioco e mi diceva che avrebbe ucciso mia sorella. Passavo a un altro gioco e un'altra donna diceva che avrebbe ucciso i miei genitori. Nel gioco a cui stavo giocando oggi, una terza donna mi ha detto che se non avessi ucciso un ragazzo che viveva a questo indirizzo, ci sarebbero state gravi conseguenze". Il ragazzo si scagliò contro E-Z ma non andò lontano. La sedia lo spinse e abbassò il braccio.

"Fammi uscire di qui!", chiese il ragazzo.

E-Z rise: il ragazzo aveva le palle. "Stai giù", disse alla sedia e aiutò il ragazzo a mettersi in piedi. Il ragazzo lo ringraziò sputandogli in faccia. E-Z strinse i pugni e pensò di staccargli la testa, ma non lo fece. Invece, lo abbracciò. Il bambino ricominciò a piangere e le sue lacrime caddero sulle spalle e sulle ali di E-Z.

"Grazie, amico", disse il bambino. Fece un passo indietro, si mise una mano sul cuore e scomparve.

Quando la polizia arrivò, E-Z era seduto sulla sua sedia sul marciapiede. Poi non lo era più. Era di nuovo all'interno del silo e si sentiva claustrofobico nel buio più totale.

✳✳✳

Prima, quando era nel container di metallo, era in grado di muoversi. Ora era sulla sedia a rotelle e riusciva a malapena a muoversi. Cercò di muovere le dita dei piedi all'interno delle scarpe, ma non le sentiva. Se le sue gambe non funzionavano qui, allora era contento di essere sulla sedia a rotelle. Dopo tutto erano una squadra: come Batman e la Batmobile. In risposta ai suoi pensieri, la sedia a rotelle si mosse in avanti come un mastino al guinzaglio.

"Portaci via da qui", comandò E-Z.

Avvertì un senso di movimento sopra di lui. Un movimento di luce come una nuvola che avanza nel cielo. Se solo potesse volare verso l'alto e fuggire attraverso il tetto, ma le sue ali non hanno spazio per espandersi.

La sua pelle cominciò a ribollire e a prudere. Dov'era finito quello spray lenitivo alla lavanda?

PFFT.

"Grazie", disse. Anche questa cosa poteva leggere la sua mente ora.

Le sue spalle si rilassarono e formulò una lista di richieste:

Numero uno. Voleva dire tutto allo Zio Sam. E intendeva proprio tutto. Non tralasciare nulla.

Numero due. Voleva che PJ e Arden lo sapessero. Non tutto, come avrebbe fatto lo zio Sam. Ma abbastanza da far capire loro la pressione a cui era sottoposto. Abbastanza perché potessero sostenerlo e incoraggiarlo. Odiava mentire loro. Aveva bisogno che sapessero delle prove. Perché li stava facendo. Come se avesse avuto scelta.

Numero tre. Voleva che gli chiedessero il permesso prima di rapirlo. In questo modo avrebbe saputo cosa aspettarsi. Non sopportava di essere stato abbandonato in questa situazione.

Numero 4. Voleva sapere dove si trovava. Perché veniva lasciato cadere sempre nello stesso contenitore. Perché a volte le sue gambe funzionavano e a volte no. Perché a volte la sua sedia era con lui e a volte no.

"Il tempo di attesa è di dodici minuti", disse una voce femminile. "Desidera una bevanda?".

"Acqua", disse lui, mentre il metallo alla sua destra sputava fuori un ripiano con un bicchiere d'acqua. "Grazie". Lo gettò di nuovo. Il bicchiere si riempì di nuovo fino all'orlo. Lo mise a posto per dopo.

Più rilassato, gli venne in mente una canzone. Suo padre la adorava. La sedia a rotelle dondolava avanti e indietro, mentre lui cantava il testo. La sedia stava prendendo slancio, come se stesse cercando di liberarsi.

Pochi secondi dopo era di nuovo a casa, nella sua camera da letto con vetri rotti ovunque. Luci blu e rosse pulsavano sulle pareti. Ora, davanti alla finestra rotta, guardò fuori.

"È lassù!" gridò un giornalista.

✳✳✳

"Non di nuovo!" gridò, ora di nuovo nel contenitore di metallo. "Fatemi uscire di qui!" Scalciò il piede contro la parete del silo. "Ahi!", esclamò. Poi sorrise, felice di sentire di nuovo le sue gambe e si alzò in piedi. Alzò il pugno in aria: "Chi credi di essere per portarmi qui, per ogni tuo capriccio!".

"Il tempo di attesa è ora di sei minuti, per favore rimanete seduti".

Delle cinghie uscirono dalle pareti di fronte a lui, dietro di lui e ai suoi lati. Era legato al suo posto. Lottò per liberarsi, ma le cinghie di cuoio non fecero altro che stringerlo. Presto riuscì a muovere solo la testa e il collo.

PFFT.

"Ah, lavanda", disse. Sotto di lui, la sedia a rotelle iniziò a scuotersi e a tremare. "Andrà tutto bene". "Siete dei codardi che hanno troppa paura di venire qui e affrontarmi?".

PFFT.

PFFT.

Si è addormentato.

✳✳✳

Dormì profondamente finché il tetto del silo non si aprì come l'Astrodome di Houston. E una cosa inghiottì la luce. Riuscì a sentirla, prima di vederla. Portando via la luce dal suo mondo. Sotto di lui, la sedia a rotelle tremò, mentre la cosa che si trovava sopra era in caduta libera.

Si fermò completamente, come un ragno al capolinea.

Lucifero?

Satana?

Aspettò, troppo spaventato per parlare.

"Ciao - o - o - o", ruggì la creatura alata, la cui voce rimbalzava sulle pareti.

Desiderava tanto potersi tappare le orecchie.

La cosa sorrise, mostrando denti simili a rasoi e rilasciando un fetore putrido e maleodorante.

Soffocò, tossì e desiderò anche coprirsi il naso.

La bestia rise con un ruggito che rimbombò su e giù per la sua prigione di metallo come se stesse facendo scoppiare dei popcorn. Si avvicinò al viso dell'adolescente e disse: "Non parlo la sua lingua, signore?".

E-Z non rispose. Non poteva. Si sentiva davvero poco eroico. Il fatto che la sua sedia a rotelle sembrasse tremare sotto di lui non aumentava la sua sicurezza.

"NON MI HAI CAPITO?", urlò la cosa, facendo tremare la prigione di metallo fino alle fondamenta. La cosa si avvicinò ancora di più: "MI. TU. NON. SENTIRE. ME?"

Era come una nuvola parlante con una testa al centro, che si preparava a piovere su di lui con tuoni e fulmini. Affondando le unghie nei braccioli, trovò il coraggio di dire: "Sì". Ripassò nella sua testa l'elenco delle richieste.

La bestia ruggì e il fuoco uscì dalla sua bocca. Fortunatamente per E-Z, il calore sale. Improvvisamente sentì una gran fame, di pancetta.

"Mi piace il bacon", confessò la creatura.

E-Z si chiese se avesse detto quella cosa sul bacon ad alta voce. Anche se il suo livello di paura era accelerato, sapeva di non averla detta. Questo significava una cosa: tutti potevano leggergli la mente! Si raddrizzò e cercò di proteggersi chiudendo la mente. I suoi pensieri correvano al cibo, ai pancake dell'Ann's Café, a un denso frullato al cioccolato, allo sciroppo al burro. Qualsiasi cosa per tenere a bada la paura e contenere l'ansia. Era una tortura, quella cosa poteva leggere i suoi pensieri e imprigionarlo per sempre. C'era un'associazione di supereroi a cui poteva unirsi?

"Bah, ha, ha!", disse la cosa ridendo.

E-Z avrebbe tanto voluto raggiungere le sue orecchie, ma non potendo, si consolò pensando che almeno aveva il senso dell'umorismo. "Perché sono qui?"

L'essere non rispose subito, quindi cercò di psicanalizzarlo con uno sguardo fisso. Era particolarmente difficile mantenere lo sguardo fisso, dato che la sedia continuava a cercare di buttarlo fuori. Alzò i pugni, facendo uscire il sangue.

La creatura si muoveva con un'agilità simile a quella di un serpente, con la sua lingua spumosa che andava avanti e indietro mentre leccava i pugni di E-Z.

"Che schifo!", gridò. "È così disgustoso!".

"Ancora, per favore!" chiese la cosa, mentre il sangue sulla sua lingua luccicava come gocce di pioggia.

E-Z era già stato spaventato in precedenza, ma ora era ben oltre la paura. Era più che altro pietrificato... ma era un supereroe. Doveva trovare la forza da qualche parte, anche se la sedia era inutile.

"Nah, nah, nah, nah, nah", cantava la cosa, mentre si avvicinava in picchiata, poi si allontanava, poi si avvicinava di nuovo. Stava rimbalzando sulle pareti.

Dopo alcuni istanti, la creatura si è posata. Incrociò le gambe a mezz'aria. Poi pose il suo lungo dito ossuto sulla sua guancia. Sembrava che si aspettasse di fare una chiacchierata amichevole.

"Hadz e Reiki sono stati rimossi dal tuo caso", sussurrò la cosa. "Quei due erano degli imbecilli. Meno che inutili. Io sono il tuo nuovo mentore".

La creatura oscura si liberò. Volò in alto, eseguì un mezzo inchino con un colpo di fioretto e si alzò più in alto nel contenitore.

E-Z pensò per qualche secondo prima di rispondere. Quelle due creature gli erano state fedeli. Lo avevano aiutato e si erano presi cura di lui e, soprattutto, non avevano bevuto sangue umano.

"Possiamo parlarne?" Chiese E-Z. Cercò di sorridere. Non sapeva come appariva dall'altra parte.

"NO!" disse la cosa, avvicinandosi all'uscita.

E-Z osservò la deriva verso l'alto. Impotente. Senza speranza.

"Aspetta!" urlò, la cosa era per metà dentro e per metà fuori dal contenitore. "Ti ordino di aspettare!" E-Z disse, mentre il tetto iniziava a chiudersi, poi la cosa gli fu in faccia in un lampo.

"S-E-S?", chiese.

"Voglio parlare con il tuo capo per riavere Reiki e Hadz. Sono più adatti alle mie prove. Per il successo delle prove".

"Non ti piaccio?", urlò la creatura con una voce simile alle unghie su una lavagna.

"Fermati! Ti prego!"

"Riportare indietro quei due idioti è fuori questione", disse la cosa girando come un criceto in una ruota.

"Smettila! Mi stai facendo girare la testa! Portami via da qui!".

"Va bene", disse incrociando le braccia e sbattendo le palpebre come la donna del vecchio telefilm I Dream of Jeannie.

Il silo scomparve, mentre E-Z e la sua sedia rimasero a terra.

"Ahhhh!" esclamò.

Poi la sua sedia a rotelle scomparve.

Mentre continuava a cadere, scosse i pugni contro la creatura sopra di lui. Si preparò alla caduta.

"A proposito, il mio nome è Eriel".

"Arrggghhhh!" esclamò.

Era di nuovo sulla sedia a rotelle e si aggrappava alla vita. Stavano ancora cadendo.

CAPITOLO 18

CRASH!

Proprio attraverso il tetto della sua casa. La sua sedia a rotelle si è inclinata in avanti e lo ha scaricato sul letto. Poi è rotolato sul pavimento. Entrambi stavano bene. Non avevano subito danni.

Sopra di lui, il buco che avevano fatto si era riparato da solo.

"Oh, eccoti qui!" Disse Sam. "Benvenuto a casa".

E-Z non lo aveva nemmeno notato. Si era addormentato profondamente sulla sedia nell'angolo.

Sam si stiracchiò e sbadigliò. Poi attraversò barcollando la stanza dove lo attendeva una brocca d'acqua. Ne trangugiò un bicchiere, poi ne offrì una tazza al nipote.

"Che mi dici di quella malvagia creatura di Eriel!". Disse Sam.

E-Z quasi sputò l'acqua.

"Chi? Cosa?"

Sam continuò. "Quell'Eriel è la più disgustosa e schifosa creatura volante che non spererei mai di incontrare!". Strinse i pugni. "Spero che tu possa sentirmi, ovunque tu sia! Non ho paura di te!"

La mascella di E-Z cadde quasi a terra.

Sam continuò. "Quella cosa mi ha messo dentro un contenitore di metallo. Ora so perché hai fatto un brutto sogno. Era davvero come un silo. Mi ha detto che dovevo consegnargli la tua tutela, altrimenti ti avrebbero sparato".

"Oh, quello", disse E-Z. "Immagino che tu abbia visto tutti i vetri rotti. Era un ragazzo, ha cercato di uccidermi".

"So tutto. Ho visto tutto dall'interno del silo. Sapevi che c'era una TV a grande schermo? E anche un ottimo impianto audio".

"Cosa? Ero lì ed Eriel non mi ha detto nulla su di te o sull'assunzione della tutela". Attraversò la stanza e guardò il soffitto: "È un test Eriel? Se dico qualcosa, ritirerai l'offerta? Dammi un segno".

"Con chi stai parlando? Eriel non è qui. Se ci fosse, potremmo sentire la sua puzza da un chilometro. No, siamo soli, anche se ho alzato i pugni verso di lui. Non mi aspettavo che mi sentisse".

"Probabilmente ha occhi e orecchie ovunque".

"Dicono che Dio abbia occhi e orecchie ovunque. Se esiste".

"Cos'altro ti ha detto su di me?".

"Mi ha detto che dovevi morire con i tuoi genitori. Lui e i suoi colleghi ti hanno salvato e ora devi completare una serie di prove".

"È vero. Ho giurato di mantenere il segreto, quindi mi chiedo perché ti abbia rivelato queste informazioni".

"All'inizio ha cercato di fare il prepotente con me, ma tu sei riuscito a uscire da quel guaio con il ragazzo. Mi ha lasciato qui in casa e non ti ho trovato da nessuna parte".

"Sì, perché mi aveva messo nel container".

"Mi ha fatto entrare e uscire un paio di volte, ma mi sono rifiutato di rinunciare alla tua tutela. Dopo la seconda o terza volta, mi disse che avevi chiesto che mi venisse detto tutto e...".

"Ho escogitato un piano per chiederglielo. Non gli ho detto di cosa si trattava, ma lui, come tutti gli altri ultimamente, può leggermi nel pensiero".

"Cosa intendi per tutti gli altri?".

"Prima di Eriel, c'erano due aspiranti angeli chiamati Hadz e Reiki".

"Oh, ha parlato di due imbecilli. Ha detto che sono stati degradati a lavorare nelle miniere di diamanti".

"Il paradiso ha delle miniere?"

"Dubito che quella cosa venisse dal cielo, ammesso che esista".

"Ti dispiace se andiamo in cucina per uno spuntino?". Chiese E-Z. Si diressero lungo il corridoio, Sam accese il grill e preparò del pane con formaggio e burro. "Mentre dormivi, ho fatto delle ricerche su Eriel. Ho dovuto scavare un po' per trovarlo, ma una volta ristretta la ricerca, ho trovato l'oro". Mise i panini nei piatti e li portò al tavolo.

"Grazie, non vedo l'ora di sapere tutto. Ti dispiace se mi immergo subito?".

"No, fai pure". Sam guardò suo nipote dare quattro morsi e poi il panino era sparito. Passò il suo, non sentendosi affamato dopo tutto. "Ho iniziato la ricerca digitando Eriel. Non è venuto fuori nulla. Allora ho digitato Arcangeli e il nome Uriel era proprio in cima alla pagina".

"Pensi che siano la stessa cosa?" Prese un altro boccone.

"È quello che ho pensato all'inizio. Poi ho trovato un elenco di Arcangeli e il nome Radueriel nella mitologia ebraica. Quando ho controllato la sua descrizione, c'è scritto che poteva creare angeli minori con una semplice pronuncia".

"Vuoi dire come Hadz e Reiki? Aspetta un attimo, se li ha creati, probabilmente è per questo che è riuscito a mandarli nelle miniere".

"Esattamente quello che penso io. Quindi, sulla base di queste informazioni, ora sappiamo che Eriel, alias Radueriel, è un arcangelo".

E-Z annuì.

"Allora, ho continuato a scavare e ho trovato questo. "Un principe che scruta luoghi e misteri segreti. Inoltre, un grande e santo angelo della luce e della gloria".

"Wow, è un vero duro!

"Può anche creare qualcosa dal nulla, manifestandolo dall'aria".

"Quindi, deduco che può cambiare il suo aspetto e quello degli altri".

"Esatto. E ho scritto alcune parole". Spinse il pezzo di carta sul tavolo. "Non pronunciarle ad alta voce, però. Se lo facessi, lo evocheresti". Le parole sul foglio erano: Rosh-Ah-Or.A.Ra-Du,EE,El.

"Memorizza le parole su questo pezzo di carta, nel caso in cui dovessi avere bisogno di evocarlo".

"Come facciamo a sapere che funzioneranno?".

"Usale solo se è necessario. Non vale la pena chiamarlo qui, a meno che non sia l'ultima risorsa".

"Sono d'accordo." Mentre le ripeteva più volte nella sua mente, si sentì confortato dal fatto che l'arcangelo non stava leggendo continuamente la sua mente.

"Eriel ha detto che dovrei aiutarti con le prove. Immagino che salvare quella bambina sia stata la prima che hai dovuto fare".

"Finora ne ho fatte diverse. La prima, sì, la bambina. La seconda, ho salvato un aereo dall'incidente".

"Mi piacerebbe sapere di più su come hai fatto. Mi sorprende che tu non sia finito al telegiornale".

"Lo ero, ma non si capiva che ero io. La terza, ho fermato un tiratore sul tetto di un edificio in centro. La quarta, un altro tiratore in un centro commerciale con degli ostaggi e la quinta, il ragazzo fuori che cercava di uccidermi".

Sam raccolse i piatti e li portò alla lavastoviglie. "Non so dirti quanto sono orgoglioso di te. Tutto questo sta succedendo e io non ne avevo assolutamente idea".

"Avevo giurato di mantenere il segreto. Se l'avessi detto a qualcuno, avrebbero...".

"Si sarebbero assicurati che tu non vedessi mai più i tuoi genitori", mi ha detto. Mi sembra un po' sospetto. Eriel non è un tipo sentimentale, era come una grande palla di rabbia in attesa di un bersaglio".

"Ho ferito i suoi sentimenti quando ha pensato che non mi piacesse".

Sam si schernì. "Immagina quella cosa, avere dei sentimenti". Si alzò in piedi. "Vuoi un caffè?"

"Preferirei del cacao". Sbadigliò. "È stata una giornata davvero lunga".

"Possiamo parlarne meglio domattina, ma cosa ne pensi della scadenza? Hai completato cinque prove, in quanti giorni?".

"Sono stati casuali. Non so nulla di una scadenza precisa".

"Eriel mi ha detto che devi completare dodici prove in trenta giorni. Se sei già a due settimane, allora dovranno accelerare i tempi... di molto".

"È la prima volta che lo sento dire".

"Ha detto che se non li completi in tempo, morirai".

"Cosa?"

"E che tutti quelli che hai salvato moriranno". Sam si fermò, al pensiero di perderlo ora che avevano appena iniziato. La sua vita sarebbe stata di nuovo vuota, solo lavoro, casa, lavoro, casa. E-Z lo stava fissando, in attesa. "Scusa, stavo pensando a quanto sei importante per me, ragazzo. Ma mi ha detto anche un'altra cosa: che saresti morto con i tuoi genitori. Questo significherebbe che tutto quello che abbiamo fatto, tutto il tempo che abbiamo trascorso insieme scomparirebbe. E non sto dicendo che potrei o vorrei mai prendere il posto dei tuoi genitori, ma sai cosa sto dicendo, vero? Ti voglio bene, piccola".

"Anche io ti voglio bene", disse E-Z. Voleva abbracciare Sam e Sam voleva abbracciare lui, se ne accorgeva eppure si muovevano. Fece un respiro profondo: "È dura. Sembra più da Eriel, però".

"Un'altra cosa: ha detto che ogni volta che completi una prova, la tua anima aumenta. Quando arriverai a dodici, avrà un valore ottimale. La moneta dell'anima che puoi usare per vedere e parlare di nuovo con i tuoi genitori".

La sedia di E-Z si staccò dal tavolo mentre la porta d'ingresso si staccava dai cardini e lui si lanciava nel cielo.

"Arrgghhh!" Sam urlò da dietro di lui. Si era aggrappato alla sedia e alle ali di suo nipote come un aquilone impazzito.

"Resisti!" Disse E-Z. "Credo che Eriel stia chiamando".

E volarono.

CAPITOLO 19

"Aspetta, stiamo per atterrare". La sua sedia a rotelle si diresse verso il basso.

"Vorrei avere anch'io una cintura di sicurezza!", esclamò Sam, avvolgendo le braccia intorno al collo del nipote.

"Non preoccuparti, sarà un atterraggio sicuro".

"Se non mi lascio andare prima! Arrgghhh!"

Mentre scendevano, E-Z notò un cerchio di statue. Non avendo altro da fare, le contò: erano un centinaio con qualcosa al centro. Strano, era stato molte volte in centro città ma non si ricordava di questo gruppo di blocchi di cemento. Le ruote della sedia toccarono terra, ma Sam era ancora aggrappato alla vita.

"Va tutto bene ora", disse E-Z. "Puoi aprire gli occhi".

Lo fece. "Ucciderò quell'Eriel la prossima volta che lo vedrò!".

"Shhh. Potrebbe essere prima di quanto pensi". La cosa che aveva individuato al centro delle statue era Eriel in forma umana, nelle fattezze fisiche ma non nelle dimensioni. Inoltre, era seduto su una sedia a rotelle che si librava come un trono magico.

I suoi capelli erano neri come il marmo e gli scendevano sulle spalle fino alla vita. I suoi occhi erano come il carbone e la sua carnagione come l'alabastro. Il suo mento era ricoperto di barba, come un'ombra delle sei anche se era più vicino a mezzogiorno. Le sue labbra erano molto rosse, come se avesse applicato un rossetto fresco. Mentre il suo naso sembrava quello di un giocatore di football che si è rotto più di una volta. Per quanto riguarda i vestiti, indossava una maglietta bianca, jeans neri e ai piedi un paio di sandali Jesus.

E-Z si girò in cerchio, osservando di nuovo i centodieci uomini. Erano tutti vestiti con abiti moderni. La maggior parte indossava occhiali e abiti eleganti. Allora capì la verità: Eriel aveva trasformato centodieci uomini vivi e vegeti in statue.

E non era tutto. Si rese conto che, anche se si trovavano nel quartiere centrale degli affari, non c'erano i soliti rumori. In un giorno normale, le auto bloccate nel traffico avrebbero suonato il clacson e i gas di scarico avrebbero riempito l'aria.

Il silenzio era fastidioso, ma l'aria fresca e pulita lo fece respirare più profondamente. Lo tranquillizzava. Sapeva che era la calma prima della tempesta.

Alzò lo sguardo verso il cielo. Un aereo passeggeri era fermo a mezz'aria. Accanto ad esso c'erano degli uccelli che avevano smesso di volare. Sullo sfondo, le nuvole. Inamovibili. Stazionarie.

Poi tutto sopra di lui passò dal blu al nero.

E il silenzio, un tempo inquietante, fu strappato via.

A sostituirlo furono dei gemiti. Gemiti. Le radici degli alberi venivano strappate dalla terra. L'aria si addensò e si avvolse intorno alle loro gole. Rubando loro il respiro.

E sotto i loro piedi, il terreno iniziò a tremare. Si spaccò in due. Un terremoto. Che squarcia. Lacerante.

Il sole, la luna e le stelle brillarono tutti insieme, ma solo per un secondo. Poi scoppiarono e si frantumarono in un milione di pezzi.

"Perché hai trasformato gli uomini in statue? E perché stai cercando di distruggere il mondo?". Chiese E-Z. "E perché stai galleggiando lassù su una sedia a rotelle?".

"Oh no", gridò Sam, brandendo i pugni in aria.

Eriel rise: "Era ora che arrivassi, protetto. Come osi parlarmi, farmi delle domande? Io sono il grande e il potente, ma sono reale, non finta come il Mago di OZ. Tu esisti solo perché ho scelto di salvarti".

"Quando Ophaniel mi ha parlato nella Biblioteca degli Angeli, non ti ha nemmeno nominato".

Eriel rise e puntò un dito ossuto che si allungò fino a toccare il naso di E-Z. "Il tuo caso è stato affidato a me, dopo che quei due idioti di Hadz e Reiki hanno fallito nel loro compito".

"Non toccarmi!" Il dito si ritrasse. "Ti chiedo di nuovo: cosa ci fai qui nel mio territorio e perché sei su una sedia a rotelle?".

"Tutto sarà spiegato", disse Eriel. Sollevò i piedi e sorrise loro. "Mi piacciono queste scarpe; sono molto comode".

"Non sono scarpe, sono sandali", disse Sam, avvicinandosi alla sedia in bilico.

"Aspetta, zio Sam, vieni dietro di me".

Eriel gettò la testa all'indietro e rise. "La verità è un cane che deve stare a cuccia": è una citazione di Shakespeare che significa che tuo zio dovrebbe essere addomesticato".

"Perché tu!" Sam gridò, alzando il pugno in aria.

" È difficile battere una persona che non si arrende mai' - questa è una citazione di Babe Ruth, uno dei più famosi giocatori di baseball di sempre". La sedia di E-Z si sollevò da terra e volò vicino a Eriel. "Il baseball è un gioco di equilibrio", disse Eriel. "È una citazione dello scrittore Stephen King". Esitò, poi fece un sorriso così grande che sembrava che le sue guance potessero crollare mentre la sedia di E-Z cadeva come se fosse fatta di piombo. "Ops", disse Eriel, mentre scoppiava a ridere.

Non ci volle molto perché E-Z riprendesse il controllo della sedia e si alzasse come un ascensore. Cercò di riprendere il controllo della situazione con le sue ali. Ma non c'era tempo, perché si era trasformato in una trottola e stava girando in tondo.

"Arrgghhh!" gridò, conficcando le unghie nei braccioli della sedia. La trottola si fermò, la sedia cadde di nuovo come un pallone di piombo, poi si fermò.

Cercò di nuovo di far funzionare le sue ali. Non hanno collaborato e subito dopo si è ritrovato a girare di nuovo. Ma questa volta in senso antiorario.

"Hhhhggggrrraaa!", gridò.

Eriel rise così forte da far tremare la terra.

In basso, Sam raccolse delle pietre dal marciapiede e le lanciò contro Eriel, che le schivò e le evitò quasi tutte. Un grosso sasso, però, colpì il naso della creatura. "Prendetevela con qualcuno più vicino alla vostra età!". Sam gridò.

Mentre il sangue gli colava sul viso, Eriel mise al suo posto lo zio di E-Z.

"Nooooooo!" E-Z gridò mentre continuava a girare. Quando si fermò completamente, a testa in giù, quello che vide sotto di sé non poteva essere sbagliato. Lo Zio Sam era ora una delle statue in cerchio: c'erano centoundici uomini. Era così stordito che gli venne in mente una frase e, dato che era tutto ciò che aveva, la gridò più forte che poteva: "Non è finita finché non è finita".

POP.

POP.

Hadz si sedette su una spalla dell'adolescente, Reiki sull'altra.

"Questa è una citazione di Yogi Berra e questa è da parte mia e dello Zio Sam!".

Tra le mani teneva la mazza più grande del mondo, una replica della 54 ouncer di Babe Ruth che brillava di polvere di diamante. Non aveva idea di quanto fosse pesante, quando sferrò un colpo a Eriel sul suo trono a rotelle e lo fece volare da una parte all'altra. Cantò: "Saluta l'uomo della luna quando lo incontrerai!".

In lontananza la voce echeggiante di Eriel disse: "Prova completata!".

Hadz e Reiki applaudirono. Così come i centoundici uomini che erano tornati alla loro forma umana, compreso lo Zio Sam.

"Naturalmente, sai che tornerà", disse Hadz. "E sarà molto arrabbiato!".

"Grazie per il tuo aiuto!" disse E-Z, mentre lui e Sam volavano verso casa.

Reiki e Hadz cancellarono le menti dei centodieci, poi ripresero il lavoro nelle miniere e sperarono che nessuno si accorgesse che avevano capito come fuggire.

Eriel continuò a girare a vuoto mentre formulava un piano di vendetta.

EPILOGO

Dopo alcuni giorni intensi, E-Z ha finalmente dormito bene. Sognava di giocare a baseball e il giorno dopo Arden e PJ sono passati per portarlo a una partita. "Oggi non mi va di giocare, ma verrò per il morale", disse.

"Certo", risposero i suoi amici.

Una volta portato E-Z sul campo, insistettero perché giocasse. Avevano bisogno che prendesse e lui accettò. Quando arrivò la sua prima volta alla battuta, voleva colpire da solo. Prese la sua mazza preferita e si portò al piatto. Il primo lancio era alto e lui lo mancò. La sua zona di lancio era davvero ridotta da quando era seduto.

"Strike 1", disse l'arbitro.

E-Z si allontanò dal piatto. Fece un altro paio di lanci di prova, poi tornò indietro. Il lancio successivo lo colpì e la palla finì in foulard.

"Strike 2", chiamò l'arbitro.

"Nessun battitore, nessun battitore", si lamentarono i ragazzi in campo.

Il lanciatore lanciò una palla curva, E-Z si appoggiò al lancio e lo colpì. La palla volò fuori dal campo. Oltre la recinzione. Fuori dal parco.

"Prendi le basi", disse l'arbitro. "Te lo meriti, ragazzo".

E-Z girò intorno alle basi, impedendo alla sua sedia di prendere il volo. Quando la sedia toccò la casa base, i suoi compagni di squadra si riunirono intorno a lui per applaudirlo. Si divertì finché durò.

Finché non è atterrato di nuovo all'interno del contenitore metallico - solo che questa volta era arrotolato in una palla - ed è rimasto senza sedia. Come un neonato, respirò profondamente perché era l'unica cosa che poteva fare. Aspetta. I bambini possono girarsi da soli. Tutto ciò che doveva fare era concentrarsi, focalizzarsi.

Sì, ci riuscì. L'unico problema era che non stava meglio. Era ancora arrotolato, al buio. Confinato in uno spazio senza luce né possibilità di muoversi quasi per niente. In effetti, la forma del contenitore metallico era diversa questa volta. Era più sottile all'estremità, a forma di proiettile.

Sapere questo non aiutava la sua claustrofobia e la sua ansia. Si chiese per quanto tempo avrebbe potuto continuare a respirare in questo spazio ristretto. Non molto. Avrebbe finito l'aria in un attimo e sarebbe morto. Inspirò profondamente, cercando di mantenere basso il livello di ansia.

Una cosa era certa: non c'era modo che Eriel potesse entrare in questa cosa con lui. A meno che non facesse saltare le pareti, il che potrebbe non essere una cattiva idea.

E-Z bussò alle pareti e al soffitto. Urlò. Urlò. Si ricordò del suo telefono. Poteva raggiungerlo? Non c'era. L'aveva messo nella borsa sportiva per rispettare la regola del divieto di usare il telefono in campo.

Al di fuori del contenitore, c'erano dei suoni preoccupanti. Graffi. Ratti? No, non topi. Poteva affrontare molte cose, ma non i ratti. "Fatemi uscire!" urlò. Si accese un motore. Un veicolo più vecchio, come un camion. Il pavimento sotto di lui iniziò a scuotersi e a rumoreggiare mentre il proiettile rotolava in avanti e rimbalzava.

All'esterno il container rimbalzava sulle pareti. All'interno, si trovava in uno spazio così ristretto che non c'era molto movimento. Questo era un vantaggio per essere intrappolati in un proiettile.

Il veicolo ha urtato qualcosa e la testa di E-Z è entrata in contatto con la parte superiore dell'oggetto. Emise un grido, ma il suono si spense. Il contenitore metallico si mosse di nuovo, lateralmente. Colpì qualcosa, poi tornò nella sua posizione originale. La spalla gli faceva male per l'impatto.

E-Z si chiese se si trattasse di un compito di Eriel, ma decise che non poteva essere così. Cominciò a pensare che fosse stato rapito e tenuto prigioniero. Ma perché proprio ora?

"Ehi!" gridò mentre l'oggetto metallico rotolava e atterrava sul fondo piatto, dove si trovava il suo sedere. Ora il peso era disperso in modo più uniforme. Era comodo. O meglio, il più comodo possibile date le circostanze. Rimase quindi molto immobile fino a quando il veicolo non si fermò completamente e lui finì a testa in giù.

Fece un respiro profondo, si calmò e pronunciò le parole ad alta voce,

"Roch-Ah-Or, A, Ra-Du, EE, El".

Mentre aspettava, chiese: "Dove sei Eriel?

Roch-Ah-Or, A, Ra-Du, EE, El?".

"Mi hai convocato?" Disse Eriel. La sua voce era nitida e chiara, ma non era visibile.

"Sì, Eriel, credo di essere stato rapito. Sono in un container. Puoi aiutarmi?"

"So sempre dove sei", disse Eriel. "La domanda che dovresti porti è: VOGLIO aiutarti".

"Non sapevo che mi tenessi sotto sorveglianza 24 ore su 24!". Esclamò E-Z, sempre più arrabbiato ogni momento che passava. Fece alcuni respiri profondi e si calmò. Aveva bisogno dell'aiuto di Eriel e l'arcangelo non gli avrebbe reso le cose facili. "Non riesco a vedere il guidatore di questa cosa e non riesco ad estendere le mie ali. E dov'è la mia sedia? Sto finendo l'aria qui dentro. Se vuoi che finisca quelle prove per te, allora è meglio che mi porti fuori di qui e in fretta".

"Prima mi insulti, mettendo in dubbio che io sia un angelo o meno, poi mi preghi di aiutarti. Gli umani sono creature molto volubili".

"Lo so. Mi dispiace. Ti prego, aiutami".

"Hai considerato", suggerì Eriel. "Che questa è una prova? Qualcosa che devi superare da sola?".

"Mi stai dicendo che questa è sicuramente una prova?".

"Non sto dicendo che lo sia. E non sto dicendo che non lo sia", disse Eriel ridacchiando.

E-Z era furioso. Gli mancavano tanto Hadz e Reiki.

"È triste che tu pensi ancora a quei due idioti. Ora E-Z, se fosse un processo, come faresti a uscirne?".

"Prima di tutto, mi hanno aiutato quando hai quasi ucciso la Terra. In secondo luogo, non può essere un processo perché non c'è nessuno che possa aiutarmi".

Eriel rise. "Ti consideri nessuno?". Eriel fece una pausa. "Oggi stai salvando te stesso e solo te stesso. Usa gli strumenti che hai a disposizione". Esitò e poi rise di nuovo. "Pensa al di fuori del contenitore di metallo". La sua risata era così forte all'interno del proiettile di metallo da far male alle orecchie di E-Z. Le coprì. Poi non sentì più Eriel.

E-Z chiuse gli occhi e si concentrò. Decise di stringere i pugni e di provare a spingere le pareti. Per quanto si sforzasse, non si muovevano. Il piano B era quello di evocare la sua sedia, cosa che fece. Immaginò che non fosse molto lontana. Forse si librava in alto, in attesa che E-Z la richiamasse. Era così concentrato a chiamare la sua sedia che non si accorse che qualcuno stava camminando fuori. Passi sul marciapiede. Un uomo, con gli stivali che battevano. L'uomo si stava dirigendo verso il veicolo, verso il retro. Inserì una chiave. La portiera si aprì.

"Sta girando qui dentro", disse l'uomo.

Una risata. Non la risata di Eriel. La risata di un altro uomo.

Poi un urlo.

Poi altre urla.

Poi una corsa. Scappare via.

Altre urla.

Poi un movimento. Il container si muove. Viene sollevato sulla sua sedia a rotelle.

Poi sale verso l'alto, sempre più in alto. Verso la salvezza.

"Grazie", disse E-Z alla sua sedia. "Ora portami a casa dallo Zio Sam".

E-Z sapeva che lo Zio Sam sarebbe stato in grado di tirarlo fuori dal container. Avrebbe avuto bisogno di un apriscatole gigante, ma se ce ne fosse stato uno, lo Zio Sam lo avrebbe trovato.

La sua sedia a rotelle, però, sfrecciò nella direzione opposta.

LIBRO DUE:

I TRE

CAPITOLO 1

Lontano, molto lontano da dove viveva E-Z Dickens, una bambina ballava. Le sue lezioni di danza classica si tenevano in un piccolo studio nel quartiere centrale degli affari dei Paesi Bassi.

Era una bambina graziosa, con capelli dorati e una linea di lentiggini che le attraversava il naso e le guance. Le sue caratteristiche più memorabili erano gli occhi verde nocciola. Il colore era identico a quello della nonna. Il suo sogno era quello di diventare un giorno la ballerina più famosa dei Paesi Bassi.

Il suo tutù rosa era fatto di tulle. Si trattava di un tessuto leggero simile alla rete, utilizzato dagli stilisti per le ballerine professioniste. Il tutù era stato disegnato e cucito per lei dalla sua tata. Il costume da ballerina era un'opera d'arte in sé, tanto che tutti i bambini della classe ne volevano uno.

Hannah, la tata di Lia, ricevette molte richieste da parte di altri genitori per realizzare lo stesso tutù per le loro figlie. La tata ha risposto con fermezza ai bambini, ai loro genitori, agli insegnanti e a molte altre persone che non aveva tempo di occuparsi di questo lavoro extra. Anche se avrebbe potuto usare il denaro.

Tutto ciò che Hannah faceva, lo faceva perché amava la sua pupilla, Lia. Lia, che lei chiamava kleintje, che tradotto significa piccola.

Quando la lezione di danza classica era quasi finita, Lia mise via le scarpe. Si strofinò i piedi doloranti.

Tutti i balletdanser (tradotto: ballerini di danza classica), anche quelli di sette anni come Lia, dovevano allenarsi per un minimo di venti ore a settimana.

Questo lavoro aggiuntivo, oltre a un curriculum scolastico completo, richiedeva dedizione e impegno. I bambini che non riuscivano a tenere il passo venivano prontamente messi alla porta. Non importa quanto denaro i loro genitori si offrissero di pagare per farli rimanere nel programma.

Lia sperava di incontrare un giorno il suo idolo Igone de Jongh, la più famosa ballerina olandese di tutti i tempi. Da quando il suo idolo si era ritirato, Lia guardava le sue esibizioni in televisione.

Hannah si occupava di Lia nei giorni feriali. La madre di Lia, Samantha, viaggiava per lavoro durante la settimana.

Fuori dalla scuola di danza, Hannah e Lia salirono sulla Volkswagen Golf. Presto sarebbero tornate a casa.

"Hai dei compiti da fare?" Chiese Hannah.

Lia annuì.

"Goed", tradotto con "bene". "Vai e inizia quando preparo la cena", disse Hannah.

"Oke", tradotto come ok, rispose Lia.

Lia andò subito in camera sua dove appese il suo vestito da ballerina, poi si mise al lavoro alla sua scrivania.

A scuola stavano studiando la leggenda dell'Albero delle Streghe. Il loro compito era quello di disegnare l'albero e creare qualcosa di magico su di esso. Lei intendeva disegnare una sagoma con il gesso. Poi avrebbe usato degli scovolini per le radici e dei brillantini sulle foglie per creare un elemento magico.

Sebbene avesse un talento naturale per l'arte, non le piaceva crearla. La sua preferenza era per la danza. Non si lamentava e non scartava i compiti che non le piacevano particolarmente. Non era nella sua natura essere disobbediente o disturbare.

Anche se Lia viveva a Zumbert, nei Paesi Bassi, frequentava una scuola internazionale. Il suo inglese era eccellente. Zumbert era famosa in tutto il mondo per essere il luogo di nascita di Vincent Van Gogh. Lia sapeva tutto su Van Gogh, dato che tra lei e lui scorreva lo stesso sangue.

Dopo aver completato i compiti, aprì il computer. Si accese e giocò a un gioco. Per raggiungere il livello successivo sarebbero bastati pochi istanti. Hannah l'avrebbe presto chiamata per l'avondeten (cena).

Non è necessario che nessuno lo sappia, le disse una vocina in fondo alla mente. Lia ascoltò la voce, ma per essere sicura che nessuno lo scoprisse, chiuse la porta della sua camera da letto.

Mentre le sue dita facevano clic sulla tastiera, la lampadina sopra la sua scrivania si spense con uno schiocco. Chiuse il portatile e riaprì la porta. Guardò in fondo al corridoio dove c'erano le lampadine alogene di ricambio. La tata ne teneva una scorta nell'armadio della biancheria in cima alle scale. Tutto ciò che Lia doveva fare era uscire, prenderne una, tornare e cambiare la lampadina da sola. Così avrebbe avuto più tempo per giocare.

Tornata nella sua stanza, valutò la situazione. Doveva alzarsi sulla sedia della scrivania, che era dotata di rotelle. L'avrebbe spinta con forza contro il letto, per fissarla. Sì, avrebbe funzionato.

La sedia è stata fissata sotto la lampada e lei ci è salita sopra. Tenendo la nuova lampadina sotto il mento, svitò quella vecchia. La lampadina bruciata la gettò sul letto. Prendendo l'altra lampadina da sotto il mento, la avvitò.

CRACK!

La nuova lampadina esplose.

Frammenti di vetro, per lo più di piccole dimensioni, schizzarono fuori da essa. Sul viso e sugli occhi della bambina.

Lia non urlò subito perché una luce blu riempì la stanza facendo fermare il tempo. La luce la circondò e si avvicinò al suo viso.

SWISH!

Apparve una piccola creatura angelica che esaminò gli occhi della bambina. Poi, ritenendo che fossero danneggiati in modo irreparabile, sussurrò: "Vuoi essere una delle tre?".

"Ja", tradotto come sì, disse Lia, mentre il tempo si fermava.

L'angelo, il cui nome era Haniel, arrivò. Cantò una ninna nanna rilassante a Lia, mentre rimuoveva il vetro.

In inglese, il testo della canzone era:

"Una bambina triste e dolorosa si sedette
Sulla riva del fiume.
La bambina piangeva per il dolore

Perché entrambi i suoi genitori erano morti".
In olandese, il testo della canzone era:
"In un'altra riva del fiume
Eeen treurig meisje zat.
Il mio bambino si è arrabbiato per il verdetto
Omdat zij geen ouders meer had".

Fortunatamente la piccola Lia stava dormendo e non poteva essere spaventata dalle parole della ninna nanna.

Quando Haniel finì di occuparsi della parte peggiore delle ferite di Lia, mise le mani sui fianchi e smise di cantare. Il compito era quasi terminato, ora doveva solo gettare le basi per i nuovi occhi della sua protetta.

Le due manine di Lia erano arrotolate a palla. Pugni stretti. Haniel permise alle sue ali di accarezzare delicatamente le dita chiuse, facendole aprire.

Quando i palmi di Lia furono aperti, l'angelo Haniel, usando l'indice, tracciò la forma di un occhio su entrambi i palmi. Sulle dita, tracciò una singola linea su ognuna, che andava dal palmo fino alla fine del dito. Completato il suo compito, l'angelo Haniel baciò delicatamente Lia sulla fronte e poi con un

SWISH!

e scomparve.

Il tempo è ripartito e la nostra coraggiosa piccola Lia non ha ancora urlato. Lo shock agisce sul corpo come meccanismo di difesa e, fermando il tempo, anche il dolore si è fermato. Quando Lia finalmente urlò, non riuscì a fermarsi. Non quando è arrivata l'ambulanza. Né quando è stata trasportata su una barella nel veicolo con la sirena che si univa al suo coro di urla. O quando è stata spinta su una barella in ospedale. Non quando le hanno puntato una grande luce in faccia, che lei poteva sentire ma non vedere. Ha smesso di urlare quando l'hanno sedata. Poi hanno usato la tecnologia più avanzata per rimuovere i vetri rimasti. Tuttavia, ogni pezzo di vetro era già stato rimosso. I chirurghi le hanno bendato gli occhi e l'hanno portata nella sua stanza per riprendersi.

Dopo l'operazione, arrivò Samantha, la madre di Lia. Aveva preso un volo Red Eye da Londra. Incontrò il chirurgo mentre sua figlia dormiva.

"Mi dispiace, ma non vedrà mai più", le disse.

La madre di Lia si ficcò il pugno in bocca, trattenendo l'impulso di piangere.

Il dottore disse: "Può imparare il braille e frequentare una scuola per ipovedenti. È in un'età eccellente per l'apprendimento e si impadronirà delle conoscenze. In poco tempo la firma sarà una seconda natura per lei".

"Ma mia figlia vuole diventare una ballerina di danza classica. Ha mai visto o sentito parlare di una ballerina professionista non vedente?".

"Alicia Alonso era parzialmente cieca. Non ha lasciato che questo la frenasse".

La madre di Lia accarezzò la mano della figlia addormentata. "Grazie, troverò i dettagli su di lei su internet. Sette anni sono troppo pochi per essere costretti a rinunciare a un sogno".

"Sono d'accordo. Ora riposa anche tu. Lia si sveglierà presto e avrà bisogno che tu sia forte per lei. Per quando glielo dirai. Se vuoi che ci sia anch'io, fammelo sapere".

"Grazie, dottore, prima cercherò di cavarmela da sola".

Quando la porta si chiuse, la madre di Lia toccò i segni sul viso della figlia. Le impronte lasciate sembravano gocce di pioggia arrabbiate. Poi guardò Hannah, la tata di Lia che dormiva. Mentre passava davanti a lei per prendere dell'acqua, accidentalmente e di proposito le diede un calcio alla scarpa sinistra per svegliarla. "Fuori!" disse, mentre Hannah sbadigliava.

Nel corridoio, Samantha, la madre di Lia, ha dato sfogo alle sue emozioni senza trattenersi. "Come hai potuto permettere che accadesse questo alla mia bambina? Come hai potuto!? Un minuto prima ero a una riunione di lavoro, poi ho dovuto interrompere il mio viaggio di lavoro e prendere il primo volo da Londra! Che cosa è successo? Come è successo?"

"Eravamo appena tornati dalla lezione di danza classica. Io stavo preparando la cena e Lia stava finendo i compiti. La lampadina deve essersi bruciata. Ne ha presa un'altra dall'armadio del corridoio, ha cercato di sostituirla da sola ed è esplosa. Quando ha urlato, sono arrivata in pochi secondi e la ziekenwagen (ambulanza) è arrivata in men che non si dica. Ho pregato che i suoi occhi fossero a posto, che si riprendesse".

"Allora preghi nel sonno, vero?". Chiese Samantha, senza aspettare una risposta. "Gli artsen (medici) dicono che non vedrà mai più", disse Samantha con un tono poco gentile.

***

Nel frattempo, Lia stava sognando di volare con un angelo. Aveva le braccia intorno al suo collo e si accoccolava contro il suo petto. Il movimento della sedia a rotelle nell'aria la cullava e la confortava.

Poi la sua mente si è ribaltata e stava guardando dall'alto un contenitore di metallo. Il contenitore era seduto sul sedile di una sedia a rotelle con le ali. Stava per essere trasportato in un luogo che lei non conosceva.

Alzò la mano destra e poi la sinistra e con esse poté vedere che c'era un angelo/ragazzo intrappolato al suo interno. Aveva un viso gentile, con occhi più azzurri del cielo e macchie d'oro che li facevano brillare anche se era al buio. I suoi capelli erano per lo più biondi, a parte un po' di grigio alle tempie. Ma la cosa più strana era una striscia nera al centro. Faceva sembrare il ragazzo più vecchio.

L'angelo/ragazzo nel contenitore che si trovava sul sedile della sedia a rotelle si avvicinò alla bambina del suo sogno. Lei toccò il contenitore e quando lo fece, poté sentire il battito del cuore dell'angelo/ragazzo al suo interno. Non solo, poteva anche leggere i suoi pensieri e le sue emozioni.

Lia si svegliò e gridò: "Mamma! Hannah! Vieni subito!".

"Sono qui, tesoro", disse sua madre, tornando al capezzale della figlia.

Hannah si asciugò gli occhi e rientrò nella stanza.

"Non è il momento per tua madre di dare la colpa ad Hannah. È stato un incidente. Inoltre, è necessario il nostro aiuto. Per favore, trovami carta e matite - ORA".

"Sta delirando!" Esclamò Samantha. Controllò la temperatura sulla fronte della figlia. Sembrava tutto a posto.

Hannah recuperò gli oggetti richiesti dalla sua borsa e li mise nelle mani di Lia.

Senza esitare, Lia iniziò a disegnare. Graffiava la carta, come un'artista ispirata. Samantha e Hannah la guardavano con curiosità.

Il primo disegno che fece fu di un ragazzo all'interno di un contenitore metallico a forma di proiettile. Il contenitore era appoggiato sul sedile di una sedia a rotelle e la sedia a rotelle aveva delle ali. Ali d'angelo. Lia girò la pagina e disegnò una seconda immagine di un ragazzo/angelo all'interno da tutte le angolazioni. Da tutti i lati. Dopo la prima immagine, ne disegnò molte altre in modo maniacale e poi le lanciò in aria.

I disegni, come se fossero stati catturati da una folata di vento, hanno danzato per la stanza, salendo e scendendo, e poi tutt'intorno. Come se fossero sotto un incantesimo. Una delle immagini inseguì la tata, che corse fuori dalla stanza urlando.

Lia chiuse i pugni con forza, poi borbottò alcune parole inudibili.

"Devo chiamare il dottore?" chiese la madre isterica. "Il mio bambino, oh no, il mio povero bambino!".

Hannah tornò a tremare mentre guardava Lia che si era riaddormentata.

Le due donne si sedettero al capezzale della bambina. La guardarono dormire serenamente fino a quando non si addormentarono anche loro.

Lia non poteva vedere con gli occhi color nocciola con cui era nata. Erano stati sostituiti con occhi sui palmi delle mani.

I suoi nuovi occhi, posizionati sui palmi, includevano tutte le parti normali di un occhio. Come la pupilla, l'iride, la sclera, la cornea e il condotto lacrimale. Ogni occhio del palmo aveva una palpebra. La parte superiore iniziava dove finivano le dita. La parte inferiore terminava dove iniziava il polso.

Per quanto riguarda le ciglia, ogni dito aveva un'attaccatura tatuata su di esso. Dalla parte superiore della palpebra fino all'inizio dell'unghia, così come il pollice.

Il che era una buona cosa, dato che nessuna ragazza avrebbe voluto dita con peli che crescevano su di esse.

Soprattutto non una bambina come Lia che sperava di diventare un giorno una grande ballerina.

CAPITOLO 2

Quando si è svegliata, i palmi delle mani le prudevano molto. In effetti, erano più pruriginosi di quanto non fossero mai stati prima. Il che le ricordò una cosa che le disse una volta sua nonna. La nonna diceva che quando la mano destra prudeva, significava che avresti ricevuto denaro e in abbondanza. Se ti prudeva la mano sinistra, significava che stavi perdendo soldi. Non ha mai detto cosa sarebbe successo se entrambi i palmi avessero avuto prurito allo stesso tempo.

Un flash dell'angelo/ragazzo intrappolato nel contenitore la riportò alla realtà. Aprì i palmi, preparandosi a grattarsi. Invece, rimase scioccata nel vedere se stessa riflessa in essi. Sorrise, come se stesse posando per un selfie.

Non essendo ancora sicura al cento per cento di stare sognando, girò entrambi i palmi verso di lei. La sua intenzione era quella di fare una panoramica della stanza.

Era arredata come se stesse nuotando in un acquario. Pesci pagliaccio e pesci rossi erano impegnati a rincorrersi la coda. Continuò a muovere le mani per la stanza finché non trovò Hannah. Poi trovò sua madre. Fece uno strillo di gioia.

Samantha, la madre di Lia, saltò in piedi come Hannah.

"Cosa c'è, piccola?".

"Mamma? Riesco a vederti".

"Certo che puoi, tesoro mio".

"Mi credi?"

"Sì, certo che ti credo. Ma prima dimmi una cosa: perché hai disegnato una sedia a rotelle con le ali? Le sedie a rotelle non hanno le ali".

Non vede i miei nuovi occhi, pensò Lia. "Ti voglio bene, mamma, ma alcune sedie a rotelle hanno le ali e alcuni angeli volano su sedie a rotelle con le ali".

"Ti voglio bene anch'io, piccola", rispose lei. "Quale ragazzo/angelo? Hai fatto un sogno?".

"C'è un angelo maschio", disse Lia.

"Un ragazzo/angelo? Dove, piccola?".

Lia aprì i palmi delle mani e pensò al bambino angelo. Pensò così intensamente che riuscì a vederlo, a sentirlo e a percepirne la presenza nella sua mente.

"L'angelo/ragazzo sta venendo qui a trovarmi", disse.

"Qui, tesoro?" chiese sua madre, lanciando un'occhiata in direzione della tata che scrollò le spalle.

"Sì, il ragazzo angelo ha bisogno del mio aiuto. È venuto a trovarmi dal Nord America".

"Quando hai fatto i disegni", chiese Hannah, "stavi disegnando da un ricordo dell'angelo/ragazzo?".

"O da un sogno?" chiese sua madre.

"All'inizio era un sogno, ma ora riesco a vederlo anche da sveglia".

"Se riesci a vedermi, piccola, cosa sto indossando?".

"Posso vederti mamma, non con i miei vecchi occhi. Ma con quelli nuovi. Indossi un vestito rosso, con delle perle al collo".

Un paziente anziano, passando davanti alla sua stanza, si fermò quando vide una bambina che teneva i palmi aperti davanti a sé. È lei, pensò, e per averne conferma non dovette aspettare molto. Infatti Lia, percependo la presenza di un'altra persona, girò il palmo sinistro in direzione della porta. L'anziano vide il suo palmo lampeggiare, poi uscì dalla sua vista.

"Sta tirando a indovinare", suggerì Hannah, distogliendo l'attenzione di Lia dalla porta.

Arrivò un'infermiera e Lia, che non l'aveva mai vista prima, disse: "Salve, infermiera Vinke".

"Ci siamo già incontrate?" Chiese l'infermiera Heidi Vinke.

Lia ridacchiò. "No, ma riesco a leggere il tuo cartellino".

"Dice che ci vede, con i suoi nuovi occhi", disse la madre di Lia.

"Ecco, ecco", rispose l'infermiera Vinke, occupandosi della madre invece che della bambina. Alla bambina non dispiacque quando l'infermiera Vinke portò fuori la madre per parlarle in privato.

"È normale che sua figlia usi l'immaginazione in queste circostanze, ha perso la vista. È una bambina felice, anche se le è successa una cosa terribile".

Samantha annuì e i due tornarono da Lia.

"Devi essere stanca, bambina", disse l'infermiera Vinke, misurando il polso alla bambina.

"Non lo sono", disse Lia. "Mi sono appena svegliata e non voglio riaddormentarmi. Se dormo ora, potrei perderlo".

"Perderti chi?" Chiese Vinke, rimboccando le coperte alla bambina.

"Il ragazzo/angelo", disse Lia. "Si sta avvicinando. È quasi arrivato e ha bisogno del mio aiuto. Non vedo l'ora di conoscerlo. Ha fatto un lungo viaggio per vedermi".

"Su, su, bambina", disse Vinke. Premette un ago contenente una medicina che induce il sonno nel braccio di Lia.

Lia protestò, ma poi si addormentò immediatamente.

"Notte, notte, piccola", disse sua madre.

***

L'anziano tornò nella sua stanza, prese subito il telefono e chiese una linea esterna.

"È qui", sussurrò al telefono. "L'ho vista di persona, proprio qui in ospedale, in fondo al corridoio della mia stanza".

Ci fu silenzio, poi un clic all'altro capo. Il vecchio si mise a letto. Accese la televisione con il telecomando.

Il suo programma preferito: Now or Neverland (noto anche come Fear Factor) stava iniziando. Voleva vedere cosa avrebbero combinato quei pazzi nella puntata di questa settimana.

CAPITOLO 3

Ancora stretto all'interno del proiettile d'argento, E-Z non si sentiva più così solo. Nella sua mente, infatti, stava parlando con una bambina.

Era entrata nella sua mente accompagnata da un lampo di luce e da un urlo. Era stata ferita. Guardò l'angelo Haniel che la aiutava. Ascoltò Haniel cantare una canzone alla bambina mentre rimuoveva il vetro.

Quello che venne dopo fu inaspettato. L'angelo Haniel disegnò delle linee sul palmo e sulle dita della bambina. Haniel donò alla bambina un nuovo tipo di vista. E occhi palmari.

Capì subito che il destino della bambina era legato al suo.

All'inizio, sebbene potesse vederla nella sua mente, non riusciva a comunicare con lei. Era come se stesse guardando un programma televisivo nella sua mente senza il suono. Poi, quando il bambino sognò, lei venne da lui e pose le mani sul proiettile in cui era intrappolato. A quel punto lui sapeva quello che sapeva lei e lei sapeva quello che sapeva lui ed erano legati.

Le prime parole che lei gli aveva rivolto erano state: "Non mi piace il buio".

E-Z aveva risposto: "Non aver paura. Io sono qui. Mi chiamo E-Z. E tu come ti chiami?".

"Mi chiamo Cecilia", rispose la bambina. "Ma i miei amici mi chiamano Lia. Puoi chiamarmi Lia. Ho sette anni. E tu quanti anni hai?".

E-Z pensava che la bambina fosse più giovane. "Ho tredici anni", disse. "Vengo dal Nord America".

"Io vivo nei Paesi Bassi", disse Lia.

Entrambi rimasero in silenzio mentre Lia usava i suoi occhi palmari per guardarlo all'interno del proiettile d'acciaio.

"Cosa ci fai lì dentro?", chiese.

E-Z pensò prima di rispondere. Non voleva spaventare la bambina con la storia vera, ovvero che era stato rapito come prova da un arcangelo. Voleva dirle la verità, ma non era sicuro che lei fosse in grado di sopportarla, visto che era così giovane.

Disse: "Non so bene perché sono stato messo qui, ma credo che sia stato per incontrare te". Esitò, si grattò la testa e chiese: "Conosci Eriel?".

Lia era lusingata dal fatto che fosse venuto a trovarla, ma temeva che fosse stato trasportato in questo modo per il suo bene. "Mi dispiace molto che tu sia stato costretto, contro la tua volontà, a fare questo viaggio per incontrarmi. Oh e no, questo nome non mi è noto".

E-Z era molto curioso di conoscere Lia. Dal momento che la ragazza aveva detto di essere olandese, era rimasto molto colpito dall'eccellenza del suo inglese.

"Ti sentivo, ma non potevo vederti finché non mi sono cresciuti gli occhi, i miei nuovi occhi. Prima di allora, potevo leggere i tuoi pensieri. Potresti leggere i miei? Oh, e grazie per il mio inglese".

"Ho visto cosa ti è successo, l'incidente. Mi dispiace molto che tu ti sia fatto male. Non ho potuto aiutarti a causa di questa cosa". Batté i pugni contro le pareti. Si coprì le orecchie, mentre il rumore martellante si riverberava. "Quando hai sognato, eri con me. Dentro la mia testa".

Lia chiuse il pugno destro, lasciando il sinistro aperto e toccando la parete esterna. Il suo palmo si aprì e poi si chiuse, si aprì e poi si chiuse. Non disse nulla, ma fissò davanti a sé come una persona in trance.

E-Z decise allora di raccontarle la sua storia.

"I miei genitori sono rimasti uccisi in un incidente d'auto. E io ho perso l'uso delle gambe".

Si fermò lì. Si chiedeva quanto avrebbe dovuto dirle.

Questa esitazione gli fece prendere la decisione.

Lei stava dormendo profondamente.

CAPITOLO 4

All'ospedale era di turno un nuovo medico. Guardò brevemente la cartella clinica di Lia. Vedendo che Cecelia stava ancora dormendo, sussurrò alla madre.

"Dobbiamo portare sua figlia al secondo piano per un'altra TAC".

"È urgente?" Chiese la madre di Lia. "Sta dormendo così serenamente; sarebbe un peccato svegliarla".

Il medico, il cui cartellino era coperto dal colletto della giacca medica, sorrise. "Non c'è bisogno di svegliarla. Possiamo inserirla nella macchina mentre dorme. Alcuni pazienti, soprattutto quelli più giovani, preferiscono così".

Samantha guardò l'orologio. "Certo, scendo con lei".

"Non c'è bisogno", disse il dottore. "Ho degli assistenti che arriveranno a breve. Approfitta di questo tempo per prenderti un panino o una tazza di camomilla: mia moglie ne va matta. La aiuta a rilassarsi e a dormire".

"Grazie", disse Samantha, mentre arrivavano due assistenti. I due uomini corpulenti in abiti da strada sollevarono Lia dal letto e la misero su una barella con le ruote. Il medico prese una coperta da sotto la barella e la mise su Lia. "La terremo al caldo e torneremo in men che non si dica. Non dimenticare di approfittare di questo tempo per concederti un tè o un caffè".

Mentre Hannah dormiva, Samantha osservò gli assistenti e il medico. Spingevano sua figlia lungo il corridoio. Continuò a osservarli mentre aspettavano l'ascensore. Quando l'ascensore con dentro sua figlia chiuse le porte, uscì dalla stanza. Sentendo fame, aspettò il secondo ascensore e scese alla caffetteria.

La caffetteria era affollata. Per lo più con personale che indossava il camice. Osservò i medici, gli assistenti e gli altri che si muovevano.

Mentre sorseggiava il suo tè, le venne in mente che nessun membro del personale indossava abiti da strada.

"Mi scusi", disse a uno dei medici. "Cosa c'è al secondo piano? È lì che si fanno le radiografie e le scansioni del corpo?".

Lui scosse la testa: "Il secondo piano è il reparto maternità".

Samantha si alzò dalla sedia, facendo cadere il tè caldo e rovesciandolo sulle ginocchia. I soccorsi arrivarono da tutte le direzioni quando lei urlò.

"Mia figlia!", gridò. "Un medico con due assistenti ha appena portato via mia figlia Lia su una barella. Hanno detto che la stavano portando al secondo piano per alcuni esami. Se il secondo piano è destinato alla maternità, perché l'avrebbero portata via?

Il suo sfogo stava attirando troppa attenzione. Così, il medico a cui si era rivolta l'ha portata fuori.

Tornarono nella stanza di Lia. Samantha le spiegò tutto nei dettagli. Per fortuna aveva guardato l'orologio per poter dire l'ora esatta in cui era successo tutto.

"Questa è una questione seria", disse il dottor Brown. "Lasciate fare a me. Abbiamo telecamere di sicurezza in tutto l'ospedale. Forse hai sentito male riguardo al secondo piano? Forse è al settimo piano e sta facendo una scansione proprio mentre parliamo. Lascia fare a me. Rimani seduta qui e tornerò da te il prima possibile".

Samantha si sedette e spiegò tutto ad Hannah. Dividono il panino al tonno e cercano di non preoccuparsi.

***

Mentre Lia dormiva, l'uomo che non era un vero medico e i tirocinanti che non erano tirocinanti lasciarono l'edificio. Si diressero verso un'auto in attesa. Lasciarono la barella nel parcheggio.

Il dottor Brown convocò una riunione con l'amministratore. Utilizzando la videosorveglianza, hanno assistito al rapimento di Lia. Hanno avvisato la polizia, fornendo una descrizione del veicolo. Purtroppo le telecamere non hanno ripreso i dettagli della targa.

"Aspettiamo un po'", disse Helen Mitchell, l'amministratrice dell'ospedale. Tra pochi giorni sarebbe andata in pensione. "Prima di aggiornare la madre della bambina. Non vogliamo farla preoccupare".

"Non posso farlo", disse il dottor Brown.

"La polizia potrebbe riportare la bambina in un attimo".

"Spero che tu abbia ragione. È comunque una preoccupazione. Speriamo che non vadano lontano".

Squillò il telefono, era la polizia. Avevano diramato un bollettino di ricerca per la bambina. Hanno chiesto una sua foto recente.

"Vogliono una foto recente", ha detto Helen Mitchell.

"L'unico modo per averla è chiedere alla madre", disse il dottor Brown.

Helen annuì, mentre Brown si girava per andarsene.

"Digli che te la manderemo via fax il prima possibile".

"Manderò qualcuno dal team di traumatologia", disse Helen. Poi alla polizia al telefono: "È cieca e ha solo sette anni. Perché mai questi tre uomini si sono dati tanto da fare per portarla via dall'ospedale in questo modo?".

"Non posso dirlo", disse l'agente all'altro capo.

CAPITOLO 5

E-Z capì subito che qualcosa non andava nella sua nuova amica Lia. Doveva dormire nel suo letto d'ospedale, ma il suo letto era in movimento. Che cosa?

Pensò di svegliarla, ma cosa avrebbe potuto fare anche se fosse stata sveglia? No, meglio che continuasse a dormire, finché non fosse riuscito a trovarla e a salvarla. Per il momento, stava sognando di esibirsi in un balletto. Non aveva mai prestato molta attenzione al balletto prima d'ora, ma gli sembrava che questa bambina avesse talento. E stava ballando usando gli occhi delle mani mentre si muoveva sul palco.

E-Z si trasportò con la mente nel luogo in cui si trovava senza troppa fatica. Era lì, addormentata sul sedile posteriore di un veicolo in movimento. Sembrava così tranquilla, perché era lontana nella sua mente a fare qualcosa che amava: ballare.

Allargò la visuale e vide tre teste. Quella che guidava era di dimensioni e statura normali. Mentre gli altri due uomini sembravano giocatori di football.

"Accelera!" E-Z ordinò alla sua sedia, ma questa lo aveva già fatto.

Come avrebbe potuto aiutarla, se era ancora intrappolato nel proiettile d'argento? Doveva ridurlo in frantumi, e il prima possibile. Finora, ogni tentativo di romperlo non aveva funzionato.

Si chiese perché gli uomini l'avessero presa. Sapevano dei suoi poteri? Come potevano saperlo? La maggior parte degli ospedali dispone di telecamere a circuito chiuso, forse la stavano osservando? Ma non aveva alcun senso. Era una bambina cieca di sette anni. Cosa volevano da lei?

Mentre E-Z sfrecciava veloce nel cielo, non poté fare a meno di chiedersi perché l'avessero rapita. Forse volevano chiedere dei soldi prima di restituirla?

In ogni caso, se era questo che cercavano, per lui aveva più senso. Meglio che sapessero che era una vedente. Con poteri speciali per giunta. Tuttavia, la sua priorità numero uno era quella di uscire dal proiettile.

Urlò. Come aveva fatto molte altre volte, "AIUTO!".

POP.

"Ciao", disse Hadz, sedendosi sulla spalla di E-Z. "Che diavolo ci fai qui? Questo posto è troppo piccolo per te". Hadz sgranò gli occhi.

E-Z era più che entusiasta di vedere Hadz. Afferrò la piccola creatura e la abbracciò forte al suo petto.

"Attento alle ali", disse Hadz.

E-Z lasciò andare la creatura. "Grazie per essere venuto a rispondere alla mia chiamata. Ho bisogno del tuo aiuto per capire come uscire da questa cosa. So che sei stato rimosso dal mio caso, ma c'è una bambina di nome Lia che è in pericolo e ha bisogno di me. Devi semplicemente aiutarla. Sono sicuro che Eriel capirà".

"Oh, quindi non vuoi partecipare a questa cosa?". Chiese Hadz.

"No, non voglio stare qui dentro. Voglio uscirne, ma come?".

"Fallo e basta", disse Hadz.

"Ho provato di tutto. I lati non si muovono. Ho invocato Eriel per aiutarmi, ma mi ha detto che ero da solo in questo caso".

"Ah, non gli piacerebbe. Non posso aiutarti, ma una cosa che posso dirti è: considera ciò che ti circonda".

"Questo non è un aiuto", disse E-Z, cercando di non perdere completamente la calma. "Ho chiesto alla sedia di portarmi dallo Zio Sam. Lui mi avrebbe sicuramente tirato fuori da questa cosa. Ma la sedia ha ignorato i miei desideri. Ora una bambina è nei guai e ha bisogno del mio aiuto. Se non posso uscire, non posso aiutare me stesso e se non posso aiutare me stesso non posso aiutare lei. Ti prego. Dimmi come uscire da qui. Fammi uscire con lo zapping o qualcosa del genere".

La creatura scosse la testa e poi volò verso la cima del proiettile. Toccò la punta. "Considera la fisica. Se sei all'interno di un proiettile, a cui questa cosa assomiglia, allora devi essere scaricato. Sparato. Giusto?"

E-Z considerò le sue opzioni. Poteva dire alla sedia di lasciarlo cadere, lanciandolo verso il suolo. Il terreno avrebbe attutito la caduta. Avrebbe spezzato il proiettile? Decise che valeva la pena rischiare. "Ok", disse E-Z, "devo fare in modo che la sedia mi faccia cadere, giusto?".

La creatura rise. "Sei divertente, E-Z. Se ti lasciassi cadere da questa altezza, questa cosa si conficcherebbe nel terreno. Sempre che non esploda al momento dell'impatto.

E con te dentro". Rise di nuovo. "O che tu non sia morto nella caduta. Se fossi morto non avresti potuto salvare la bambina. Ehi, di quale bambina stai parlando?".

"Si chiama Cecelia, Lia e si trova in Olanda, non lontano da dove ci troviamo ora".

Hadz sentì la punta del contenitore che E-Z non aveva visto, né avrebbe potuto raggiungere. La creatura lo spinse. Il cilindro si liberò e si aprì come un tulipano. Hadz aiutò E-Z a uscire dal proiettile e presto fu seduto sulla sua sedia, tenendo l'oggetto in grembo. Le ali di E-Z si aprirono. Era una bella sensazione allungarle.

E-Z decollò attraverso il cielo, portando con sé il cilindro che lasciò cadere nel Mare del Nord.

Il trio, E-Z, la sedia e Hadz, volò ad alta velocità e si diresse verso l'Olanda Settentrionale dove l'auto stava sfrecciando.

"Grazie", disse E-Z.

"Non c'è di che", rispose Hadz. "Rimarrò nei paraggi in caso di bisogno".

"Fantastico!"

CAPITOLO 6

E-Z stava raggiungendo l'auto che si stava avvicinando a Zaandam. Controllò che Lia stesse ancora dormendo sul sedile posteriore. Non stava più sognando, quindi temeva che si sarebbe svegliata presto.

La sua sedia a rotelle cambiò rotta, accelerò e si avvicinò all'auto, per poi librarsi sopra di essa. Il finto medico che stava guidando notò la sedia a rotelle dietro di loro nello specchietto laterale.

"Che cos'è questo aggeggio vliegato?", chiese. (Traduzione: Cos'è quell'aggeggio volante?".

I due malviventi girarono la testa.

Uno disse: "Ik weet het niet, maar versnel het!" (Traduzione: Non lo so, ma accelera!".

Il secondo teppista si mise a ridere e poi estrasse una pistola dal cruscotto. (Controllò che non ci fossero proiettili. Lo chiuse di scatto e fece scattare il fermo.

La sedia a rotelle di E-Z atterrò sul tettuccio dell'auto con un rumore sordo.

L'autista frenò bruscamente, facendo scivolare la sedia a rotelle in avanti. Scivolò sul parabrezza in avanti e poi sul cofano.

E-Z si sollevò, si librò e si girò verso di loro.

"Che cosa?" urlò il conducente, perdendo il controllo dell'auto e facendola sbandare e zigzagare.

E-Z e la sedia a rotelle si sollevarono, fecero marcia indietro e si aggrapparono al paraurti dell'auto facendola fermare completamente.

Immediatamente, il passeggero si aprì e vennero sparati dei colpi.

Sul sedile posteriore Lia russava.

Il teppista con la pistola uscì dalla portiera, poi in ginocchio si preparò a sparare un colpo a E-Z.

Hadz sbucò dal nulla e tolse la pistola dalle mani del malvivente. Poi gli ha legato le mani e i piedi dietro la schiena come se fosse un vitello al rodeo.

Il secondo malvivente è andato dritto verso E-Z, che lo ha preso al lazo con la sua cintura. Il delinquente è caduto, così ha potuto avvolgere facilmente la cintura intorno alle sue gambe.

Il ragazzo ha tentato di scappare, ma non è andato molto lontano. Ora che era stato fermato, i due si sono diretti verso il medico utilizzando il meccanismo di ingabbiamento della sedia. Il dottore fu catturato e immobilizzato.

Lia dormì per tutto il tempo, anche quando Hadz la sollevò dal veicolo e la portò al sicuro.

E-Z mise i tre uomini fianco a fianco sul sedile posteriore dell'auto.

"Per chi lavorate?", chiese.

Hadz sorvolò: "Non capiscono l'inglese". Agli uomini tradusse la domanda di E-Z. Dopo che il finto medico ha risposto, Hadz ha tradotto. "Dice che non sanno per chi lavorano".

"È ridicolo. Hanno rapito una bambina dall'ospedale. Chiedi loro dove la stavano portando? E come hanno fatto a sapere di lei?".

Hadz tradusse. Il finto medico rispose di nuovo: "Ci hanno detto di portarla al molo e che qualcuno l'avrebbe aspettata lì. È tutto quello che sappiamo".

E-Z non gli credette, ma Hadz confermò che stavano dicendo la verità. "Cosa vuoi fare con loro?" chiese.

"Puoi cancellare le loro menti? E le menti di coloro a cui sono collegati? Questi tre sono ingranaggi della macchina. Vogliamo cancellare la mente della persona al porto. In modo che tutti si dimentichino di lei, per sempre".

"Fatto", disse lei.

"Wow, sei veloce!"

E-Z e Hadz sulla sedia tornarono all'ospedale, proprio mentre Lia iniziava a svegliarsi. Muove la testa, sente il vento che le scompiglia i capelli e si accoccola al petto di E-Z. Aprì il palmo della mano destra e guardò il suo amico, il ragazzo/angelo. Rise e lo abbracciò forte. Quando notò la piccola creatura simile a una fata sulla spalla di E-Z, usò gli occhi del palmo per guardarla.

"Sei così piccola e carina", disse.

"Piacere di conoscerti", disse Hadz. "E grazie".

Volarono verso l'ospedale.

"Ora sei al sicuro", disse E-Z.

"E non sei più in quella cosa", disse Lia.

"Hadz mi ha aiutato a uscire", disse E-Z sbattendo le ali.

"Dove le hai prese?" Chiese Lia. "Posso averne un po'?".

E-Z sorrise. Non era sicuro di quanto avrebbe dovuto dirle. Temeva cosa avrebbe detto Eriel se avesse rivelato troppo. "Li ho avuti dopo la morte dei miei genitori".

"Ma perché?", chiese la piccola Lia.

"Ho iniziato a salvare le persone", disse E-Z.

"Vuoi dire che non sono la prima persona che hai salvato?".

"No, non lo sei".

Hadz si schiarì la gola, segnale per E-Z di smettere di parlare.

Volarono in silenzio. La bambina abbracciava il petto di E-Z. La sedia a rotelle sapeva dove doveva andare. Hadz si sentiva ancora una volta necessaria.

E-Z era perso nei suoi pensieri. Si chiedeva se salvare Lia fosse stata la prova principale. O se l'uscita dal proiettile avesse completato il compito. O forse ne aveva fatti due contemporaneamente? Quante sarebbero state allora? Doveva scriverle per tenere il conto. Era quello che faceva nel suo diario, ma negli ultimi tempi non aveva avuto molto tempo per annotare le cose.

"Ti sento pensare", disse Lia. Aveva entrambi i palmi delle mani aperti. Stava osservando l'esterno di E-Z mentre ascoltava ciò che lui pensava all'interno. "Voglio saperne di più su questi processi. E voglio sapere perché vedo con le mani invece che con gli occhi. Pensi che questa Eriel lo saprà?".

POP

Hadz non attese la risposta.

"L'ospedale è qui sotto", disse E-Z.

La sedia scese lentamente ed entrarono nell'ospedale. E-Z e le ali della sedia scomparvero. Si spinse lungo il corridoio e trovò la stanza di Lia. Sua madre la stava aspettando.

"Arrestate questo ragazzo", urlò la madre di Lia.

E-Z era sbalordito. Perché voleva che fosse arrestato? Aveva appena salvato sua figlia.

"Ma mamma", esordì Lia.

La polizia entrò. Raggiunsero E-Z alle spalle e gli misero le mani in manette.

Prima che le chiudessero, Lia urlò. Poi aprì i palmi delle mani e li tese davanti a sé. Dai suoi palmi si sprigionò una luce bianca accecante che fece fermare nel tempo tutti i presenti nella stanza, tranne lei ed E-Z. La piccola Lia fermò il tempo.

"Forte! Come hai fatto?" Esclamò E-Z, mentre le manette cadevano sul pavimento con un rumore metallico.

"Io, non lo so. Volevo proteggerti. Salvarti". Si fermò, ascoltò. "Sta arrivando qualcuno, devi uscire di qui. Sento che sta arrivando qualcun altro e tu devi andartene".

"Qualcuno?" Chiese E-Z. "Sai chi è?".

"Non lo so. So solo che sta arrivando qualcun altro e tu devi andartene, immediatamente".

"Andrà tutto bene? Ti faranno del male?"

"Starò bene - stanno venendo per te, non per me. Vattene da qui, subito".

"Quando ti rivedrò?" Chiese E-Z, mentre spaccava la finestra dell'ospedale e volava fuori, aspettando la sua risposta.

"Mi vedrai sempre, E-Z. Siamo interconnessi. Siamo amici. Tu esci da qui e io mi occuperò del resto". Gli diede un bacio.

Lia si mise a letto, tirò le coperte fino al collo e finse di dormire profondamente prima di rimettere in moto il mondo.

"Cos'è successo?" chiese sua madre.

Tutto era di nuovo a posto. Lia era a letto illesa.

Il mondo continuava a muoversi come prima, mentre E-Z tornava a casa con le ali.

"Grazie Hadz per l'aiuto", disse E-Z anche se lei se n'era andata. In qualche modo, sapeva che ovunque lei fosse, poteva sentirlo.

CAPITOLO 7

Mentre E-Z volava nel cielo, si rese conto che stava morendo di fame. Sotto di lui c'era il Big Ben. Decise di atterrare e di procurarsi del pesce e delle patatine inglesi.

Mentre scendeva, notò un furgone bianco che si muoveva velocemente lungo la strada. Era parallelo a una scuola. Vide genitori in auto e a piedi che aspettavano di prendere i loro figli.

Quando il furgone girò l'angolo, prese velocità.

La sua sedia a rotelle ha sbandato in avanti, finendo dietro al veicolo. La guida si faceva sempre più spericolata, man mano che si avvicinava alla scuola. I bambini iniziarono a uscire.

E-Z si aggrappò al retro del furgone. Usando tutta la sua forza, lo fermò completamente con uno stridio.

L'autista ha accelerato per cercare di allontanarsi. Non ebbe fortuna. Non riuscivano a vedere cosa o chi li trattenesse.

E-Z ruppe la serratura del bagagliaio, si avvicinò all'interno e tirò fuori i cavi del ponticello. La sedia si è spostata in avanti ed è atterrata sul tetto del veicolo. E-Z usò i cavi di sicurezza per bloccare le porte della cabina. L'autista non poteva uscire.

Il suono delle sirene riempì l'aria.

E-Z prese il volo e, notando che diverse persone lo stavano fotografando con i loro telefoni, volò sempre più in alto.

Il suo stomaco brontolò e si ricordò del fish and chips. Non avendo moneta britannica, non poteva comunque pagarle, così si incamminò verso casa.

Pensando a suo zio che si chiedeva dove fosse, pensò di lasciare un messaggio e iniziò a farlo: "Sto tornando a casa".

Click.

"Dove sei?" Chiese lo zio Sam. Dopo tutto non era un messaggio.

"Sto sorvolando la Gran Bretagna. È una giornata piacevole per volare, non credi?".

"Cosa? Come?"

"È una lunga storia, te la spiegherò quando sarò tornato".

"Sei in un aereo?"

"No, siamo solo io e la mia sedia".

In basso, E-Z poteva vedere le persone che lo fotografavano. Quando ha avvistato un 747 della compagnia aerea locale che veniva verso di lui, ha capito di essere nei guai. Prima che avesse la possibilità di volare più in alto, le telecamere stavano scattando foto e probabilmente le avrebbero postate su tutti i social media.

"Scusa Eriel", ha detto, portandosi in alto. "Conosci il detto "ogni pubblicità è buona pubblicità"? Beh..." E-Z rise. Se Eriel poteva vederlo ogni giorno e ogni ora, perché doveva chiamarlo per chiedere aiuto? Qualcosa non quadrava. Non sono gli arcangeli a volere che lui porti a termine le prove.

Un brivido lo attraversò mentre il cielo cambiava e nuvole nere turbinavano e pulsavano intorno a lui. Volò avanti, cercando di aumentare il ritmo, ma poi iniziarono i fulmini e dovette schivarli. Poi si ricordò dell'aereo. Vide che stava atterrando con successo e che le persone erano illese. Continuò a dirigersi verso casa.

Dopo la tempesta, uscirono le stelle. La sua sedia continuava a sbattere le ali mentre E-Z faceva un pisolino.

"E-Z?" Lia disse nella sua testa. "Sei lì?"

Si svegliò di scatto, dimenticò di essere sulla sedia e cadde. Cominciò a cadere, ma le sue ali si misero in moto e presto fu di nuovo sulla sedia.

"Va tutto bene, piccolino?" chiese.

"Sì. Pensano che sia stato tutto un sogno, che io ti abbia parlato. Che ti abbia fatto dei disegni. La mamma sa la verità, ma non vuole affrontarla".

"Oh, questo ti preoccupa?".

"No. I miei poteri stanno aumentando. Li sento e so che sta per succedere qualcosa. Qualcosa per cui avrai bisogno del mio aiuto. Presto andrò a casa. Chiederò alla mamma se possiamo venire a trovarti. Presto".

"Cosa? Forse tua madre dovrebbe chiamare mio zio Sam e potrebbero fare due chiacchiere?".

"Sì, è un'idea intelligente. La mamma ha visto le foto e ti ha conosciuto, ma non se lo ricorda. È come se la sua mente fosse stata ripulita o i suoi ricordi di te fossero addormentati".

"Sei sicuro che sia la cosa giusta da fare?".

"Sono sicuro. Devo essere dove sei tu. Devo aiutarti".

La mente di E-Z si svuotò. Lia non c'era più.

L'adolescente pensò a Lia che arrivava in Nord America. Era una ragazzina che vedeva con le mani, sì, ma come poteva aiutarlo? Lo aveva aiutato a fuggire, ma lui era confuso sul suo coinvolgimento. Non voleva metterla in pericolo. Chiamò di nuovo Eriel. Evocò il canto, ma non accadde nulla.

Osservò il paesaggio. Era quasi arrivato a casa. Grazie al cielo la sua sedia era stata modificata e poteva viaggiare molto velocemente!

CAPITOLO 8

Poco più avanti, E-Z individuò la costa. Tirò un sospiro di sollievo finché non notò un grosso uccello che si dirigeva verso di lui. Quando si avvicinò, si rese conto che si trattava di un cigno. Ma non un cigno di dimensioni normali. Era enorme e lo era anche la sua apertura alare, che stimò essere di oltre centocinquanta centimetri. Era lo stesso cigno che gli aveva parlato prima. E non solo, ma notò anche una luce rossa brillante che tremolava sulla spalla dell'uccello.

Il cigno deviò e poi atterrò pesantemente sulle sue spalle. Aveva chiesto un passaggio.

"Ehilà", disse E-Z, guardando la bellissima creatura mentre si stabilizzava.

"Hoo-hoo", disse il cigno. Poi scosse la testa, aprì il becco e disse: "Ciao E-Z".

"Credo di doverti ringraziare", disse lui.

"Oh, sei il benvenuto. E spero che non ti dispiaccia se mi sono fatto dare un passaggio", disse il cigno, arruffandosi le piume.

"Non c'è problema", rispose E-Z.

"Questo è il mio mentore Ariel", disse il cigno.
WHOOPEE

Un angelo sostituì la luce rossa.

"Ciao", disse, sedendosi sulle ginocchia di E-Z. "Piacere di conoscerti, E-Z.

"Piacere di conoscerti", disse lui.

"Come posso esserti utile?", chiese.

"Spero che tu e il mio amico cigno possiate formare una partnership".

"In che modo?", chiese.

"Il mio protetto ne ha passate tante. Potrà illustrarti i dettagli quando si sentirà pronto, ma per ora ho bisogno che tu lo aiuti permettendogli di aiutarti con le prove. Hai bisogno di aiuto, vero?".

"Da quanto ho capito", disse rivolto ad Ariel. Poi al cigno: "Niente contro di te, amico". Ora ad Ariel, "è che nessuno può aiutarmi nelle prove. Questo è stato detto direttamente da Eriel e Ophaniel".

"Ho chiarito con loro. Quindi, se questa è la tua unica obiezione," fece una pausa e poi

WHOOPEE

e se ne andò.

Dopodiché E-Z e il cigno attraversarono l'Oceano Atlantico e proseguirono verso il Nord America. Aveva sempre desiderato vedere il Grand Canyon. Avrebbe dovuto vederlo in un altro momento. Il cigno russava e si accoccolava contro il collo di E-Z.

E-Z si mise in tasca e tirò fuori il telefono. Scattò un selfie con il cigno. Tenne il telefono in mano, pensando di registrare il cigno la prossima volta che avrebbe parlato. Aveva bisogno di una prova che non stesse perdendo la testa.

Qualche tempo dopo, E-Z si concentrò su casa sua. Era un giorno di scuola, ma era troppo stanco per andarci. Quando la sedia iniziò la sua discesa, il cigno si svegliò. "Siamo già arrivati?"

"Sì, siamo a casa mia", disse E-Z, premendo il pulsante di registrazione sul suo telefono. "Vuoi che ti accompagni in qualche posto?".

"No, grazie. Resterò con te", disse il cigno, allungando il collo per dare un'occhiata alla casa in cui sarebbe stato ospitato. "Io e te dobbiamo parlare".

E-Z premette il tasto play ma non c'era aria. Il cigno non poteva essere registrato. Strano.

Atterrarono davanti alla porta d'ingresso. E-Z inserì la chiave nella serratura ma prima che potesse aprirla c'era lo zio Sam. Abbracciò il nipote e gli disse: "Benvenuto a casa". Si gratta il mento e sembra un po' preoccupato quando vede il compagno di E-Z, un cigno di dimensioni eccezionali.

"Sono contento di essere tornato", disse E-Z, entrando in casa.

Il cigno lo seguì con le sue zampe palmate che gli andavano dietro.

"E chi è il tuo amico piumato?". Chiese lo zio Sam.

E-Z si rese conto di non conoscere nemmeno il nome del cigno.

Il cigno rispose: "Alfred, mi chiamo Alfred".

E-Z fece una presentazione formale.

Il cigno si allontanò lungo il corridoio, entrò nella stanza di E-Z e volò sul suo letto per schiacciare un meritato pisolino.

E-Z andò in cucina con lo Zio Sam sulle ruote.

"Che diavolo ci fa qui quel cigno?". Fece una pausa e prese del latte dal frigorifero. Versò al nipote un bicchiere pieno. "Non può stare qui. Dovremmo metterlo nella vasca da bagno. Sempre che ci stia. È il cigno più grande che abbia mai visto. Dove l'hai trovato e perché l'hai portato qui?".

E-Z rantolò il suo latte. Si pulì i baffi da latte. "Non l'ho trovato io, è stato lui a trovare me. E può parlare. Lui, lui, era presente quando ho salvato quella bambina e quando ho salvato quell'aereo. Dice che dobbiamo parlare".

Lo Zio Sam, senza rispondere, si avviò verso il corridoio. E-Z lo seguì da vicino senza parlare.

"Parla!" Chiese lo zio Sam.

Alfred il cigno aprì gli occhi, sbadigliò e poi tornò a dormire senza emettere alcun suono.

"Ho detto di parlare", disse lo Zio Sam, riprovando.

Il cigno Alfred aprì il becco e sbuffò.

"Va tutto bene, Alfred", disse E-Z. "È il mio Zio Sam".

"Non può capirmi. E non credo che sarà mai in grado di capirmi. Sono qui per te e solo per te", disse il cigno Alfred. Sbuffò, poi si accoccolò nel piumone e si addormentò di nuovo.

Lo zio Sam lo guardava, mentre il cigno si animava e guardava con attenzione E-Z.

Lui e lo zio Sam chiusero la porta uscendo e tornarono in cucina per parlare.

E-Z era così stanco che a stento riusciva a tenere gli occhi aperti.

"Non si può aspettare fino a domattina?", chiese.

Sam scosse la testa.

"Ok, ecco qui. Per prima cosa, ho colpito una palla da baseball fuori dal parco. Poi ho corso o girato intorno alle basi. Poi sono rimasto intrappolato in un contenitore a forma di proiettile senza via d'uscita. Poi ho potuto parlare con una bambina in Olanda. Sono andata a salvarla. Il suo nome è Lia e sua madre ti chiamerà a proposito. Ho impedito a un veicolo di fare del male a dei bambini a Londra, in Inghilterra. Poi ho incontrato Alfred, il cigno trombettiere. E ora che sei al corrente, posso andare a letto?".

"Cosa dovrei dire quando chiama?". Chiese Sam. "Non conosciamo nemmeno queste persone, ma dovremmo farle stare in casa con noi. Noi e Alfred il cigno?".

"Sì, ti prego di assecondarli. C'è un piano in atto e non conosco ancora tutti i dettagli. Lia ha dei poteri, ha degli occhi nei palmi delle mani e può leggere i miei pensieri e fermare il tempo. Anche Alfred il cigno ha dei poteri, può leggere la mia mente e può parlare. Credo che noi tre siamo legati in qualche modo, forse a causa delle prove. Non lo so. Con Eriel che mi spia 24 ore su 24, può succedere di tutto", disse E-Z.

Mentre percorrevano il corridoio, sentirono il rumore delle zampe del cigno che camminava. "Ho troppa fame per dormire", disse Alfred il cigno.

"Che tipo di cose mangi?".

"Il mais va bene, oppure puoi lasciarmi uscire sul retro e mi procurerò dell'erba".

"Abbiamo del mais?" Chiese E-Z.

"Solo congelato", disse lo zio Sam. "Ma posso passare i chicchi sotto l'acqua calda e saranno pronti in un attimo".

"Ringrazialo", disse Alfred il cigno. "È molto gentile da parte sua".

Lo zio Sam mise il mais in un piatto e Alfred mangiò quello che gli era stato offerto. Aveva ancora fame e aveva bisogno di svuotare la vescica, quindi chiese di uscire. Mentre era fuori, avrebbe mangiato il prato.

E-Z e Zio Sam osservarono il cigno per qualche secondo.

"Spero che il chihuahua dei vicini non venga a trovarci", disse lo zio Sam. "Quel cigno è così grande che lo spaventerà a morte".

E-Z rise. "Immagina cosa farebbe se il cane riuscisse a capirlo come me?".

Alfred il cigno si sentì a casa. Era certo che sarebbe stato felice qui.

CAPITOLO 9

Più tardi, Alfred il cigno chiese di parlare con E-Z in privato.

"Qui puoi dire tutto quello che vuoi", disse E-Z. "Lo zio Sam non ti capisce, ricordi?".

"Sì, lo so. Ma è una questione di educazione. Non si parla a una persona in presenza di un'altra, soprattutto se si è ospiti in casa altrui. Sarebbe, beh, piuttosto scortese. Anzi, molto scortese".

E-Z si rese conto solo ora che Alfred il cigno parlava con un accento britannico.

"Potrei essere scusato?" Chiese E-Z.

Lo zio Sam annuì ed E-Z entrò nella sua stanza, seguito da Alfred il cigno.

"Ok", disse E-Z. "Dimmi perché Ariel ti ha mandato qui e cosa intendi fare esattamente per aiutarmi?".

Ora che E-Z si trovava nel suo letto, il cigno si mise a volteggiare intorno a lui mentre si impastava nel piumone, cercando di mettersi comodo.

"Puoi dormire in fondo al letto", disse E-Z, lanciando un cuscino.

"Grazie", disse Alfred il cigno. Salì sul cuscino e lo colpì con le sue zampe palmate finché non fu comodo. Poi si accovacciò.

"Ora cominciamo", disse Alfred.

E-Z, ora in pigiama, ascoltò Alfred raccontare la sua storia.

"Una volta ero un uomo".

E-Z sussultò.

"Meglio non interrompere finché non ho finito", lo rimproverò il cigno. "Altrimenti il mio racconto si protrarrà all'infinito e nessuno dei due riuscirà a dormire".

"Scusa", disse E-Z.

Il cigno continuò. "Vivevo con mia moglie e i miei due figli. Eravamo incredibilmente felici, finché non arrivò una tempesta che distrusse la nostra casa e li uccise tutti. Sono sopravvissuto, ma senza di loro non volevo. Poi è venuto da me un angelo, Ariel che hai conosciuto, e mi ha detto che avrei potuto rivederli tutti, se avessi accettato di aiutare gli altri. Mi piace aiutare gli altri e farlo mi avrebbe dato uno scopo. Inoltre, non avevo altre opzioni e così ho accettato".

"Hai delle prove?" Chiese E-Z. Aveva pensato erroneamente che la storia di Alfred fosse terminata.

"La mia storia non è ancora finita", disse Alfred il cigno, piuttosto irritato. Poi continuò. "Questo è il punto cruciale della mia storia. Non ho prove, perché non sono un angelo in formazione. Le mie ali non sono come le tue. Sono un cigno, anche se più grande del solito. Il nome della mia razza è Cygnus Falconeri, noto anche come cigno gigante. La mia specie si è estinta molto tempo fa. Il mio scopo era indefinito. Ero bloccato nel mezzo, alla deriva nel tempo perché avevo commesso un errore. Ma non voglio parlarne ora. Quando ti ho visto salvare quella bambina, ho chiamato Ariel e le ho chiesto se potevo lavorare con te. Lei mi ha rimproverato per essere fuggita e sono stata rimandata nel "Tra" e nel "Non". Sono scappata di nuovo da lì e ti ho aiutato con l'aereo e Ariel ha chiesto a Ophaniel di darmi un'altra possibilità. Ora ho uno scopo: aiutarti".

"E Ophaniel era d'accordo? E Eriel?"

"All'inizio non l'hanno fatto. Questo perché Hadz e Reiki mi hanno denunciato per averti aiutato evocando i miei amici uccelli. Quando ho saputo che erano stati mandati nelle miniere e che erano scappati di nuovo, Ariel ha proposto il mio caso e Ophaniel ha accettato. Non so nulla di Eriel. È il tuo mentore?".

"Sì, ha preso il posto di Hadz e Reiki. Loro entravano e uscivano, mentre lui dice che può sempre vedere dove sono e cosa sto facendo".

"Mi sembra esagerato. Comunque, mi piacerebbe conoscerlo un giorno. Per ora, siamo una squadra. Posso aiutarti, in modo che un giorno anch'io possa stare di nuovo con la mia famiglia. Quindi, dove vai tu E-Z, vado io".

E-Z appoggiò la testa sul cuscino e chiuse gli occhi. Si sentiva grato per qualsiasi aiuto. Dopo tutto il cigno lo aveva aiutato in passato con l'aereo.

"Non ti ostacolerò", disse Alfred il cigno. "Lo so, stai pensando che siamo una coppia illogica e quando arriverà Lia saremo un trio ancora più illogico, ma...".

"Aspetta", disse E-Z. "Tu sai di Lia? Come?"

"Oh sì, so tutto di te e so tutto di lei e so anche di più. Che noi tre siamo legati. Predestinati a lavorare insieme". Allargò le mascelle e sembrò che stesse cercando di sbadigliare. "Sono troppo stanco per parlare ancora stasera". Nel giro di poco tempo, il cigno Alfred si mise a russare.

E-Z ripassò tutto quello che sapeva sui cigni. Che non era molto. Al mattino avrebbe fatto qualche ricerca sulla specie di Alfred.

Si chiese cosa avrebbero pensato PJ e Arden di Alfred. O forse non c'era motivo di presentarli? Alfred poteva essere un segreto.

Si appallottolò il cuscino con i pugni e si preparò ad andare a dormire.

Alfred si svegliò e ne fu irritato.

"Devi proprio farlo?" Chiese Alfred.

"Mi dispiace", disse E-Z.

CAPITOLO 10

La mattina dopo, E-Z si svegliò al suono dello zio Sam che bussava alla sua porta. "Svegliati E-Z! PJ e Arden stanno già arrivando per portarti a scuola".

E-Z sbadigliò e si stiracchiò. Si vestì e si mise a sedere sulla sedia. Dato che Alfred stava ancora dormendo, sarebbe uscito di nascosto per andare a trovarlo dopo la scuola.

"Non puoi andare da nessuna parte senza di me!". Disse Alfred. Scosse le piume dappertutto e poi saltò giù sul pavimento.

"Non puoi venire con me a scuola. Gli animali domestici non sono ammessi".

"E-Z, vieni ragazzo!" Zio Sam gridò dalla cucina. "Altrimenti perderai la colazione".

Lo stomaco di E-Z brontolò quando l'odore di pane tostato si diffuse nella sua direzione. "Arrivo!"

Non avendo tempo per discutere, E-Z aprì la porta. Si diresse in cucina proprio mentre Arden e PJ arrivavano. Un clacson all'esterno gli fece capire che erano arrivati.

"Bene, bene!" E-Z chiamò mentre afferrava un pezzo di pane tostato. Si diresse lungo il corridoio con il suo nuovo compagno dai piedi di ragnatela che lo seguiva.

PJ scese dall'auto per aiutare E-Z a salire e mise la sua sedia a rotelle nel bagagliaio. Mentre lo chiudeva, vide Alfred che cercava di entrare nel veicolo.

"Quella cosa non può entrare in macchina", gridò PJ.

Arden abbassò il finestrino.

"Che diavolo è? Mi sono perso un promemoria in cui si diceva che oggi c'era lo Show and Tell?". Sogghignò.

"È un cigno?" Chiese la madre della signora Handle PJ.

"O questo coso è il presidente del tuo fan club?". chiese PJ con un sorriso.

Una volta entrati in macchina, E-Z rispose. "Siamo troppo vecchi per le dimostrazioni", disse ridendo. "Il cigno è un mio progetto. Un esperimento, come un cane guida per un cieco. È il mio compagno di sedia a rotelle". Allacciò la cintura di sicurezza ad Alfred.

PJ andò a sedersi davanti accanto a sua madre.

Alfred il cigno disse: "Non mi presenti?".

La signora Handle tirò fuori l'auto e si avviarono verso la scuola.

"Alfred", E-Z lanciò un'occhiata ai suoi amici, "ti presento la signora Handle. E i miei due migliori amici PJ e Arden. Questo è Alfred, il cigno trombettiere". E-Z incrociò le braccia.

Alfred disse: "Hoo-hoo". A E-Z disse: "Sono incredibilmente felice di conoscerti. Puoi tradurre per me".

"Come fai a sapere il suo nome?" Chiese PJ.

"Non ti starai mica trasformando in, come si chiamava, il ragazzo che parlava con gli animali, vero E-Z? Ti prego, dimmi che non lo stai facendo. Anche se potrebbe diventare una vera e propria fonte di guadagno. Potremmo commercializzare il tuo talento. Fare domande e pubblicare le risposte sul nostro canale YouTube. Potremmo chiamarlo E-Z Dickens, l'uomo che sussurra ai cigni".

"Un'idea eccellente!" Disse PJ mentre sua madre si fermava sulle strisce pedonali. "Se fosse stato qualche anno fa, probabilmente avremmo fatto milioni su YouTube. Oggi fare soldi da quelle parti è piuttosto difficile. Hanno dato un bel giro di vite".

"Non essere scortese", disse la signora Handle, mentre guidava.

"La persona a cui si riferisce è il Dottor Dolittle", propose Alfred. "Era una serie di dodici libri di romanzi scritti da Hugh Lofting. Il primo libro fu pubblicato nel 1920 e gli altri seguirono fino al 1952. Hugh Lofting morì nel 1947. Anche lui era inglese. Un uomo del Berkshire nato e cresciuto".

"So a chi si riferiscono", disse E-Z ad Alfred. "E no, non lo sono".

Arden disse: "Spero che il tuo compagno cigno non ci rubi tutte le ragazze oggi. Sai che le ragazze amano le cose piumate".

La signora Handle si schiarì la gola.

"Ai miei tempi ero un vero assassino di donne", disse Alfred, seguito da un altro "Hoo-hoo!" rivolto a PJ e Arden.

PJ disse: "Il tuo cigno di compagnia mi fa davvero impazzire".

Arden chiese: "Quale film sugli uccelli ha vinto l'Oscar?".

PJ ha risposto: "Il Signore delle Ali".

Arden chiese: "Dove investono i loro soldi gli uccelli?".

PJ rispose: "Nel mercato delle cicogne!".

"I tuoi amici si divertono facilmente", disse Alfred. "Sono due imbranati, fatti della stessa pasta. Capisco perché ti piacciono. A me piace la signora Handle. È tranquilla e un'ottima guidatrice".

E-Z rise.

"Sono contento che ti piaccia l'umorismo mattutino", disse PJ.

"In realtà no", disse Alfred. "E poi voi due siete dei veri imbranati".

Arden e PJ fecero una doppia faccia.

Anche E-Z fece una doppia presa di posizione per le loro doppie prese di posizione. "Cosa?"

"Non avete sentito?", dissero i due all'unisono. "Il cigno sa parlare, e con un accento britannico. Oh cavolo, le ragazze lo adoreranno".

La signora Handle scosse la testa. "Non fate i mendicanti sciocchi voi due!".

E-Z guardò il cigno Alfred che sembrava confuso.

Alfred provò a fare una battuta per vedere se riuscivano a capirlo. "Perché i colibrì canticchiano?" chiese.

I tre ragazzi lo guardarono, era chiaro che sia Arden che PJ ora potevano capirlo.

Alfred disse la battuta finale: "Perché non conoscono le parole, ovviamente".

PJ e Arden risero, più o meno, ma erano soprattutto spaventati.

"Come mai anche loro possono capirti ora?". Chiese E-Z. "Prima non ci riuscivano, ora ci riescono. Pensavo che avessi detto che ero solo io. E perché lo zio Sam non riusciva a capirti?".

Ora che potevano capirlo, Alfred si sentiva in imbarazzo. Sussurrò a E-Z: "Sinceramente non lo so. A meno che il motivo per cui sono qui non abbia a che fare anche con loro".

"E non include lo zio Sam? O la signora Handle?"

"Forse no", rispose Alfred.

"E dove hai trovato questo cigno parlante?". Chiese Arden.

"E perché lo stai portando a scuola?". Chiese PJ.

La signora Handle sbuffò. "Siete tutti molto sciocchi. E-Z dice che è un cigno da compagnia. Non può parlare".

"Prima di tutto, non è un semplice cigno, è un Cygnus Falconeri. Conosciuto anche come cigno gigante e specie estinta da secoli".

"Non ho visto molti cigni nella vita reale", disse Arden. "Quelli che ho visto sul canale della natura non sembravano così grandi come lui. Le sue zampe sono enormi! E cosa succede se deve, sai, andare in bagno?".

"Il cigno gigante medio ha una lunghezza dal becco alla coda tra i 190 e i 210 centimetri", propose Alfred. "E se dovessi farlo, userò l'erba: il campo sportivo dovrebbe offrirmi un ampio spazio per nutrirmi e fare i miei bisogni se e quando sarà necessario".

"Vuoi dire che mangi l'erba e poi vai sull'erba?". Disse PJ.

"Che schifo!" Disse Arden.

Erano terribilmente vicini alla scuola, quindi E-Z spiegò. "Non posso darti i dettagli perché non li conosco davvero. So solo che Alfred è qui per aiutarmi e lo vedrai spesso".

"Non credo che lo faranno entrare a scuola", disse Arden.

"Non sarà un problema, visto che sono il tuo compagno", disse Alfred.

PJ, Arden e Alfred risero mentre l'auto si fermava davanti alla scuola.

"Chiamatemi se volete che vi venga a prendere dopo la scuola", disse la signora Handle.

"Grazie", risposero i ragazzi.

Dopo aver tolto la sedia di E-Z dal bagagliaio, la signora Handle si allontanò dal marciapiede.

I suoi amici lo aiutarono a salire, mentre Alfred si alzò in volo e si sedette sulla sua spalla. Si diressero verso la facciata della scuola dove il preside Pearson stava facendo entrare gli studenti.

"Buongiorno ragazzi", disse con un enorme sorriso sul volto. Finché non notò il cigno Alfred. "Cos'è quella cosa?" chiese.

"È un cigno da compagnia", disse E-Z.

"Un Cygnus Falconerie, per essere precisi", disse Arden.

"È con noi", disse PJ.

Il Preside Pearson incrociò le braccia. "Quel coso, il Cygnus che si chiama Cygnus, non entrerà qui dentro!".

Alfred disse: "Va bene E-Z. Non facciamo scene. Sarò qui quando finiranno le lezioni. Ci vediamo dopo". Alfred si alzò in volo e atterrò sul tetto dell'edificio. Osservò il panorama prima di scendere sul campo da calcio. C'era un sacco di erba da sgranocchiare. Quando si sarebbe saziato, avrebbe trovato un posto all'ombra sotto un albero e avrebbe fatto un pisolino.

Il preside Pearson scosse la testa, poi aprì la porta per E-Z e i suoi amici. All'interno suonò la campanella di cinque minuti.

La giornata scolastica era stata tranquilla per E-Z e i suoi amici.

Non c'era ancora nessuna notizia di nuovi processi da parte di Eriel.

CAPITOLO 11

Alfred si è ambientato nella sua nuova routine. I bambini a scuola hanno imparato a conoscerlo, anche se solo E-Z e i suoi amici sapevano che poteva parlare.

Quel giorno, fuori dalla scuola, Alfred stava aspettando E-Z e gli chiese: "Possiamo parlare?".

E-Z si guardò intorno: non voleva che gli altri studenti lo sentissero parlare con un cigno. Sussurrò: "Non possiamo aspettare fino a quando non arriviamo a casa?".

"Oh, capisco", disse Alfred. "Ti senti ancora in imbarazzo quando chiacchieriamo. È comprensibile, ma i bambini mi adorano qui. Fanno la fila per accarezzarmi, per darmi da mangiare. Inoltre, lo zio Sam non sarà a casa? Ho bisogno di parlarti da solo".

"Dato che non riesce ancora a capirti, parlerai da solo con me anche quando saremo a casa".

"Ma questa è una questione di una certa importanza ed è piuttosto urgente", disse Alfred.

PJ si fermò sul marciapiede accanto a loro. Arden chiese se volevano un passaggio a casa.

"Uh, ragazzi. Mi dispiace ma oggi andrò a casa a piedi con Alfred. Ha delle informazioni vitali da darmi".

PJ e Arden scossero la testa. Arden disse: "Ci aspettavamo di essere buttati giù un giorno per una ragazza, non per un uccello". Sogghignò.

"E il gioco?" Chiese Arden.

"Oggi è oggi e la partita è domani. Mi dispiace ragazzi". E-Z accelerò il passo. L'auto strisciò accanto a lui, poi sfrecciò via con uno stridio di gomme.

"Plonkers", disse Alfred.

"Hanno buone intenzioni. Cosa c'è di così importante?"

"Hai avuto notizie di Lia ultimamente? Sono preoccupato per lei". Alfred si mise a camminare accanto a E-Z, staccando la testa di un dente di leone.

"Perché ti preoccupi? Nessuna notizia è una buona notizia, no?".

"Beh, in realtà l'ho sentita e c'è stato un... beh, un nuovo e sconcertante sviluppo".

E-Z si fermò. "Dimmi di più".

"Continua a camminare", disse Alfred, che ora stava staccando la testa da una margherita. "Lia e sua madre stanno già venendo qui. Dovrebbero arrivare domani".

"Che fretta c'è? Voglio dire, sì, è una sorpresa. Sapevamo che sarebbero arrivate, possibilmente presto. Cosa c'è di sconcertante in questo?".

"Non è questa la parte che mi lascia perplesso".

"Smettila di tergiversare e sputa il rospo!".

"Lia non ha più sette anni, ora ne ha dieci".

"Cosa? È impossibile".

"Pensi che mentirebbe?"

"No, non credo che mentirebbe, ma non ha assolutamente senso. Le persone non crescono da sette a dieci anni in poche settimane".

"Ha detto di essere andata a dormire. La mattina dopo, è entrata in cucina per fare colazione e la sua tata ha iniziato a urlare. Così ha scoperto di essere invecchiata di tre anni durante la notte".

"Wow!" esclamò E-Z.

"E c'è di più".

"Di più. Non riesco a immaginare niente di più".

"È riuscita a convincere sua madre che non era necessario che rimanesse qui per tutta la durata della visita. È una donna d'affari molto impegnata. C'è voluto un bel po' per convincerla. Lia ha detto che sarebbe stata meglio, vista l'esperienza di Sam con te e le prove. Sua madre è stata d'accordo, ma ad alcune condizioni".

"Ad esempio?"

"Che le piaccia lo zio Sam".

"A tutti piace lo Zio Sam".

"Inoltre, devi spiegarle come ha fatto sua figlia a invecchiare così da un giorno all'altro".

"E come dovrei fare esattamente?".

"Ad essere sincero", disse Alfred, "non ne ho idea. Ecco perché volevo parlarti da solo. Voglio dire, lo zio Sam sa che Lia sta arrivando, giusto?".

E-Z annuì: "Credo di sì, se stanno arrivando".

"Ma si aspetta una bambina di sette anni, quando una di dieci si presenterà alla sua porta".

E-Z si fermò di nuovo. Zio Sam. Non aveva mai pensato che lo zio Sam dovesse avere a che fare con una bambina di dieci anni. "Non sono sicuro di avergli mai parlato dell'età di Lia. Forse non l'ho fatto e ci stiamo preoccupando per niente".

Alfred continuò a parlare. "Ho sentito parlare di esseri umani che invecchiano rapidamente. C'è una malattia chiamata Progeria. È una condizione genetica, piuttosto rara e mortale. La maggior parte dei bambini non supera i tredici anni e Lia ne ha già dieci, quindi dobbiamo trovare una soluzione".

"Come si chiama quella cosa che hai detto?"

"Progeria".

"Sì, Progeria, come si contrae?". Chiese E-Z.

"Secondo me si manifesta nei primi due anni di vita. E i bambini di solito sono sfigurati".

"Lia è sfigurata a causa del vetro, non è una malattia. Esiste una cura?"

"Non esiste una cura. Ma E-Z, c'è qualcos'altro. Ha a che fare con gli occhi nelle sue mani. Sono nuovi e la malattia è nuova. Una coincidenza troppo forte, non credi?".

E-Z ci pensò e decise che Alfred aveva ragione. Era una coincidenza eccessiva. Ma cosa avrebbe fatto? Avrebbe dovuto chiamare Eriel? "Conosci Eriel?"

Alfred rallentò il passo e così fece E-Z. Erano quasi arrivati a casa e dovevano parlarne prima di incontrare lo zio Sam. "Sì, ne ho sentito parlare. Ma come sai Eriel non è il mio angelo. Hai conosciuto la mia mentore Ariel e lei è l'angelo della natura, da cui deriva la mia condizione di cigno raro. Potrebbe essere in grado di aiutarmi, ma dovremo aspettare la sua prossima apparizione per farlo".

"Vuoi dire che non puoi evocarla?".

Alfred annuì. "Sei in grado di evocare Eriel a piacimento?".

E-Z rise. "Non proprio a volontà, ma è raggiungibile. Anche se è un rompiscatole e non ama essere chiamato o evocato". E-Z pensò tranquillamente e lo stesso fece Alfred. La loro casa era ormai in vista e lo zio Sam era in casa, con l'auto parcheggiata nel vialetto. "Penso che dovremmo aspettare e vedere cosa succede con Lia".

"Sono d'accordo", disse Alfred, mentre si allontanava dal sentiero, tirava fuori un po' d'erba dal terreno e la masticava. E-Z lo osservò. "Preferisco non mangiare troppa erba; intendo l'erba del prato. È quello che mangio tutto il giorno quando sei a scuola, a parte i pochi fiori che riesco a trovare. In questo momento ho voglia di mangiare un po' di roba bagnata, che cresce sott'acqua. È più fresca e succosa".

"Lo capisco perfettamente", ha detto E-Z. "Mi piace mangiare l'insalata quando è fresca e croccante. Non mi piace molto quando arriva in busta e l'unico modo per mangiarla è inzupparla di salsa per insalata".

"Mi manca il cibo umano".

"Cosa ti manca di più?"

"Cheeseburger e patatine, senza dubbio. Oh, e il ketchup. Quanto mi piaceva quella salsa densa, rossa e appiccicosa che va su tutto".

"Forse non sarebbe così male, sull'erba?". E-Z rise, ma Alfred ci stava pensando.

"Sarei disposto a provarla".

"Mettiamolo nella tua lista di cose da fare", disse E-Z.

"Cos'è una lista di cose da fare?". Chiese Alfred.

CAPITOLO 12

E-Z ha riflettuto sulla domanda di Alfred. Alfred non sapeva cosa fosse una lista di cose da fare... e la frase è stata coniata nel 2007. Nell'omonimo film di Nicholson/Freeman. Spiegò senza entrare troppo nei dettagli.

"È un'idea davvero interessante", ha detto Alfred, tirando su le piume. "Ma che senso ha tenere una lista di cose da fare? Di sicuro ti ricorderesti di tutto ciò che vorresti davvero fare".

"Sai Alfred, non ne sono proprio sicuro. Credo che abbia a che fare con l'età. Invecchiare e perdere la memoria".

"Ha senso".

Continuarono il loro viaggio e arrivarono a casa. Quando E-Z salì sulla rampa, Alfred saltò su. Il cigno sbatté le ali per aiutare la spinta verso l'alto. In cima, mentre E-Z apriva la porta, sentirono una voce sconosciuta.

"Oh no, sono già qui!". disse Alfred.

"Potevi avvertirmi!" Rispose E-Z, riponendo la borsa su un gancio mentre entrava nel soggiorno.

"Ovviamente l'avrei fatto, se l'avessi saputo!".

Lia si alzò. La Lia di dieci anni sembrava notevolmente diversa, finché non alzò i palmi delle mani. Quando vide E-Z strillò, corse da lui e lo abbracciò forte. Poi ha abbracciato Alfred e ha detto di essere incredibilmente felice di averlo finalmente conosciuto.

Anche Samantha, la mamma di Lia, era in piedi e guardava sua figlia abbracciare il ragazzo che le aveva salvato la vita. L'angelo/ragazzo sulla sedia a rotelle. Sua figlia aveva parlato di Alfred, ma non del fatto che fosse un cigno gigante.

Lo zio Sam si alzò e disse: "Oh, sei a casa". Si avvicinò al nipote. Poi suggerì goffamente di andare in cucina. Per rifocillarsi.

"Stiamo bene", disse Samantha.

Sam insistette perché andassero comunque in cucina.

"Uh," balbettò E-Z. "Vorrei bere qualcosa".

Sam sospirò.

"Non disturbare per noi", disse Samantha.

"Non è affatto un problema", disse Sam, spingendo la sedia di E-Z verso l'uscita del soggiorno.

"Lia, sei molto bella", disse Alfred, chinando la testa per permetterle di accarezzarla.

"Grazie", disse Lia arrossendo. Mentre uscivano dalla stanza, lanciò un'occhiata in direzione di E-Z, ma lui non se ne accorse perché i suoi occhi erano puntati sullo zio.

Una volta arrivati in cucina, Sam parcheggiò il nipote. Aprì il frigorifero e lo richiuse. Andò alla credenza, aprì lo sportello e lo richiuse.

"Cosa c'è che non va?" Chiese E-Z.

"Io... non me li aspettavo così presto e poi cosa mangia e beve la gente dell'Olanda? Non credo di avere nulla di adatto in casa. Forse dovrei uscire a prendere qualcosa?".

"Sono persone come noi, sono sicuro che proveranno qualsiasi cosa tu abbia. Non pensarci troppo".

"Aiutami, ragazzo. Che tipo di cose dovremmo servire? Formaggio e cracker? Qualcosa di caldo, panini al formaggio grigliato? Abbiamo acqua, succhi e bibite".

"Ok, per ora facciamo la cosa del formaggio e dei cracker. Vediamo come va. E un vassoio di bevande assortite".

Sam sospirò e mise tutto insieme su un vassoio. "Oh, i tovaglioli!", disse, prendendone una pila dal cassetto.

"Tutto pronto?" Chiese E-Z.

"Grazie, ragazzo", disse Sam, mentre prendeva il vassoio pieno di cibo e bevande. Si diresse verso il soggiorno con il nipote che lo seguiva. Sam mise tutto sul tavolo, poi saltò su e disse: "Piatti laterali!" e uscì dalla stanza, tornando poco dopo con i suddetti oggetti.

E-Z lanciò un'occhiata in direzione di Lia mentre sorseggiava il suo drink. La vedeva ancora come una bambina, anche se non lo era più. I suoi capelli erano più lunghi.

La mamma di Lia sembrava ancora più a disagio dello zio Sam. Armeggiava con un cracker ma non lo mordeva. Muoveva il bicchiere da bere avanti e indietro, ma non lo beveva. Di tanto in tanto lanciava un'occhiata in direzione dello Zio Sam, ma non per molto tempo. Poi sospirò forte e tornò a giocherellare con il cibo.

"Com'è andato il volo?" Chiese E-Z.

"È stato facile rispetto al volo con te", disse Lia. Rise e la bibita le uscì quasi dal naso. Presto tutti risero e si sentirono più a loro agio.

Alfred chiacchierava liberamente, sapendo che solo Lia ed E-Z potevano capirlo. "Ora siamo insieme, i Tre. Come era destino che fosse".

Lia ed E-Z si scambiarono un'occhiata.

Alfred continuò. "Continuo a chiedermi perché siamo stati riuniti. E-Z puoi salvare le persone e sei super forte, inoltre puoi volare e lo stesso vale per la tua sedia. Lia i tuoi poteri sono nella vista. Puoi leggere i pensieri. Da quello che mi ha detto E-Z, hai i poteri della luce e puoi fermare il tempo.

"Io posso viaggiare, volare nel cielo e a volte riesco a capire quando le cose stanno per accadere prima che accadano. Posso anche leggere nel pensiero, non sempre. Inoltre, molte persone amano i cigni. Alcuni dicono che siamo angelici. C'è persino chi crede che i cigni abbiano il potere di trasformare le persone in angeli. Non so se sia vero. Io stesso sono in grado di aiutare tutti gli esseri viventi e respiranti a guarire".

L'ultima parte era nuova per E-Z. Voleva saperne di più.

Alfred si offrì volontario: "Arrendersi è il primo passo".

E-Z e Lia erano persi nei loro pensieri riguardo alla confessione di Alfred.

"Cosa facciamo adesso?" Chiese Lia.

"Ogni squadra ha bisogno di un leader, di un capitano. Io nomino E-Z", disse Alfred.

"Mi associo alla nomina", disse Lia.

Lia e Alfred alzarono i loro bicchieri per E-Z. Lo zio Sam e la mamma di Lia, Samantha, si unirono al brindisi. Anche se non avevano idea del motivo per cui stavano brindando.

E-Z li ringraziò tutti. Ma dentro di sé si chiedeva come sarebbe andata a finire. Come avrebbe fatto a guidare una bambina e un cigno trombettiere? Come avrebbe fatto a tenerli al sicuro e fuori pericolo?

Lo zio Sam e Samantha si offrirono di pulire, mentre il trio tornò in salotto.

"Sarà una buona occasione per farli conoscere un po' meglio", disse Alfred.

"Sì, la mamma non è mai stata così nervosa prima d'ora. Con il suo lavoro, incontra molte persone e parla con loro, anche con perfetti sconosciuti, come se li conoscesse da sempre. Credo sia uno dei segreti del suo successo. Con Sam, invece, è silenziosa come un topo e nervosa".

"Forse è il jetlag", suggerì E-Z.

Alfred rise. "No, sono attratti l'uno dall'altra. Siete entrambi troppo giovani per accorgervene, ma c'era una vibrazione nell'aria".

"Davvero mia madre ha una cotta per Sam?".

"Anche lo zio Sam era piuttosto impacciato, ma non incontra molte ragazze in questi giorni, dato che lavora da casa e passa la maggior parte del tempo ad aiutarmi. Io voto per cambiare argomento".

"Anch'io", disse Lia.

"Voi due non siete divertenti".

"Credo che sia arrivato il momento di convocare Eriel", disse E-Z. "Dev'essere lui a portare il suo messaggio. "Deve essere lui a riunirci tutti. Dobbiamo essere messi al corrente del piano. Per sapere cosa ci si aspetta da noi e quando".

"Chi è Eriel?" Chiese Lia. "Ricordo che prima mi hai chiesto se lo conoscevo".

"È un Arcangelo e ha fatto da mentore alle mie prove. Beh, almeno negli ultimi tempi".

"Il mio angelo, quello che mi ha dato il dono della vista manuale, si chiama Haniel. Anche lei è un arcangelo. È la custode della terra".

Questo sorprese E-Z. Se tutti lavoravano per i propri angeli, allora perché erano stati riuniti? Un angelo era più potente dell'altro? Chi era l'angelo capo? Chi rispondeva a chi?

"Vorrei proprio sapere cosa sta succedendo", disse Alfred.

"Tutto quello che so", disse Lia, "è che dopo l'incidente mi è stato chiesto se volevo essere uno dei tre. E ora, voilà, eccoci qui".

Lo zio Sam e Samantha entrarono nella stanza. Chiacchierarono ancora per un po' finché Samantha, stanca per il volo, andò nella sua stanza. Anche lo zio Sam andò nella sua stanza.

"Andiamo nella mia stanza a parlare", disse E-Z.

Lia e Alfred li seguirono. Dopo qualche ora di discussione, il trio si rese conto di avere molte domande ma poche risposte. Lia andò nella sua stanza che condivideva con sua madre. Alfred dormì sul bordo del letto di E-Z. E-Z russava. Domani era un altro giorno: avrebbero capito tutto allora.

CAPITOLO 13

Il mattino seguente Lia portò delle ciotole di cereali nel giardino sul retro. Il sole stava sorgendo nel cielo, era una giornata senza nuvole e si avvicinavano le 10. Alfred sgranocchiava l'erba vicino al vialetto.

Lia passò a E-Z la sua ciotola, poi si sedette sotto l'ombrellone del patio e prese un cucchiaio di Cornflakes.

"I cornflakes nordamericani hanno un sapore diverso da quelli che abbiamo in Olanda".

"Qual è la differenza?" Chiese E-Z.

"Qui tutto ha un sapore più dolce".

"Ho sentito dire che nei vari Paesi si usano ricette diverse. Vuoi qualcos'altro?" Lei rifiutò scuotendo la testa. "Non sono riuscita a dormire stanotte", disse E-Z prendendo un'altra cucchiaiata di Captain Crunch.

"Scusa, stavo russando troppo?". Chiese Alfred spingendo il viso nell'erba bagnata di rugiada.

"No, stavi bene. Avevo molte cose per la testa. Voglio dire, siamo tutti qui. I tre... e io non ho avuto un processo per un po'... Da quando Hadz e Reiki sono stati degradati, non so cosa stia succedendo. Dopo l'ultima battaglia con Eriel - che tra l'altro ho vinto - non ho più avuto notizie di Eriel. Questo mi rende nervoso. Mi chiedo cosa stia escogitando per rendermi la vita difficile".

Alfred si allontanò dal giardino, mentre un unicorno atterrava sull'erba.

"Al tuo servizio", disse la Piccola Dorrit.

L'unicorno si avvicinò a Lia, mentre lei si alzò e lo baciò sulla fronte.

Sopra di loro iniziò una striscia blu di scrittura nel cielo. Scriveva le parole:

SEGUIMI.

La sedia di E-Z si alzò: "Andiamo!", gridò.

La Piccola Dorrit si inchinò, permettendo a Lia di montarla.

Alfred sbatté le ali e si unì agli altri.

"Hai idea di dove siamo diretti?". Chiese Alfred.

"So solo che dobbiamo sbrigarci! Le vibrazioni stanno aumentando, quindi dobbiamo essere vicini".

"Guarda davanti a te", gridò Lia. "Credo che ci sia bisogno di noi al parco divertimenti".

Immediatamente, per E-Z fu evidente il motivo per cui c'era bisogno di loro. Le montagne russe erano deragliate. I vagoni penzolavano per metà sui binari e per metà fuori. I passeggeri di tutte le età urlavano. Un bambino era appeso in modo così precario con le gambe oltre il lato del carrello che era chiaro che sarebbe caduto per primo.

"Prendiamo il bambino", disse Lia, prendendo il volo. Lei e la Piccola Dorrit andarono dritte verso il ragazzo. Il ragazzo si lasciò andare, si lasciò cadere e atterrò sano e salvo davanti a Lia sull'unicorno.

"Grazie", disse il bambino. "È davvero un unicorno o sto sognando?".

"Lo è davvero", disse Lia. "Si chiama Piccola Dorrit".

"Mia madre ha un libro con questo nome. Credo sia di Charles Dickens".

"Esatto", disse Lia.

"Ci sono degli unicorni nella Piccola Dorrit? Se sì, dovrò leggerlo!".

"Non posso dirlo con certezza", disse Lia. "Ma se lo scopri, fammelo sapere".

E-Z afferrò le auto sporgenti una ad una. Ci volle un po' di tempo per bilanciarlo, all'inizio era un po' come una molla inclinata in una direzione. Ma la sua esperienza con l'aereo lo aiutò e lo ispirò mentre sollevava i vagoni sui binari. Le ha tenute ferme finché tutti i passeggeri non sono entrati in sicurezza.

Grazie all'aiuto di Alfred, questo processo si è svolto senza problemi. Alfred, grazie alle sue ali, al suo becco e alla sua mole, è riuscito a fare leva su di loro per portarli in salvo.

"State tutti bene?" E-Z chiamò con un fragoroso applauso tutti i passeggeri.

Completato con successo il compito, Alfred volò fino a dove si trovavano Lia e gli altri. Era una posizione eccellente per osservare.

"Possiamo portare giù il ragazzo adesso?". Chiese Lia.

E-Z le diede un pollice in su.

In basso, era stata portata una gru che doveva essere sollevata per il salvataggio. Non era ancora pronta. Guardò gli operai che si agitavano con i loro elmetti gialli.

E-Z fischiò al ragazzo che manovrava le montagne russe per farle partire.

L'operatore delle montagne russe riavviò il motore. All'inizio i vagoni avanzarono un po', poi si fermarono. I passeggeri urlavano per paura che deragliasse di nuovo. Alcuni si tenevano il collo, che era stato scosso durante l'evento iniziale.

E-Z posizionò la sua sedia a rotelle davanti ai vagoni per osservare che la loro posizione non cambiasse. Ha notato che il vento si stava alzando e che i capelli dei passeggeri venivano spazzati dai vagoni. Un uomo anziano ha perso il suo cappellino da baseball dei Los Angeles Dodgers. Tutti guardarono mentre precipitava a terra.

"Riprova", gridò E-Z, sperando per il meglio ma pensando a un piano B per ogni evenienza.

L'operatore riavviò il motore. Ancora una volta, le montagne russe si spostarono in avanti. Questa volta un po' più avanti, ma di nuovo si fermò completamente.

L'adolescente chiamò la piccola Dorrit: "Puoi mettere Lia a terra? Poi prendi delle catene con dei ganci alle due estremità e le porti da me?".

L'unicorno annuì, scendendo tra gli "ooh" e gli "ahh" della folla che si era radunata sotto di lui. Un ragazzo cercò di afferrarla per farsi dare un passaggio, lei lo respinse con il naso e la polizia intervenne per circoscrivere l'area.

"Qui!" disse un operaio edile. Aveva sentito la richiesta di E-Z. Mise una parte della catena nella bocca della piccola Dorrit e le mise il resto intorno al collo.

"Non è troppo pesante?", chiese, mentre Piccola Dorrit decollava senza problemi e si dirigeva alando verso il punto in cui Alfred stava aspettando al fianco di E-Z.

Alfred, usando il suo becco, inserì il gancio nella parte anteriore della macchina delle montagne russe. Lo fissò al suo posto e lo agganciò alla sedia a rotelle di E-Z. "Per favore, rimanete seduti", chiamò E-Z. "Ti farò scendere, lentamente ma inesorabilmente. Cerca di non spostarti troppo, vorrei che il peso fosse posizionato in modo coerente. Al tre, andiamo", disse. "Uno, due, tre".

Tirò, dando tutto quello che aveva, e l'auto rotolò con lui. Scendere era facile, risalire doveva assicurarsi che il carrello non prendesse troppa velocità e non venisse di nuovo smontato. La piccola Dorrit e Alfred volavano accanto all'auto, pronti a intervenire se qualcosa fosse andato storto.

Lia era così spaventata, nervosa ed eccitata.

"Puoi farcela, E-Z!" gridò, dimenticando che poteva pronunciare le parole nella sua testa e che lui le avrebbe sentite.

"Grazie", disse lui, mantenendo un ritmo lento e costante. Anche se E-Z era stanco, doveva portare a termine il suo compito. Quando l'auto girò l'angolo e si fermò completamente, tornò nel tunnel. Dove il suo viaggio era iniziato.

"Grazie!", chiamò l'operatore.

Pompieri, paramedici e infermieri si prepararono per l'assalto dei passeggeri. Che sbarcano contemporaneamente.

"E-Z! E-Z! E-Z!", cantò la folla, con i telefoni alzati che riprendevano l'intero incidente.

"Pensi che abbiamo il tempo di prendere un po' di zucchero filato?". Chiese Lia.

"E il Caramel Corn?" Rispose Alfred. "Non sono sicuro che mi piaccia, ma sono disposto a provarlo!".

"Certo", disse E-Z, "andrò a prenderli entrambi senza preoccupazioni! Potrei anche prendermi una Candy Apple".

Mentre si accingeva a fare gli acquisti, notò che erano arrivati dei giornalisti. Erano riuniti intorno a una persona molto alta e con i capelli neri. L'uomo teneva un cappello a cilindro davanti a sé e assomigliava ad Abramo Lincoln. Ad un esame più attento si rese conto che si trattava di Eriel sotto mentite spoglie. Si avvicinò per ascoltare.

"Sì, sono io che ho riunito questo dinamico trio. Il leader è E-Z Dickens, ha tredici anni ed è una superstar. Oltre a essere il membro più esperto dei Tre, è il leader. Come avrai notato, è in grado di gestire quasi tutto. È un ragazzo fantastico!".

E-Z sentì le sue guance scaldarsi.

"E la ragazza e l'unicorno?", chiese un giornalista.

"Si chiama Lia e questa è stata la sua prima avventura nel mondo dei supereroi. Il suo unicorno è Piccola Dorrit e i due sono una squadra straordinaria. Ha salvato quel ragazzo", disse afferrando il ragazzo. Lo mise in primo piano per le telecamere.

Quando tutti gli occhi erano puntati su di lui, terminò la frase. "Con facilità. Lia e la piccola Dorrit si sono aggiunte alla squadra e saranno di grande aiuto a E-Z in tutte le sue imprese future".

"Com'è stato?" chiese un giornalista al ragazzo.

"Lia è stata molto gentile", rispose il ragazzo.

La figura scura spinse via il ragazzo. Si spolverò.

"Il cigno trombettiere si chiama Alfred. Questa è stata la sua prima occasione di assistere E-Z. Si è messo coraggiosamente in gioco. Alfred è un altro eccellente membro della squadra di supereroi dei Tre. Li vedrai spesso in futuro". Esitò: "Oh, e il mio nome è Eriel, nel caso volessi citarmi nel tuo articolo".

Ora E-Z desiderava non aver accettato di raccogliere i dolcetti di carnevale. Si rannicchiò di lato, sperando di non essere notato.

"Eccolo!" gridò qualcuno.

Gli altri che erano in fila dietro di lui lo spinsero verso la testa della fila.

"Offre la casa", disse il venditore porgendogli un esemplare di tutto.

"Grazie", disse lui, mentre si allontanava.

"È lui! Il ragazzo sulla sedia a rotelle! Il nostro eroe!" gridò qualcuno sotto di lui.

"Eccolo, fagli una foto".

"Torna indietro per un selfie, per favore!".

E-Z guardò verso il punto in cui si trovava Eriel, ma ora che era stato individuato, nessuno era interessato a lui. Subito dopo Eriel era sparita.

"Andiamocene da qui!". Disse E-Z, chiedendosi dove dovessero andare esattamente. Se fossero andati a casa sua, molto probabilmente i giornalisti e i fan li avrebbero seguiti. In un certo senso, gli mancavano i giorni in cui Hadz e Reiki cancellavano le menti di tutti i partecipanti. Di sicuro le cose non si complicavano.

Sulla via del ritorno, E-Z non poté fare a meno di chiedersi cosa stesse facendo Eriel. Dopotutto, nessuno doveva sapere delle sue prove. Era molto strano, ma era troppo stanco per parlarne con i suoi amici. Si chiese invece perché non fosse più importante tenere nascoste le sue prove e come sarebbe cambiata la situazione. Era positivo che le sue ali non bruciassero più e la sua sedia non sembrava interessata a bere sangue.

"Beh, è stato piuttosto facile", disse Alfred.

Lia rise: "Ed è stato divertente vederti in azione E-Z".

"Ehi, e io? Ho aiutato anch'io!".

"Certo che l'hai fatto", disse E-Z. "E Piccola Dorrit, grazie! Non ce l'avrei fatta senza di te!".

La piccola Dorrit rise. "Sono felice di essere stata d'aiuto".

"Sei stata fantastica!" Disse Lia, accarezzandole il collo.

Ma qualcosa li preoccupava. Era ovvio che E-Z avrebbe potuto fare tutto da solo. Non aveva bisogno di aiuto.

Soprattutto Alfred pensava che, essendo un cigno trombettiere, avesse fatto tutto il possibile. Ma non era di grande aiuto in questo tipo di salvataggio. Non è che qualcuno che ha le mani possa essere d'aiuto. Aveva fatto del suo meglio, ma era sufficiente? Era la scelta migliore per diventare un membro dei Tre?

Lia pensava che la Piccola Dorrit avrebbe potuto atterrare sotto il ragazzo e salvarlo senza che lei fosse sul suo dorso. L'unicorno era intelligente e avrebbe potuto seguire le indicazioni e le istruzioni di E-Z. Le sembrava di aver fatto tutta questa strada e per cosa? Non aveva alcun senso.

Tornarono di nuovo a casa. Nonostante avessero realizzato qualcosa di meraviglioso insieme, il loro spirito era basso.

La piccola Dorrit se ne andò e andò a vivere dove non c'era bisogno di lei.

E-Z andò subito nel suo ufficio dove lavorò un po' sul suo libro. Voleva aggiornare l'elenco delle prove per vedere a che punto era. Decise di riscriverle tutte dall'inizio:

1/ ha salvato la bambina

2/ salvato l'aereo dall'incidente

3/ fermato il tiratore sul tetto

4/ fermato la ragazza nel negozio

5/ ha fermato il tiratore fuori da casa sua

6/ ha duellato con Eriel

7. sono uscito da quel proiettile

8/ ha salvato Lia

9/ ha rimesso in moto le montagne russe.

Non era sicuro che salvare lo zio Sam fosse un processo o meno. Hadz e Reiki gli avevano ripulito la mente. L'istinto di E-Z diceva che salvare lo Zio Sam non era stata una prova.

Si sedette sulla sedia. Pensava alla scadenza imminente. Doveva completare altre tre prove in un periodo di tempo limitato. Da un certo punto di vista, desiderava che fossero finite e superate. In un altro senso, il fatto di aver terminato il suo impegno lo spaventava.

Nel frattempo, Alfred decise di andare a fare una nuotata al lago.

Mentre Lia e sua madre andarono a fare una passeggiata.

$$***$$

"Allora, com'è stato?" Chiese Samantha.

"È stato estremamente emozionante e spaventoso allo stesso tempo. E-Z è straordinaria. Senza paura", spiegò Lia.

"E qual è stato il tuo contributo?".

Girarono l'angolo e si sedettero insieme su una panchina del parco. I bambini giocavano, correndo su e giù e gridando. Sia la madre che la figlia ricordavano come Lia fosse solita giocare in questo modo, spensierato, quando aveva sette anni. Ora che aveva dieci anni, il suo interesse per il gioco era diminuito notevolmente.

"Ti manca?" Chiese Samantha.

Lia sorrise. "Sai sempre cosa sto pensando. In realtà no, ma un giorno vorrei provare di nuovo a ballare. Per vedere come e se riuscirò ad adattarmi".

Rimasero seduti a guardare, senza dire nulla.

"Per quanto riguarda il mio contributo, un bambino era appeso alla macchina e senza l'aiuto della Piccola Dorrit sarebbe potuto cadere".

"Avrebbe potuto?"

"Sì, credo che E-Z lo avrebbe salvato e poi avrebbe gestito il resto, se non ci fossimo stati noi. È abituato a fare le prove da solo".

"Non pensi che tu o Alfred foste necessari?".

"Forse la nostra presenza come supporto morale è stata utile, non lo so. Sembra che gli arcangeli si siano dati molto da fare per riunirci. Per farci arrivare in aereo dall'Olanda, la nostra patria. Quando, in base a questo processo, non credo che siamo davvero necessari".

Samantha prese la mano della figlia nella sua, si alzarono dalla panchina e tornarono verso casa.

"Credo che avere una squadra, una riserva, sia una buona cosa e sono sicura che E-Z lo sappia e lo apprezzi. Non sembra il tipo di ragazzo che si sente solo. Giocava a baseball, lo fa ancora da quello che mi dice Sam. Sa che le squadre lavorano bene insieme, sfruttando i punti di forza di ciascun giocatore. Per quanto riguarda te, non mi preoccuperei se non fossi il fattore più importante in questo processo. E non sottovalutare mai il tuo valore".

"Grazie, mamma", disse Lia, mentre giravano l'angolo della loro strada. "Ora parliamo di Sam. Ti piace molto, vero?".

Samantha sorrise ma non rispose.

***

Allo stesso tempo, Sam stava controllando E-Z. "Va tutto bene?" chiese, facendo capolino nell'ufficio del nipote.

"Non ne sono sicuro. Possiamo parlare?".

"Certo, ragazzo".

"Chiudi la porta, per favore".

"Cosa c'è? La prima prova di squadra non è andata bene?".

"Per prima cosa vorrei chiederti: cosa sta succedendo tra te e la mamma di Lia?".

Sam mosse i piedi e si pulì gli occhiali. "Non parliamo di me e Samantha. È una cosa che riguarda noi due".

"Oh, quindi c'è un US, allora?", sorrise lui.

"Cambia argomento", disse Sam.

"Ok allora, come vuoi tu. Per quanto riguarda il processo, è andato bene e non pensare male di me. Non lo dico perché sono un testone, ma avrei potuto portarlo a termine anche senza gli altri".

"Dimmi esattamente cosa è successo. Qual è stato il tuo compito? E devo dire che questo mi sorprende, visto che sei sempre stato un giocatore di squadra".

"Lo so. È questo che preoccupa anche me. È successo al parco divertimenti. Una montagna russa è uscita dalla pista. La parte anteriore pendeva dal bordo e i passeggeri si stavano rovesciando. Solo uno era davvero in pericolo: un bambino che Lia ha catturato con l'aiuto dell'unicorno Little Dorrit".

"Sembra che il salvataggio sia stato utile".

"Lo è stato, perché il bambino era quasi fuori tempo massimo, ma io ero lì e avrei potuto salvarlo. Poi ho rimesso il carrello in carreggiata e ho aiutato gli altri a entrare. Era come se il tempo si fosse fermato per me, quindi avrei potuto facilmente risolvere la situazione senza l'aiuto di nessuno".

"Sembra che Alfred non ti sia stato molto utile. Stai dicendo che potevi fare a meno di lui?".

E-Z si passò le dita tra i capelli scuri al centro. La sensazione di setolosità, in qualche modo, lo distendeva.

"Alfred mi ha aiutato. Ma stavo cercando un modo per aiutarlo. Si impegna così tanto. Vogliamo aiutarlo, ma onestamente è abbastanza intelligente da sapere che ho creato del lavoro per lui. Quindi, potrebbe aiutare, ma non mi sento a mio agio".

"Questo è ciò che fanno i giocatori di squadra. Si guardano le spalle a vicenda. Si aiutano a vicenda".

"Lo so, ma quando ci sono delle vite in gioco, spetta a me assicurarmi che nessuno muoia. Se trovo dei compiti per gli altri per farli sentire necessari, è un handicap, non un aiuto". Sospirò profondamente, facendo scorrere le dita sulla tastiera. Vergognandosi, evitò il contatto visivo con lo zio.

Dopo qualche minuto di silenzio, E-Z tornò a lavorare sul suo libro per lasciare che lo zio riflettesse. Ripercorse i dettagli degli eventi della giornata.

Come un debriefing. Analizzava le cose. Smontando e rimontando il processo, ebbe una rivelazione. Era una cosa che non aveva mai fatto prima. Poteva discutere della questione con la sua squadra. Potevano dirgli come si era comportato, dargli suggerimenti per migliorare. Sì, c'erano molti vantaggi nell'essere uno dei tre. Si sentiva rilassato e più felice di questa consapevolezza.

"Penso che dovresti dare più tempo alla situazione della squadra prima di decidere. Deve essere utile per te sapere che ognuno di loro ha i propri poteri speciali per aiutarti. In questa situazione, le tue abilità erano in primo piano. Questo non significa che sarà sempre così. Le cose potrebbero cambiare per il prossimo incarico. Tutto accade per una ragione".

"Stai pensando come me adesso. Tutto è sempre meglio se non devi affrontarlo da solo. Me lo hai insegnato tu".

"Qualcun altro in questa casa sta morendo di fame?". Chiamò Alfred mentre camminava lungo il corridoio.

E-Z spinse indietro la sedia e rispose: "Io!".

Sam disse: "Tu cosa?".

"Oh, Alfred mi ha chiesto se qualcuno ha fame".

"Anch'io!" Chiamò Sam.

"Io sì", disse Lia. "Cosa c'è per cena?"

Samantha propose di ordinare una pizza. Tutti esultarono, tranne Alfred. Non gli piaceva il formaggio filante.

Passarono la serata insieme, riempiendosi il viso e guardando una serie sugli zombie.

"Non è troppo spaventoso per te, vero Lia?". chiese E-Z

"È troppo spaventoso per me!". Rispose Samantha. Sam le mise un braccio intorno alle spalle, mentre Lia ridacchiava e teneva la mano di sua madre.

CAPITOLO 14

Il mattino seguente Alfred si svegliò con un urlo. Se non hai mai sentito un urlo di cigno, allora sei fortunato. Era così forte che svegliò tutti.

E-Z cercò di calmare Alfred. Il cigno non fece altro che sbattere le ali ed emettere un suono terribile. Era come se lo stessero torturando. O era così o il mondo stava per finire.

Lo zio Sam arrivò per controllare cosa stesse succedendo.

"È Alfred, ma non preoccuparti. Ci penso io", disse E-Z.

Presto Lia e Samantha arrivarono per indagare. Lia convinse Samantha a tornare a dormire.

Lia rimase per aiutare E-Z a consolare Alfred. Il quale andò subito alla finestra, la aprì con il becco e volò fuori nella notte.

Sopra di loro, E-Z e Lia ascoltavano le zampe palmate di Alfred che battevano sul tetto.

"Cosa state aspettando!", gridò. "Dobbiamo andare... ORA!"

Lia si arrampicò fuori dalla finestra e rimase a tremare sul cornicione. Aspettò che E-Z riuscisse a salire sulla sua sedia a rotelle e a manovrarla in posizione di sospensione.

"Aspetta, credo che l'unicorno stia finalmente arrivando", disse Alfred. "È per questo che sono quassù. Per vedere se stava arrivando".

La piccola Dorrit atterrò, mise il naso sotto Lia e la fece salire sulla sua schiena.

Si alzarono in volo con Alfred in testa.

"Rallenta!" E-Z gridò. Alfred lo ignorò. Continuò a volare, aumentando l'altitudine e la velocità. Le ali da sedia di E-Z iniziarono a sbattere, così come le sue ali da angelo. Doveva lavorare velocemente per non perdere di vista Alfred.

Lia rabbrividì. "Vorrei avere un maglione con me".

"Accoccolati al mio collo", disse la Piccola Dorrit. "Ti terrò al caldo".

E-Z accelerò il passo, avvicinandosi, poi si accorse che Alfred stava rallentando. O almeno così pensava. Invece, vide uno spettacolo che non avrebbe mai cancellato dalla sua mente. Alfred era bloccato a mezz'aria, con le ali e i piedi estesi. Come se stesse modellando una X.

Poi tutto il suo corpo iniziò a tremare, fino a diventare una scossa. Sembrava che lo stessero fulminando. E il suo volto, con un'espressione di dolore insopportabile, fece scendere una lacrima agli occhi dei suoi amici.

"Cosa gli sta succedendo?" Chiese Lia. "Non riesco più a guardarlo. Non ci riesco", singhiozzò.

"È come se fosse sotto shock. Chi farebbe una cosa del genere?". Mentre lo diceva, lo sapeva. Solo Eriel poteva essere così crudele. Eriel li stava evocando. Usando questa tecnica di folgorazione per farli seguire il loro amico Alfred. Ma se non fosse sopravvissuto alle scosse? Mentre lo diceva, una manciata di piume di Alfred si staccò dal suo corpo e fluttuò nell'aria. Smise di tremare e iniziò a volare.

Sopra la sua spalla disse: "Forza, tieni il passo prima che mi colpisca di nuovo".

"Stai bene?" Chiese Lia.

"Era il terzo e ogni volta è sempre peggio. Dobbiamo arrivare dove vogliono loro e in fretta. Non so se riuscirò a sopportarne un altro, non peggiore dell'ultimo. È stato un disastro".

Continuarono a volare, chiacchierando mentre andavano avanti.

"Mi dispiace di aver svegliato tutti", disse Alfred ora che le scosse erano cessate.

"Non è stata colpa tua". Disse E-Z. "Sono abbastanza sicuro di sapere di chi è la colpa e quando lo vedremo, gliela farò pagare".

"Cosa vuoi dire?" Chiese Lia, accoccolandosi al collo della Piccola Dorrit. Era così buio e freddo che non riusciva a smettere di tremare.

Alfred disse: "Siamo stati convocati inviando scosse elettriche in tutto il mio corpo. Era come se le mie piume prendessero fuoco dall'interno. Che maleducazione. Davvero scortese e per un attimo ho pensato di essere di nuovo nel mezzo e nel mezzo".

Tutto il suo corpo di cigno tremava ripensandoci. "Darò a chiunque sia stato quello che si merita quando lo vedrò!".

Alfred continuò a volare a fianco degli altri. "Prima Ariel mi sussurrava all'orecchio per svegliarmi. Poi parlavamo insieme di un piano. Lo ha fatto anche quando mi trovavo in una situazione di stallo. È sempre stata dolce e gentile con me. Questa convocazione è stata diversa".

"Sembra che sia opera di Eriel", ammise E-Z. "Non ha molto tatto, può essere un po' melodrammatico e piuttosto insensibile. Per non parlare del suo malato senso dell'umorismo".

"Un po' melodrammatico, non è nemmeno un po' troppo", disse Alfred.

"Prima o poi dovrai raccontarci qualcosa di più su questo travet. Il nome sembra carino, ma ho la sensazione che si tratti di un ossimoro", disse E-Z.

"Non mi piace parlarne", rispose Alfred.

"Non vedo l'ora di conoscere questa Eriel. NON". Lia confessò. "È come non vedere l'ora di incontrare Voldemort. La sua reputazione lo precede".

"Ah, una fan di Harry Potter, quindi?". Disse Alfred.

"Sicuramente", ammise Lia.

Le stelle nel cielo mandavano un calore immaginario. Tuttavia, rabbrividirono impreparati nell'aria notturna.

"Siamo quasi arrivati?" Chiese E-Z.

"Non lo so per certo", disse Alfred. "La scossa non diceva dove eravamo stati convocati e non riesco a percepire alcuna vibrazione nell'aria. L'unica cosa che indicherebbe che non stiamo facendo ciò che ci si aspetta da noi è un'altra scossa. Purtroppo".

"Non vogliamo che ciò accada. Acceleriamo il passo".

"Sembra che ci stiamo avvicinando". Alfred si fermò a mezz'aria, con le ali completamente aperte. "Oh no!" disse, aspettando che la nuova scossa lo colpisse. Aspettò e aspettò, ma non accadde nulla. "Mi sa che ci siamo quasi...".

Questa volta il corpo del cigno non si limitò a tremare e a tremare. Il corpo di Alfred rotolò ancora e ancora. Come se stesse facendo delle capriole nel cielo.

Le piume perdute volavano intorno a lui, danzando nel vento mentre il cigno era in caduta libera.

E-Z volò sotto il cigno trombettiere e lo prese. "Alfred? Alfred?" Il povero cigno era svenuto. "Eriel! Tu! Tu, grosso avvoltoio peloso!" E-Z gridò, alzando il pugno verso il cielo. "Non devi uccidere Alfred. Dicci dove sei e noi saremo lì, ma solo se accetti di farla finita con le cariche elettriche. È una cosa barbara. È un cigno, per pietà. Dagli tregua".

"Quello che ha detto", rispose Lia, con i palmi aperti rivolti verso il cielo.

Per un secondo rimasero in bilico, ferme al loro posto.

Poi una scossa colpì la sedia a rotelle. Poi colpì Dorrit, l'unicorno. E tutti caddero in caduta libera.

La risata di Eriel riempì l'aria intorno a loro. Il mondo era il suo Sensurround e lui prendeva in giro i Tre come nessun altro avrebbe potuto fare. O lo avrebbe fatto.

CAPITOLO 15

Continuarono a precipitare per un bel po' di tempo. Nessuno di loro aveva il controllo dei propri poteri o attributi speciali.

Si aspettavano quasi che i loro corpi si spiaccicassero sul pavimento sottostante. Il marciapiede che sembrava sorgere per accoglierli.

All'improvviso, la discesa finì. Era come se fossero tutti legati a un burattinaio invisibile.

Dopo qualche secondo, il movimento riprese, ma questa volta era delicato.

Li guidò fino a quando non poterono essere lasciati in sicurezza ai piedi degli arcangeli Eriel, Ariel e Haniel.

"Avete fatto buon viaggio?" Chiese Eriel. Scoppiò a ridere. I suoi compagni guardarono senza ridere o parlare.

Alfred, ora sveglio, volò e atterrò, seguito dall'unicorno Little Dorrit che trasportava Lia.

L'unicorno si inchinò, salutando gli altri ospiti, poi si ritirò in fondo alla stanza.

Eriel, il più alto degli altri tre, stava in piedi con le mani sui fianchi, assicurandosi che non ci fossero dubbi su chi fosse al comando.

Ariel invece era simile a una fata.

Haniel era statuaria e irradiava bellezza.

Eriel fece un passo avanti, sollevandosi da terra in modo da trovarsi sopra di loro. E disse: "Ce ne avete messo di tempo per arrivare qui! In futuro, quando ordinerò la tua presenza, sarai qui in un batter d'occhio!".

Haniel volò più vicino ad Alfred. Lo toccò sulla fronte. Poi si girò verso E-Z e fece lo stesso. Sorrise. "Felice di conoscervi entrambi". Si girò verso Lia. Lia aprì il palmo della mano e i due si scambiarono il tocco delle dita a palmo aperto. Lia si gettò tra le braccia di Haniel. Haniel avvolse le sue ali intorno a lei, osservando l'aspetto della nuova bambina di dieci anni.

Ariel svolazzò vicino a E-Z. Gli fa l'occhiolino e sorride a Lia. Volò verso Alfred, lo toccò e lo sollevò dal dolore.

"Basta con le storie!" Eriel ordinò con la sua voce così forte che E-Z temeva che avrebbe sollevato il tetto.

"Aspetta un attimo", disse Alfred, camminando con il rumore dei suoi piedi palmati che sbattevano sul pavimento di cemento. "Sono stato quasi fulminato e vorrei delle scuse".

Eriel spalancò le sue ali, più di quanto potessero fare. Si librò sopra Alfred, che rabbrividì ma tenne duro. I loro occhi si incrociarono.

E-Z pensò che Alfred, il cigno trombettiere, fosse molto coraggioso o molto sciocco. In ogni caso, aveva bisogno di aiuto.

E-Z si spostò in avanti e posizionò la sua sedia tra i due. "Quel che è fatto è fatto". Si rivolse ad Alfred: "Mettiti giù". Alfred lo fece. Poi si rivolse a Eriel: "So che sei un bullo e quello che hai fatto al nostro amico è imperdonabile e crudele. È notte fonda, quindi arriva al punto: dicci perché siamo qui? Qual è la grande emergenza?"

Eriel atterrò e le sue ali si ripiegarono dietro il corpo. E sbottò: "I miei tentativi di contattarti personalmente, mio protetto, sono rimasti senza risposta. Qualsiasi cosa facessi, il tuo russare ti impediva di svegliarti. Ho mandato Haniel a chiamare Lia, ma non è riuscita a svegliarla senza disturbare sua madre che dormiva accanto a lei. Abbiamo quindi chiamato Alfred che non ha risposto per un bel po'. La sua mentore ha cercato di avvicinarlo, come suo solito, ma i suoi sussurri non sono stati abbastanza potenti da svegliarlo".

"Ero preoccupata per te", disse Ariel.

"Mi dispiace", disse Alfred. "Il letto di E-Z è meravigliosamente comodo e lui russa piuttosto forte. È passato molto tempo dall'ultima volta che ho dormito in un letto vero".

"SILENZIO!" urlò Eriel.

Alfred fece un passo indietro, mentre E-Z spostò la sua sedia molto più vicino alla creatura.

Eriel abbassò la voce. "Haniel pensava che fossi morto, cigno. E quindi ho colto l'occasione per testare la nostra tecnologia più recente".

"Non era mai stata testata sugli esseri umani", ammise Haniel.

"Abbiamo pensato che sarebbe stato meglio provarla su qualcuno che non fosse umano - Alfred tu hai fatto al caso nostro e ha funzionato a meraviglia. È vero, siete arrivati tutti in ritardo, ma siete arrivati. Come si dice, meglio tardi che mai".

"Mi hai usato come cavia?". disse Alfred, dondolando il collo avanti e indietro con il becco spalancato e avanzando sul pavimento.

E-Z posizionò ancora una volta la sua sedia a rotelle tra i due. "Stai giù", disse ad Alfred.

Eriel, Haniel e Ariel formarono un semicerchio intorno al trio.

"Hai ragione E-Z. Quel che è fatto è fatto. È meglio che l'abbiano provato su di me, piuttosto che su voi due. Ora andate avanti", disse Alfred.

"Sì, Eriel", disse E-Z, "ti chiedo ancora una volta: perché siamo qui?".

"Prima di tutto", sbottò l'arcangelo, "il piano prevedeva che voi tre formaste una sorta di trio".

"L'abbiamo già capito da soli", disse Lia. Teneva i palmi delle mani aperti in modo da poter ammirare i tre arcangeli contemporaneamente. Di tanto in tanto, inoltre, si guardava intorno per osservare l'ambiente circostante. Aveva un aspetto familiare, con pareti di metallo come quella in cui aveva incontrato E-Z per la prima volta. Solo molto più spaziosa.

E-Z si guardò intorno e guardò Lia. Stava pensando la stessa cosa. Più guardava le pareti, più sembrava che si chiudessero su di lui. Sentiva freddo e claustrofobia anche se lo spazio era enorme. Avrebbe voluto che la sua sedia a rotelle avesse un pulsante come in alcune auto che permette di riscaldare il sedile.

"Silenzio!" gridò Eriel. Dato che tutti erano in silenzio, sembrava fuori luogo. Ovviamente, non avevano considerato che anche lui poteva leggere i loro pensieri.

Alfred rise.

Eriel chiuse la distanza tra loro e Alfred indietreggiò. Eriel richiuse di nuovo la distanza. E così via, fino a quando Alfred non si ritrovò con le spalle al muro. Alfred prese il volo. Eriel lo raccolse con i suoi piedi simili ad artigli. Lo tenne sopra gli altri.

"Eriel, per favore", disse Ariel. "Alfred è un'anima buona".

Eriel lo mise a terra, poi alzò i pugni. Da essi uscirono fulmini che rimbalzarono sul soffitto metallico del container. Tutti, tranne Eriel, giocarono a dodgem con le cariche elettriche volanti. Eriel guardò. Rideva.

Quando si stancò di questa forma di intrattenimento. Quando la fiducia di The Three fu messa alla prova, prese i fulmini. Fece un grande spettacolo mentre li riponeva nelle sue tasche.

"Allora", disse. "Una nuova prova è in arrivo per voi. Oggi. Uno di voi morirà".

E-Z si alzò di scatto sulla sedia. Alfred urlò un involontario "Hoo-hoo!" e Lia lanciò un urlo da bambina.

Eriel continuò, ignorando le loro reazioni. "Siete qui per scegliere. Chi di voi morirà oggi? Dopo che avrete scelto, vi spiegherò le conseguenze che dovrete affrontare a causa di questa morte". Eriel volò a pochi metri di distanza e gli altri due angeli lo affiancarono, uno per lato.

Per prima cosa, Ariel descrisse la morte di Alfred:

"Non posso parlarti dei dettagli di questo processo. Tutto ciò che posso dirti è che Alfred, se dovessi morire oggi, non rispetterai il tuo accordo contrattuale. Pertanto, non rivedrai la tua famiglia, né ora né mai. La tua morte, tuttavia, sarebbe bellissima. Perché, come nella vita, la morte di un cigno è sempre bella. Maestosa. Perché quando un cigno muore, diventa un angelo. La tua trasformazione sarebbe un nuovo inizio per te. Il tuo scopo sarà quello di migliorare gli esseri umani e gli animali. Ti verrà dato un nuovo nome e un nuovo scopo. Verresti valorizzato in ogni modo. E la tua anima tornerà al suo luogo di riposo eterno".

Le lacrime scesero sulle guance del cigno trombettiere Alfred. Ariel lo consolò avvolgendo le sue ali intorno a quelle di lui.

In secondo luogo, Haniel raccontò della morte di Lia:

"Bambina, che presto diventerà donna, come Ariel, non posso darti alcuna informazione sul compito da svolgere. Tutto ciò che posso dire a te, cara Cecelia, conosciuta anche come Lia, è che se oggi dovessi morire, allora non sarai più. In qualsiasi forma. La tua morte sarà solo questo, una morte. Definitiva. Sarà come quando è esplosa la lampadina: saresti morta. La tua povera vita sarebbe finita in quel momento. Eppure ora sei qui e hai molto da offrire al mondo. Non hai nemmeno scalfito la superficie dei poteri a tua disposizione. Tuttavia, se dovessi morire oggi, quei poteri rimarrebbero inutilizzati. Finiresti sotto terra, polvere su polvere. Un mero ricordo per coloro che ti hanno conosciuto e amato. Ma anche la tua anima tornerebbe al suo luogo di riposo eterno".

Lia chiuse le mani per contenere le lacrime che le scendevano. Stavano cadendo anche dagli occhi. I suoi vecchi occhi. Il suo corpo tremava quando singhiozzava. Era troppo sopraffatta dall'emozione per parlare.

La piccola Dorrit si avvicinò e diede un colpetto alla bambina sulla spalla. Anche Haniel cercò di confortarla baciandola sulla fronte.

Poi Eriel iniziò a raccontare la storia di E-Z:

"E-Z, hai fatto molte cose da quando i tuoi genitori sono morti. Ti sono state date delle prove. A volte, spesso compiti insormontabili per un umano. Eppure sei riuscito a superarle con successo. Hai salvato delle vite. Non mi hai deluso. Tuttavia, ci sentiamo". Esitò guardando da una parte all'altra. "Sento soprattutto che hai ostacolato i tuoi poteri. A volte li hai persino negati. Hai preso il tempo che ti abbiamo concesso per rendere il mondo un posto migliore e l'hai sprecato".

E-Z aprì la bocca per parlare.

"Silenzio!" urlò Eriel. "Non cercare di giustificarti. Ti abbiamo visto giocare a baseball e perdere tempo con gli amici come se avessi tutto il tempo del mondo per portare a termine i tuoi compiti. Ebbene, il tempo è scaduto. Se morissi oggi, i tuoi processi sarebbero incompleti".

E-Z sapeva già cosa sarebbe successo, ma doveva aspettare che Eriel lo dicesse. Che pronunciasse le parole perché fosse vero.

Come aveva intuito, Eriel non aveva ancora finito. "Lasciarci con prove incomplete per le quali la tua vita è stata salvata. Sarebbe imperdonabile. Se morissi oggi, perderesti le tue ali. Questo per cominciare. Le prove che non ti sono ancora state date non lo saranno mai. Perché tu eri l'unico in grado di portare a termine i compiti. La nostra unica speranza.

"Pertanto, coloro che avresti salvato non sarebbero stati salvati da nessuno, in nessun momento. Moriranno a causa tua. Tutti coloro che hai salvato durante le tue prove moriranno.

Sarebbe come se tu non fossi mai esistito". La loro morte sarebbe definitiva. Completa. Nessuna possibilità di vita ultraterrena per nessuno di loro. Nemmeno mandarli nel mezzo non sarebbe un'opzione. La tua morte allora E-Z porterebbe scompiglio e caos nel mondo. Come il giorno in cui io e te abbiamo duellato. Ricordi com'era il mondo quel giorno? Ecco come sarebbe la terra, ogni singolo giorno". Eriel si girò di spalle. Lo guardarono spiegare le ali, come se si stesse preparando a partire.

Tutti rimasero in silenzio. Contemplando i loro destini.

Dopo qualche tempo, Eriel ruppe il silenzio. "Ariel, Haniel e io vi lasciamo per ora. Potete parlare tra di voi e decidere. Ma fate in fretta. Non abbiamo tutto il giorno".

Il trio di arcangeli scomparve attraverso il soffitto.

CAPITOLO 16

Dopo che gli arcangeli se ne andarono, i Tre erano troppo stupiti per dire qualcosa. Finché E-Z non ruppe il silenzio.

"Per me non ha senso che ci abbiano portato qui tutti insieme. Che abbiano torturato Alfred. Portarci qui. Poi ci dicono che uno di noi deve morire. E che dobbiamo scegliere quale. È una barbarie, persino per Eriel".

Lia camminava a pugni stretti. Era troppo arrabbiata per parlare e non le importava di urtare qualcosa. Anzi, quando lo faceva, lo prendeva a calci.

Alfred si intromise. "Penso che se qualcuno deve morire, dovrei essere io. I miei poteri sono estremamente limitati. È più che probabile che mi trasformi in una zuppa di cigno, data la complessità delle prove. Come l'ultima prova. So che mi stavi aiutando E-Z. È stato gentile da parte tua, ma sapevo di essere un peso".

E-Z cercò di interrompere, ma Alfred continuò a parlare. "Per non parlare del fatto che potrei mettermi in mezzo. Mettere a rischio uno di voi. Ho vissuto una vita triste e solitaria da quando la mia famiglia mi è stata portata via. A volte la solitudine è opprimente. Essere un membro dei Tre mi ha aiutato, ma..."

"Anche come cigno, riuscivo a pensare a loro. Ricordarli, amarli. Il solo sapere che sono morti insieme e che sono da qualche parte insieme mi dà pace. Anche se non sono con loro, ma forse lo sarò oggi, se sarò io a morire. Sono disposto a correre questo rischio. Inoltre, quando me ne andrò, nessuno sulla terra sentirà la mia mancanza".

"Ci mancherai!" Disse Lia.

"Certo che ci mancherai!". E-Z si disse d'accordo, mentre attraversava il piano e notava un tavolo che prima si confondeva con il muro. Si avvicinò ad esso e scoprì una pila di fogli che sfogliò.

"Apprezzo il sentimento", disse Alfred. "Ehi, cosa stai facendo, E-Z? Da dove viene quel tavolo?".

Lia teneva entrambe le mani davanti a sé in modo da poter vedere contemporaneamente E-Z e Alfred.

E-Z continuò a sfogliare le pagine. Presto volarono per tutta la stanza. Giravano nell'aria come se fossero stati catturati dall'occhio di un tornado.

I Tre si raggrupparono e osservarono il turbinio di fogli. Poi, in un sol colpo, caddero sul pavimento.

Lia ne prese uno e lo lesse mentre E-Z e Alfred lo guardavano.

"Cos'è questo?" esclamò. "C'è scritto il nostro nome. Racconta le storie. Le nostre storie. Della nostra morte".

"Dice che siamo già morti!" Disse E-Z leggendo uno dei fogli che gli erano sfuggiti.

"Oh", disse Lia, con una lacrima che le scendeva sulla guancia. "C'è scritto anche che mia madre è morta, così come tuo zio Sam".

E-Z scosse la testa. "Non può essere vero. Non è vero. Ci stanno prendendo in giro". Si guardò intorno. Qualcosa nella stanza era cambiato. Le pareti. Ora erano rosse. "Siamo entrati in un'altra dimensione o qualcosa del genere? Guarda le pareti? Siamo da qualche altra parte, dove il futuro è già passato?".

Alfred raccolse un'altra delle pagine cadute. Raccontava della morte di sua moglie, dei suoi figli e della sua stessa morte. Eppure, quando si guardava, si sentiva vivo, con le piume: un cigno trombettiere. "Voglio uscire", disse.

Lia sorrise. "Intendi uscire da questa stanza o da questa vita? Anch'io voglio uscire, intendo dire da questo inquietante contenitore di metallo, ma non voglio morire. Vedere il mondo attraverso i palmi delle mie mani è strano e allo stesso tempo bello. Anche poter leggere i pensieri è bello. Quando ho fermato il tempo, però, è stato fantastico. Immagina di poter richiamare questo potere, ad esempio se qualcuno è in pericolo o se c'è un disastro. Immagina quante vite potrebbero essere salvate? E ora ho dieci anni e chissà quali altri poteri mi aspettano".

"Da Dio", disse E-Z. "So come ti sei sentita Lia. È così che mi sono sentito anch'io, quando ho salvato la prima bambina, quando ho salvato le altre e quando ho salvato te".

I tre formarono un cerchio e unirono le mani recitando le parole: "Abbiamo il potere. Nessuno morirà oggi. Non importa quello che dicono". Si girarono e si girarono, cantando il loro nuovo mantra. Finché non furono pronti a richiamare gli arcangeli.

CAPITOLO 17

Eriel arrivò per primo, con le sopracciglia alzate e il labbro contorto in segno di disprezzo. Poi arrivarono Ariel e Haniel. I due rimasero dietro di lui all'ombra delle sue enormi ali. Eriel incrociò le braccia, mentre gli altri due arcangeli si spostarono in alto. Si librarono ai lati opposti delle sue spalle.

"Abbiamo deciso", disse E-Z. "Oggi non morirà nessuno".

La risata di Eriel rimbombò nel recinto di metallo. Si sollevò in aria e incrociò le braccia sul petto. Ariel e Haniel rimasero in silenzio, mentre la risata di Eriel aumentava di tono, tanto da ferire le orecchie di Alfred.

Alfred svenne ma si riprese subito. Lia ed E-Z lo aiutarono ad alzarsi. Lo tennero in piedi finché non arrivò la Piccola Dorrit. Pochi istanti dopo Alfred era seduto sopra di loro sull'unicorno. Era quasi faccia a faccia con Eriel.

"Grazie, amico", disse Alfred.

"Sono felice di essere stato d'aiuto", disse la Piccola Dorrit.

"Basta!" Eriel gridò, spostandosi più in alto sopra di loro. Li intimoriva con la sua stazza, la sua morbosità, la sua voce tonante. "Pensate di poter cambiare ciò che sarà? Vi ho detto cosa deve accadere e non avete altra scelta che obbedirmi. Non è stato un sondaggio. Né una democrazia. Era una certezza. Perché è scritto..."

Poi notò che il pavimento era coperto di fogli. Si abbassò e ne raccolse uno. Poi si alzò, in modo da trovarsi faccia a faccia con Alfred. Nella sua mano teneva la storia di Alfred.

"Vedo che hai letto il futuro. Ora sai la verità: stai vivendo in un universo parallelo. Ciò che accade qui si ripercuote in tutti gli altri universi. In luoghi dove esistono sia il futuro che il passato".

Lia lasciò cadere la mano destra e alzò la sinistra. Le sue braccia non erano forti, perché si stavano ancora abituando a doverle tenere in piedi.

Eriel volò attraverso la stanza fino a un divano rosso su cui si sedette. Gli altri angeli lo raggiunsero, uno su ciascun braccio. Eriel si sedette comodamente con le ali né completamente aperte né aperte.

Dopo essersi messo comodo, continuò. "In uno dei mondi, tutti e tre siete già morti. Hai letto la verità. In questo mondo c'è ancora speranza. La speranza esiste grazie a noi, cioè a me, Ariel, Haniel e Ophaniel. Abbiamo scelto voi tre umani per lavorare con noi. Vi abbiamo dato degli obiettivi e vi abbiamo assistito dove e quando abbiamo potuto. Mentre siamo con voi, solo noi permettiamo alla vostra esistenza di continuare. Solo noi diamo uno scopo alla vostra vita. Se ti rifiuti di seguire il percorso che abbiamo scelto per te, non esisterai più in questo mondo. Sarai cancellato, come non sei mai stato e non sarai mai".

E-Z strinse i pugni e la sua sedia si inclinò in avanti. "Nel documento, il documento sulla mia altra vita, c'era scritto che anche lo zio Sam era morto. Non era nell'incidente con i miei genitori. Non fa parte di questo accordo. L'hai ucciso tu Eriel, per tenermi qui?".

Senza aspettare una risposta, Lia si intromise. "Nel mio documento c'è scritto che mia madre è morta. Come può essere vero? Ti prego, dimmi che non è vero!".

Alfred, sentendosi meglio, saltò giù dalla schiena della Piccola Dorrit. Si avvicinò al divano e si trovò di nuovo faccia a faccia con Eriel.

E-Z guardava con orgoglio il suo amico Alfred, l'impavido cigno trombettiere.

"E nei documenti, le mie preghiere sono state esaudite. Sono già morto. Sono morto con la mia famiglia, come sarebbe dovuto essere. Avrei preferito essere lasciato morto. Sarei morto con loro, invece di reincarnarmi in un cigno trombettiere. Questo dopo che Haniel mi ha salvato dall'inframondo".

Eriel scacciò Alfred. "Ah, sì, l'inframezzo e l'intermezzo. Avevo dimenticato che eri stato mandato lì. Non ti piaceva molto, vero?"

Alfred mosse il collo e fece una smorfia con il becco. Mise a nudo i suoi piccoli denti seghettati come se volesse mordere Eriel.

"Stai giù", disse E-Z mentre si avvicinava al divano.

Alfred chiuse il becco. Lia si avvicinò. Ora i Tre erano in piedi insieme davanti a Eriel. Attendevano che l'arcangelo dicesse qualcosa, qualsiasi cosa. Sembrava che per una volta fosse senza parole.

E-Z colse l'occasione per prendere in mano la situazione.

"Sui giornali c'era scritto che lo zio Sam era morto nell'incidente con mia madre, mio padre e me. Non era in macchina con noi, perché questo accadesse, avrebbe dovuto essere piazzato nel veicolo con noi. A quale scopo? Spiegateci voi cosiddetti arcangeli. Perché cambiereste la storia per soddisfare i vostri scopi? A proposito, dov'è Dio in tutto questo? Voglio parlare con lui".

"Anch'io!" Esclamò Lia.

"Anch'io!" Aggiunse Alfred.

Eriel accavallò le gambe e spiegò le ali. Si mise una mano sul mento e rispose: "Dio non ha nulla a che fare con noi o con te, non più". Sbadigliò, come se questo compito lo stesse annoiando.

"E se ti dicessi che la tua casa sta andando a fuoco mentre parliamo? E se ti dicessi che né lo zio Sam, né tua madre Samantha, né Lia vivranno per vedere un altro giorno?".

"Bastardo!" Esclamò E-Z.

"Idem!" Disse Lia.

"Suvvia", lo rimproverò Eriel. "Siamo tutti amici qui. Amici, non è vero? La tua casa potrebbe andare a fuoco, tutto potrebbe accadere mentre siamo qui in questo luogo, sospesi nel tempo. Più rimandi la scelta, più caos crei nel mondo". Si alzò e le sue ali si estesero, facendo fare al trio qualche passo indietro.

Continuò: "E-Z tu rischieresti la vita per il tuo Zio Sam, giusto?". Lui annuì. "Certo che lo faresti. E Lia, rischieresti la tua vita per salvare quella di tua madre, giusto?". Lia annuì.

"E Alfred, il mio caro piccolo cigno trombettiere. Il mio amico piumato. Quale dei due salveresti? Se potessi salvarne solo uno?". Eriel sorrise, orgoglioso delle rime che aveva creato.

"Li salverei entrambi", disse Alfred. "Rischierei la vita o morirei nel tentativo".

"Hai uno strano desiderio di morte, mio amico pennuto".
Alfred si diresse verso Eriel.

"Y-o-u a-r-e n-o-t m-y f-r-i-e-n-d! Smettila di giocare con noi. Ci hai fatto incontrare. Perché? Per prenderci in giro. Per far piangere una bambina. Non sei altro che un grande bullo".

"Sì", disse Lia. "Smettila di fare il bullo con noi".

"Quello che hanno detto", aggiunse E-Z.

Eriel, ormai furioso, passò dal nero al rosso al nero al rosso. Attraversò la stanza e sbatté i pugni sul tavolo.

"Vuoi la verità? Non sai gestire la verità". Sorrise. "Una piccola nota a margine: adoro l'interpretazione di Jack Nicholson in A Few Good Men".

Era una cosa su cui sia Eriel che E-Z erano d'accordo. L'interpretazione di Nicholson in quel film era impeccabile.

"Smettila con i melodrammi e dicci cosa vuoi da noi".

"L'abbiamo già fatto", disse Eriel. "Vi ho detto che uno di voi deve morire oggi. Vi ho detto di scegliere quale. È scritto: uno di voi deve morire. Dovete scegliere. Ora".

Alfred fece un passo avanti, con il collo di cigno allungato. "Allora sarò io".

Alfred si inginocchiò, con il corpo che tremava. Abbassò la testa, come se si aspettasse che l'arcangelo gliela tagliasse.

Invece, tutti e tre gli arcangeli applaudirono. Si scatenarono per la stanza. Strillavano come se fossero dei clown a pagamento che si esibivano a una festa di compleanno per bambini.

Dopo alcuni minuti di completa follia, gli arcangeli si fermarono.

"È fatta", disse Eriel.

E poi se ne andarono.

CAPITOLO 18

Con E-Z sulla sua sedia a rotelle, Lia sulla Piccola Dorrit e Alfred il cigno, i Tre si librarono nel cielo. Proseguirono per alcuni chilometri, finché sotto di loro notarono un enorme ponte di metallo.

Un giovane uomo traballava sul cornicione dando l'impressione di volersi buttare.

E-Z tirò fuori il suo telefono e si mise a chiamare il 911, mentre Alfred, senza esitare, volò verso l'uomo. Mise via il telefono e lo seguì insieme a Lia.

Alfred si librava vicino all'uomo, non riuscendo a parlare e a farsi capire da lui: "Hoo-hoo!".

"Allontanati da me!" urlò l'uomo, allontanando il povero Alfred che stava solo cercando di aiutarlo.

L'uomo si avvicinò al bordo, si tolse le scarpe e le guardò cadere nel fiume sotto di lui. Osservò come l'acqua le avesse travolte, trascinando le scarpe con la sua bocca affamata. Volendo vedere di più, si tolse la maglietta che, ironicamente, riportava la scritta "The End".

Il giovane guardò la sua maglietta preferita che ondeggiava e ballava mentre scendeva. Mentre l'acqua la inghiottiva, l'uomo iniziò a cantare:

"Ecco che vado intorno al cespuglio di gelso.

Il cespuglio di gelsi, il cespuglio di gelsi.
Ecco che faccio il giro del cespuglio di gelsi,
Tutto in una mattina di sole".

Alfred lo sentì cantare. Conosceva bene la filastrocca. Aspettò che l'uomo cantasse un'altra strofa. Anzi, voleva che cantasse ancora. Ma aveva paura di disturbarlo. L'uomo non avrebbe capito, anche se avesse cercato di parlargli.

A questo punto, E-Z stava aspettando un segno da Alfred. Finalmente lo ricevette: Alfred disse a lui e a Lia di non avvicinarsi.

Alfred si augurava che il giovane potesse capirlo. Forse, se si fosse avvicinato, avrebbe potuto catturarlo. Si avvicinò, espandendo al massimo le sue ali.

Il giovane lo vide. "Cigno", disse. Poi saltò.

Il cigno trombettiere era più grande del cigno medio. Ma non abbastanza grande da catturare un uomo adulto. Tuttavia, cercò di attutire la caduta. Mise a repentaglio la sua vita per salvarlo. Ma, qualunque cosa facesse, l'uomo cadeva comunque come un pallone di piombo. Nella bocca affamata del fiume.

Alfred, senza pensare a se stesso, si tuffò dietro di lui. Nessuno sa come intendesse portare via l'uomo. Alcuni dicono che è il pensiero che conta. In questo caso, Alfred fu trascinato sotto dal peso dell'uomo.

A questo punto, E-Z si librava sopra l'acqua, cercando di far riemergere l'uomo o Alfred per poterli aiutare. Né Lia né la Piccola Dorrit sapevano nuotare. E E-Z non poteva andare a prenderle con o senza la sua sedia.

Esasperato, volò verso la riva, alla ricerca di qualsiasi segno di vita. Alla fine lo vide, qualcosa che galleggiava sull'altra sponda. Si precipitò, portò l'uomo dove Lia lo aspettava e, dopo averlo fatto tossire, andò a cercare qualche segno di Alfred il cigno.

Poi lo vide. Mezzo dentro e mezzo fuori dall'acqua. Che si muoveva con la marea.

"Alfred!" chiamò, sollevando la testa del cigno e notando subito che il collo era rotto. Alfred, il cigno trombettiere, il suo amico non c'era più. L'azione di Eriel era compiuta.

Lia, che aveva osservato ogni mossa di E-Z, vide il collo di Alfred e urlò "Nooooooo!".

E-Z sollevò il corpo senza vita del cigno sulla sua sedia a rotelle e lo tenne stretto. Anche lui iniziò a piangere.

Dietro di loro, l'uomo che Alfred aveva salvato chiamò, "Non sono morto! Sono io, Alfred".

CAPITOLO 19

PAUSA TERRA.

Gli uccelli si sono fermati a metà del volo. Così come gli aerei. E altri oggetti volanti come palloni e droni. I proiettili hanno smesso di sparare dopo essere usciti dalla camera di scoppio. L'acqua ha smesso di scorrere sulle cascate del Niagara. Gli insetti non ronzano più. L'aria si è fermata.

Ophaniel apparve, insieme a Eriel, Ariel e Haniel. Con le mani sui fianchi e il mento spinto in avanti, era più che ovvio che fosse infastidita.

Invece di parlare, si voltò in direzione di E-Z.

Lui era immobile, con la bocca spalancata. La sua ultima parola pronunciata era stata: "NOOOOOOOOOOOO!".

Ora osservava Lia. La ragazza aveva una lacrima congelata sulla guancia. Era scesa dal suo vecchio occhio.

Ora torniamo a E-Z. Portava con sé un corpo. Il corpo di un cigno morto.

Passiamo ora ad Alfred, che non era più un cigno. Aveva assunto le sembianze di un uomo. Un uomo annegato.

Proprio l'uomo che lo avrebbe sostituito nei Tre.

"Cosa c'è di sbagliato in questa immagine?". Ophaniel, il sovrano della luna delle stelle, chiese.

Nessuno osò parlare.

"Eriel, sei tu che comandi qui. Per prima cosa, hai mandato all'aria il test di legame con E-Z e Sam, facendoti, scusate l'espressione, battere fuori dal parco.

"Ora, grazie alla tua stupidità, Alfred il cigno ha assunto un corpo umano. Il corpo della persona che, come ti ho detto, dovrebbe essere un membro dei Tre.

"Sai bene con cosa abbiamo a che fare. Capisci cosa ci riserva il futuro se non mettiamo in ordine le cose. Lo sai!"

Eriel si inchinò ai piedi di Ophaniel, poi si sollevò da terra prima di parlare. "Ho pronunciato le parole, è fatta".

"Sì, hai pronunciato le parole e poi non ti sei assicurato che il compito fosse portato a termine, imbecille!".

Si librò vicino al nuovo Alfred. "Mi dispiace, ma questo complica le cose, anche per noi. Anche con i nostri poteri, farlo uscire da questo corpo umano e farlo tornare nella sua forma di cigno non sarà così facile. Potremmo doverlo rispedire nel mezzo e tra il mezzo e il mezzo! E non se lo merita. Infatti".

Ariel volò al fianco di Ophaniel e chiese: "Posso parlare?".

"Puoi, se hai qualche idea su Alfred che possa aiutarci a uscire da questo pasticcio".

"Conosco Alfred meglio di chiunque altro qui. Ha accettato di essere l'unico, di sacrificarsi. Lo rifarebbe senza un attimo di esitazione, anche se non ci fosse nulla per lui. È un sacrificio enorme per qualsiasi creatura vivente, dare la propria vita per salvarne un'altra. Inoltre, bisogna considerare quanto Alfred abbia dovuto soffrire, sia nella sua esistenza umana che come cigno. È un'anima eccezionale e dovrebbe avere una seconda possibilità, una terza e una quarta se necessario".

Eriel si schernì: "Dovrebbe sparire, tornare nel mezzo per l'eternità. Non è degno di...".

"Non ti ho dato il permesso di interrompere!". urlò Ophaniel. Per impedirgli di interrompere in futuro, gli chiuse le labbra.

"Quello che dici è vero, Ariel", disse Ophaniel. "Alfred lavora bene sia con Lia che con E-Z. Forse dovremmo dargli una seconda possibilità in questo nuovo corpo. Dopotutto, non era destinato a stare nel mezzo e nel tra". È toccato a Hadz e Reiki. Avremmo dovuto bandirli subito dalle miniere. Invece, abbiamo dato loro un'altra possibilità con E-Z.

"Tuttavia, Eriel li ha mandati nelle miniere. Quindi, tutto è bene quel che finisce bene. Forse Alfred merita un'altra possibilità. Vediamo cosa succede, come dicono gli umani, giochiamo d'anticipo. Se funziona bene, bene. In caso contrario, questo corpo può essere riciclato dato che lo spirito ha già lasciato l'edificio".

"Grazie", disse Ariel, inchinandosi a Ophaniel. "Grazie mille. Terrò d'occhio la situazione. Non permetterò che Alfred ti deluda".

Ophaniel annuì, si sollevò e pronunciò le parole:

RIPRENDERE LA TERRA.

Il tempo iniziò a scorrere e il mondo tornò come prima.

Ophaniel scomparve per primo, gli altri tre attesero qualche secondo prima di seguirlo.

CAPITOLO 20

"Non è possibile!" Esclamò E-Z, avvicinandosi al nuovo Alfred. "Alfred, sei tu? Sei davvero tu?"

Lia non dovette chiederlo perché lo sapeva già. Corse da Alfred e gli gettò le braccia al collo.

Alfred disse, con il suo accento inglese: "Eriel deve aver fatto uno scambio".

Alfred, che indossava solo un paio di jeans, rabbrividì. "Anche se sto congelando, è una bella sensazione essere di nuovo in un corpo". Fletté i muscoli e corse sul posto per riscaldarsi. Poi fece alcune capriole sul prato mentre E-Z e Lia stavano a guardare con la bocca aperta.

"Che esibizionista!" Disse la piccola Dorrit.

Alfred, che l'aveva appena notata, si avvicinò e passò la mano sulla sua pelliccia. La sentiva così morbida e calda che si accoccolò su di lei.

"Questa è una svolta piuttosto strana", disse E-Z, avvicinandosi. "Non so bene come interpretarlo".

"Non lo so nemmeno io", disse Alfred, "ma possiamo parlarne mentre mangiamo? Sto morendo di fame e un cheeseburger con ketchup e cipolle e un bel po' di patatine fritte non mi dispiacerebbe".

"Aspetta un attimo", disse E-Z. "Se tu sei questo tizio, questo tizio di cui non conosciamo nemmeno il nome, cosa succederebbe se qualcuno ti riconoscesse?".

Alfred si chinò e si toccò le dita dei piedi. Sentì la pelle del suo viso. I suoi capelli. "Attraverseremo quel ponte quando ci arriveremo". Sorrise, alzò la testa in direzione del cielo e disse: "Grazie Eriel, ovunque tu sia".

Un aereo sopra le loro teste scrisse le parole:

Ancora una volta sulla breccia, cari amici.

"È una frase piuttosto strana per una scritta in cielo", osservò Lia. "Qualcuno di voi sa cosa significa?".

E-Z scosse la testa: "Posso cercarla su Google". Tirò fuori il suo telefono.

"Non ce n'è bisogno", disse Alfred. "È una frase di Shakespeare, attribuita a Re Enrico. Letteralmente significa: 'Proviamo ancora una volta' e credo che sia stata pronunciata durante una battaglia. Quindi, presumo che questo sia un messaggio del mio Ariel, che mi fa sapere che mi è stata data un'altra possibilità". Le lacrime gli salgono agli occhi.

E-Z era sospettoso di questo cambiamento di eventi. Era felice che Alfred fosse ancora con loro, ma si chiedeva a quale prezzo. "Sono preoccupato", ammise E-Z.

Anche Lia disse di esserlo.

"Ah, non preoccuparti. Se Ariel mi manda questo messaggio, allora è dalla nostra parte. Inoltre, l'uomo nel cui corpo mi trovo non lo voleva più. Ho cercato di salvarlo, ma si è buttato lo stesso. Forse è destino che io ti aiuti con le tue prove E-Z. Qualunque cosa sia, la accetterò. Darò il massimo. Questo dopo aver indossato una camicia e delle scarpe".

"Mi chiedo quali siano i tuoi poteri ora Alfred. Voglio dire, se li hai ancora o se hai altri poteri. O se non ne hai nessuno. Visto che sei tornato umano", chiese Lia.

Alfred si grattò la testa dai capelli biondi. "Non lo so. L'unica cosa che ha bisogno di una cura qui è il mio ex corpo di cigno. Non voglio correre il rischio che se lo curassi, finirei per tornarci dentro".

"Mi sembra giusto", disse Lia. "Ma non possiamo lasciare lì il tuo vecchio corpo di cigno, vero? Dobbiamo seppellirlo".

Mentre guardavano il corpo senza vita, questo scomparve nel nulla.

"Bene, questo risolve il problema", disse E-Z.

"Sento di dover dire qualche parola per la scomparsa del mio vecchio corpo. A qualcuno dispiace?"

Sia E-Z che Lia chinarono la testa.

Alfred recitò un estratto della poesia di Lord Alfred Tennyson intitolata:

Il cigno morente:

La pianura era erbosa, selvaggia e spoglia,

Ampia, selvaggia e aperta all'aria,

che aveva costruito ovunque

un sottotetto di un grigio cupo.

Con una voce interiore il fiume scorreva,

Su di esso galleggiava un cigno morente,

e si lamentava ad alta voce.

Qui Alfred fece Hoo-Hoo e Hoo-Hoo finché le lacrime non riempirono tutti i loro occhi mentre la poesia continuava:

Era la metà del giorno.

Il vento stanco continuava a soffiare

e si portava dietro le cime delle canne.

Rimasero insieme in un momento di silenzio.

Poi Lia disse: "Ora prendiamo dei vestiti freschi e asciutti, poi andremo tutti a mangiare un hamburger. Anch'io ho fame e sete".

E-Z scosse la testa. "Un po' di cibo andrebbe bene, ma sono ancora sospettoso nei confronti di Eriel. C'è qualcosa che non quadra".

"Forse lo scopriremo una volta mangiato! Portami nel paradiso dei cheeseburger".

Iniziarono a muoversi lungo la passeggiata del lungomare. Continuarono a camminare per qualche tempo. Prima di rendersi conto di essersi persi.

"Sono un'eccellente navigatrice", disse l'unicorno Piccola Dorrit, scendendo in volo per salutarli. "Salite a bordo di Alfred e Lia. E-Z potete seguirmi".

Alfred frugò nella tasca dei jeans e tirò fuori un portafoglio. All'interno trovò alcune banconote e l'identificazione del corpo in cui ora risiedeva. Il giovane si chiamava David, James Parker, di ventiquattro anni. Aveva in mano una patente di guida.

"Bella foto", disse Lia.

"Sì, sono piuttosto bello".

"Oh, fratello", disse E-Z, spingendosi oltre.

I passeggeri della Piccola Dorrit volarono in aria. E-Z li seguì finché non capì dove si trovava. Decise di chiedere di aggiungere un GPS alla sua sedia a rotelle. Peccato che non ci avessero pensato quando l'avevano modificata.

La discesa fu seguita da un rapido giro in un negozio di seconda mano. Alfred ora indossava una nuova maglietta, jeans, scarpe da ginnastica e calzini. Seguì una breve fila prima di iniziare a ordinare il cibo.

La piccola Dorrit si mise in disparte, mentre il trio si abbuffava di cibo. Erano tutti molto affamati.

Alfred emetteva dei versi, troppi per essere descritti nei dettagli. Quando finirono di mangiare, depositarono i rifiuti negli appositi cestini. E si avviarono verso casa.

Quando furono quasi arrivati, Alfred chiamò E-Z: "Dobbiamo parlare!".

"Non puoi aspettare fino all'atterraggio?". Chiese la piccola Dorrit. "Dopo aver finito qui, ho dei posti da visitare e delle persone da vedere".

"Che maleducazione", disse E-Z. "Vai pure, Alfred o David o come ti chiami adesso".

"È di questo che volevo parlarti", disse Alfred. "Come spiegherai la mia trasformazione allo zio Sam e a Samantha? Zio Sam e Samantha, vi presento Alfred il cigno trombettiere. Il suo nome è ora David James Parker. Grazie al corpo in cui è entrato e in cui risiede attualmente. Da quando il giovane che era il precedente proprietario del corpo si è suicidato. Sul ponte di Jones Street".

"Oh, cavolo", disse E-Z. "È al cento per cento la verità che conosciamo, ma non possiamo dire loro la verità".

"Mia madre sverrebbe se dicessimo questo. Perché non diciamo loro che Alfred il cigno è volato verso sud? Per un tempo più soleggiato. O che ha incontrato una compagna? Poi possiamo presentare Alfred come D.J., che suona molto più amichevole di David James".

"Sei un genio", disse E-Z "Anche se, dato che il mio amico si chiama PJ, le cose potrebbero essere un po' confuse con un DJ e PJ. Cosa ne pensi Alfred? Hai delle preferenze?".

"Non mi piace DJ. Sembra troppo comune. Preferirei essere chiamato Parker. Parker il maggiordomo era uno dei miei personaggi preferiti di Thunderbirds".

"E Parker sia", concluse E-Z mentre Lia lanciava un urlo e Alfred sveniva: la loro casa non c'era più. Bruciata.

CAPITOLO 21

"Oh no!" E-Z gridò mentre correva verso i resti in fiamme. "Devo trovare lo zio Sam e Samantha. Devo proprio farlo".

La sua sedia si librava sui resti; era tutto nero e carbonizzato. Un'indistinguibile confusione di distruzione senza alcun segno di vita umana. Sporadici oggetti erano intrisi d'acqua. Segnali di fumo intermittenti si levavano qua e là tra le braci spente.

E-Z alzò i pugni in aria. "Vieni qui Eriel, gargantuesco...".

"Idiota volante!" Parker terminò l'insulto.

Lia cercò di calmare tutti.

"Perché hai dovuto farlo? Perché? Perché?" E-Z gridò.

Lia cadde a terra. Appoggiò la testa sulle ginocchia di E-Z e Parker la abbracciò proprio quando un'auto si fermò stridendo dietro di loro.

Due portiere si aprirono di scatto: Sam e Samantha.

Corsero e si strinsero l'uno all'altra, come se non si fossero mai aspettati di rivedersi. Tutti versarono una o due lacrime, prima di separarsi. Quando si resero conto che l'abbraccio di gruppo includeva un uomo che non conoscevano.

Lo sconosciuto era un uomo alto, che non avrebbe avuto problemi a ottenere un posto nei Raptors se fosse stato più giovane. Era vestito dalla testa ai piedi con un completo gessato nero scuro e scarpe abbinate.

I bottoni della giacca slacciati rivelavano un abito nero dal tessuto lucido, forse seta. I suoi occhi neri e i suoi capelli mossi dal vento contrastavano con la sua carnagione color edera. Sembrava un incrocio tra un becchino e un mago.

Tese la mano: "Salve, sono l'assicuratore di Sam".

Lo zio Sam spiegò che lui e Samantha erano usciti per mangiare qualcosa. Vedendo l'espressione di E-Z, si giustificò così: "Non era riuscita a dormire a causa del jet lag". Samantha e Sam si scambiarono uno sguardo e annuirono. "Io e Samantha...".

"Oh, mamma!"

E-Z disse: "Samantha e lo zio Sam seduti su un albero, k-i-s-s-i-n-g".

"Smettila", disse Parker. "Li stai mettendo in imbarazzo".

Tutti gli occhi erano puntati sull'assicuratore. Si chiamava Reginald Oxworthy. Era al telefono. Gridava. "Cosa vuol dire che non ha i requisiti?".

"Oh no!" Disse Sam.

"È nostro cliente da anni, prima quando viveva in un altro stato e poi quando si è trasferito qui. È coperto, ne sono certo". Ci fu una pausa. "Beh, GUARDA!". Chiuse il telefono di scatto. "Mi dispiace per tutto questo".

Sam si avvicinò e tutti gli altri lo seguirono. "Qual è il problema esattamente?"

"Oh, nessun problema, per così dire".

"A me sembrava proprio un problema", disse Samantha. Gli altri annuirono.

Oxworthy si schiarì la gola. "Ho detto loro di controllare di nuovo la tua polizza. Dammi un," squillò il suo telefono. "Un secondo", disse allontanandosi da loro. Loro lo seguirono come un gruppo di calciatori in un gruppo, ascoltando ogni sua parola. "Uh, sì. Giusto. Allora l'hanno confermato. Nessun problema, succede".

Fece un sorriso in direzione di Sam e poi gli fece il pollice in su. Si allontanò dall'entourage e continuò la sua conversazione.

Rimasero in piedi in un gruppo, guardando ciò che rimaneva della loro casa. Una casa in cui E-Z aveva vissuto per tutta la vita. Cosa sarebbe successo ora? Avrebbero dovuto ricostruire in questo luogo? Una nuova casa, senza storia né significato. Una nuova casa che non sarebbe mai stata una casa per lui. Non sarebbe mai stata un luogo in cui i fantasmi dei suoi genitori, se fossero esistiti, avrebbero potuto fargli visita.

Oxworthy si diresse verso di loro. "Bene, allora. Mi scuso per il ritardo. Ma le prenotazioni dell'hotel sono state confermate. Possiamo andare. Sistematevi quando siete pronti".

"Grazie", disse Sam. "Si sa già quale sia stata la causa dell'incendio?".

"Dopo un'indagine preliminare sono certi al 90% che l'esplosione sia stata causata da una fuga di gas. Ma non preoccuparti di questo adesso. La tua polizza copre tutti i costi del soggiorno in hotel. Ho prenotato tre stanze. Dovrebbero bastare, no?".

"Dovrebbe andare bene", disse Sam. "Grazie, Reg".

"La tua polizza copre anche le spese per gli oggetti di ricambio, i beni di prima necessità e il cibo. Non dovrai pagare un centesimo in hotel. Per qualsiasi acquisto, inviami le ricevute. Fai delle copie e tieni gli originali. Farò in modo che tu venga rimborsato".

Sam e Oxworthy si strinsero la mano.

"Qualcuno ha bisogno di un passaggio per l'hotel?". Oxworthy chiese e Lia e Samantha salirono sul sedile posteriore della sua Mercedes nera.

E-Z e Parker salirono sull'auto dello zio Sam.

"Non credo che ci abbiano presentati", disse lo zio Sam, porgendo la mano a Parker che era sul sedile posteriore.

"Piacere di conoscerti", disse Parker.

"Oh, anche tu sei inglese", disse lo zio Sam. "A proposito, dov'è Alfred?".

E-Z scosse la testa. "Te lo spiegherò domattina. E tu puoi continuare quello che stavi per dirci su te e Samantha".

"Mi sembra giusto", disse Sam, guardando nello specchietto retrovisore per vedere che Parker stava dormendo profondamente. Accese l'auto e si allontanò.

"Abbiamo avuto tutti una giornata piuttosto movimentata", disse E-Z.

"Me lo stai dicendo tu".

Scusa Eriel, per aver dato la colpa a te, pensò E-Z. Anche se un sentore in fondo alla sua mente gli suggeriva che la giuria non aveva ancora deciso.

CAPITOLO 22

Una volta arrivati all'hotel, tutti si registrarono nelle loro camere, con l'intenzione di incontrarsi più tardi per la cena delle 18.00.

Lo zio Sam aveva una stanza tutta per sé, ma tra la sua stanza e quella del nipote c'era una porta adiacente. Anche Parker era nella stanza di E-Z, mentre Lia e sua madre condividevano una stanza qualche porta più in là.

Dopo essersi sistemate, Lia e Samantha decisero di fare acquisti di prima necessità. La priorità assoluta erano i vestiti nuovi, dato che tutto quello che avevano portato con loro era andato perso nell'incendio.

"E i nostri passaporti?" Chiese Lia.

"Per fortuna li tengo sempre con me nella borsa".

"Whew!" I due entrarono in un negozio di stilisti e iniziarono subito a provare le ultime novità della moda nordamericana.

"Dovrebbe essere molto divertente visto che l'assicurazione paga tutto!". Samantha esclamò attraverso il muro alla figlia che si trovava nel camerino adiacente.

"Non c'è niente che amiamo di più di un giro di shopping!". Disse Lia. "Prenderò sicuramente questo, questo e questo".

All'hotel, Parker stava russando sul letto. E-Z si muoveva su e giù per la stanza pensando al suo computer perduto. Per fortuna non era andato troppo lontano con il suo romanzo Tattoo Angel, ma la cosa a cui pensava di più erano le cose dei suoi genitori. Non riusciva a credere che fossero tutti... spariti. Il fatto che non li guardasse da molto tempo non lo aiutava. Ma perché si stava dando la colpa? L'assicurazione aveva detto che la causa era una fuga di gas. Avevano detto di esserne certi al novanta per cento. Perché continuava a pensare che fosse tutta colpa sua, perché avrebbe potuto impedirlo, fermare Eriel quando ne aveva la possibilità?

Sam fece capolino nella stanza. "Siete decenti?"

Parker si stiracchiò.

"Sì, siamo a posto. Entrate pure".

"Vado a fare un giro per negozi a prendere i beni di prima necessità. Volete darmi una lista di ciò che vi serve o volete unirvi a me?".

"Se si tratta di cibo, conta su di me!". disse Alfred.

"Hai sempre fame!".

"Che dire, è da un bel po' che mangio solo erba".

E-Z colse lo sguardo di Sam e finse di fumare una sigaretta immaginaria.

Lo zio Sam si schernì, chiedendosi come facesse suo nipote a tredici anni a sapere certe cose. Per cambiare argomento, chiusero le loro stanze e si avviarono verso il corridoio.

"Dove stiamo andando esattamente?" Chiese E-Z.

"Esatto, non andiamo spesso a fare shopping in città. C'è un centro commerciale fantastico in cui volevo andare da quando mi sono trasferito qui. Non è lontano, quindi ho pensato di fare due chiacchiere lungo la strada".

"Puoi dirci cosa è successo?" Chiese Parker.

"Sì, come avete fatto tu e Samantha a rimorchiare così presto?". Chiese E-Z.

"Hmmm", disse Sam.

"Intendevo l'incendio", disse Parker, lanciando a E-Z un'occhiata storta da sopra le spalle.

Arrivarono al negozio. Parker e Sam entrarono attraverso le porte girevoli, mentre E-Z utilizzò il pulsante di apertura della porta per entrare.

Una volta entrati, Parker si chinò per risistemarsi le scarpe. E-Z prese una giacca di jeans elegante dall'appendiabiti e la provò. Si mise davanti allo specchio per controllare la vestibilità. "Mi sembra che vada bene".

Sam si avvicinò per valutare la situazione: "Concordo, ha una vestibilità precisa. Sembra fatta apposta per te".

"Cosa ne pensi, Alfred?".

Sam fece una doppia faccia. Parker disse: "Smettila di chiamarmi Alfred! E poi chi era questo Alfred?".

"Scusa, è l'accento britannico. Anche lui ne aveva uno. Alfred era, beh, un nostro amico".

Sam tornò a guardare i vestiti. Stava riempiendo un cesto di biancheria intima e articoli da toilette.

"Cosa ne pensi Parker?"

Attraversò il pavimento per dare un'occhiata più da vicino. "Mi sta bene. Penso che dovresti prenderlo. Ma sarà un peccato quando ti scoppieranno le ali e si rovinerà".

Sam passò e E-Z gettò la giacca nel suo cestino. "Penso che anche voi dovreste prendere il necessario, come le mutande. A meno che non vogliate andare in giro senza vestiti".

"Che schifo!" Esclamò E-Z.

"Oh, conosco bene questa frase. Sono certo che la sua origine sia nel Regno Unito".

"Capisco perché mio nipote continua a chiamarti Alfred. È il genere di cose che avrebbe detto lui".

E-Z guardò Parker per un attimo. Poi seguì lo zio fino alla cassa dove si fermò, provò un cappello e lo gettò nel cestino.

"Ora, dov'è finito Parker?" chiese. Sam continuò a guardare le spille per cravatte mentre E-Z scrutava il negozio alla ricerca dell'amico scomparso.

Parker era fermo al centro della corsia 4 con il braccio destro alzato e il braccio sinistro abbassato. L'espressione sul suo volto era inequivocabilmente da zombie.

"Oh, no!" Disse E-Z girandosi verso di lui. "Uh, Parker", sussurrò. "Qual è il problema? È meglio che tu stia attento o qualcuno ti confonderà con un manichino".

Parker rimase immobile.

"Datti una calmata", disse E-Z, urtando Parker con la sua sedia. Il corpo di Parker si inclinò e si rovesciò. E-Z lo afferrò appena in tempo, tenendolo per il retro della camicia. Cercò di raddrizzare il suo amico, in modo che non sembrasse così rigido e simile a un manichino, ma non fu un compito facile.

Lo zio Sam si precipitò ad aiutarlo. "Che cos'ha Parker?"

"Non lo so. Dobbiamo portarlo via da qui".

"Prende delle droghe? Ha una strana espressione sul viso, come se avesse visto un fantasma o qualcosa del genere".

"No, nessuna droga, a parte un po' di erba ogni tanto. E non esistono i fantasmi, per non parlare del fatto che è giorno. Forse posso trasportarlo sulla mia sedia? Dobbiamo portarlo via da qui prima che qualcuno se ne accorga e chiami la polizia".

"Sono d'accordo. Non so che motivo darebbero alla polizia se la chiamassero. C'è un tizio nel nostro negozio che sta imitando un manichino! Vieni subito".

"Divertente", disse E-Z. "Tu vai a fare il check-out e io resto qui. Pensiamo a come farlo uscire senza attirare troppo l'attenzione".

Lo zio Sam andò a pagare mentre E-Z rimase con Parker. I clienti che si avvicinavano al corridoio avevano problemi ad entrare e ad aggirarli. E-Z ruotava la sua sedia a sinistra e poi a destra, per adattarsi agli acquirenti.

Alla fine, quando c'erano più clienti contemporaneamente, ha spinto Parker contro un muro. Almeno era fuori dai piedi. Poi si sedette in attesa di Sam.

"Siamo qui!" E-Z lo chiamò quando lo vide.

"Perché è rivolto verso il muro? E voi cosa ci fate da questa parte?".

"C'erano molti clienti e noi eravamo di troppo. Hai pensato a come farlo uscire di qui?".

"Sì, vado a prendere uno di quei pianali", disse Sam.

"Perché non prendere un carrello?" Chiese E-Z. "Dà meno nell'occhio".

"Non riusciremmo mai a farlo entrare in un carrello. A meno che tu non voglia tirare fuori le tue ali, prenderlo e buttarlo dentro".

"Devo riflettere". Dopo qualche minuto, capì che prendere un pianale era l'idea migliore. "Sì, prendi un pianale e ti aiuto a metterlo dentro. Una volta usciti dal negozio, posso riportarlo in albergo in aereo. L'unico problema sarà, quando arriverò lì, cosa fare con lui".

"Lo scopriremo una volta usciti dal negozio". Sam andò a prendere un carrello. Invece tornò con un pianale. Si rivelò un'opzione migliore. Fecero salire Parker senza problemi e tornarono all'hotel.

"Torniamo a piedi, lentamente e con calma", disse E-Z. "Non ho bisogno di volare". "Non ho bisogno di volare, dopotutto. Ce la prenderemo comoda, saliremo in camera e lo metteremo sul suo letto".

"Poi restituirò il pianale, ho dovuto promettere che l'avrei restituito personalmente".

"Sembra un buon piano. Ops."

Un gruppo di acquirenti stava occupando gran parte del marciapiede. Si fermarono per farli passare, poi ripresero il loro cammino e in breve tempo furono di nuovo all'hotel.

Una volta entrati, il pianale non entrava nell'ascensore normale, quindi dovettero usare l'ascensore di servizio. Per questo è stato necessario convincere, cioè corrompere, il concierge. Una volta cambiato il denaro, li ha anche aiutati a far uscire il pianale dall'ascensore. Si offrì anche di restituirlo al negozio quando avessero finito. Un'offerta che Sam ha gentilmente rifiutato.

Ora, fuori dalla stanza di E-Z e Parker, l'ascensore si aprì e uscirono Lia e sua madre. Ognuna di loro stava trasportando numerose borse quando notarono i ragazzi e il pianale.

"Oh, no! Che cosa è successo? Chiese Lia.

"Non lo so", disse E-Z. "Ha fatto una strana curva".

"Portiamolo dentro", disse Sam.

Dopo aver posato le borse, le ragazze aiutarono E-Z e Sam a mettere Parker sul letto.

"Forse è vittima di un incantesimo?". Suggerì Lia.

"È un salto piuttosto strano per te", disse Samantha. "Hai guardato troppe repliche di Charmed".

Lia rise. "Sì, era uno dei miei preferiti. Intendo la versione precedente, quella con la ragazza di Who's the Boss".

"Mi fa piacere sapere che anche nei Paesi Bassi guardate il canale "vecchiume"", disse E-Z. Poi si avvicinò a Parker. "Aspetta un attimo. Respira ancora?"

Osservarono l'alzarsi e l'abbassarsi del petto di Parker. Non è successo.

"Controlla se c'è un battito cardiaco o un polso", suggerì Samantha.

"C'è un battito cardiaco", disse Sam. "E respira, ma in modo sporadico".

Samantha si chinò e tastò la fronte di Parker. "Oddio, ha la febbre!".

"Prendete del ghiaccio!" Sam gridò e poi, seguendo il suo stesso ordine, corse in corridoio con il secchio del ghiaccio al seguito.

"Non dovremmo chiamare un medico?". Chiese Samantha.

CAPITOLO 23

"Sono d'accordo con la mamma. Dobbiamo chiamare un'ambulanza o forse l'hotel ha un medico che alloggia qui", disse Lia.

E-Z fece una smorfia, trasmettendo a Lia il messaggio: dobbiamo liberarci dello zio Sam e di tua madre.

Sam tornò con un secchio pieno di ghiaccio. "Dobbiamo metterlo nella vasca da bagno". Lui e Samantha iniziarono a sollevare Parker.

"Aspetta!" Disse Lia. "Sam e mamma, perché non andate a prendere tanto ghiaccio? Voglio dire, dobbiamo riempire la vasca da bagno prima di metterlo dentro, giusto?".

"Credo che stiano cercando di liberarsi di noi", disse Sam.

"Mi dispiace", disse E-Z. "Puoi darci qualche minuto per cercare di capire la situazione di Parker?".

Samantha e Sam annuirono, poi uscirono dalla stanza.

E-Z recitò le parole magiche che evocavano Eriel: Roch-Ah-Or, A, Ra-Du, EE, El.

Ma l'arcangelo non apparve. Il fatto che venisse ignorato infastidiva E-Z a tal punto che sapeva di essere costantemente monitorato da Eriel.

Lia cercò Haniel ma non ricevette risposta.

E-Z e Lia non sapevano cosa fare quando il cuore di Parker rallentò il suo battito e quasi si fermò del tutto.

Senza essere convocata o con una fanfara, Ariel arrivò. Volò subito verso Parker. Gli pose le mani sulla fronte. Guardarono le gocce di lacrime che cadevano dai suoi occhi e si posavano sulle sue guance. Cantò una canzone dolce e aspettò. Quando lui non si mosse e non riprese conoscenza, lei si girò per andarsene. Ma prima di andarsene, si lamentò: "Se n'è andato". E pochi secondi dopo anche lei.

Anche se si trovavano al 45° piano e anche se Alfred/Parker era morto. Di nuovo. E-Z lo sollevò dal letto e lo portò alla finestra. Diede un'occhiata a Lia da sopra la spalla.

Stava piangendo mentre lui e Parker cadevano.

Cadendo, cadendo. Finché non spuntarono le ali della sedia a rotelle di E-Z. Volarono via, lui e Alfred, lui e Parker. Erano entrambi uguali. Due al prezzo di uno.

Stava diventando un delirio, mentre saliva sempre più in alto. Le parti metalliche della sua sedia diventavano sempre più calde.

Temeva che si sarebbero autocombuste.

Doveva sistemare le cose. Doveva semplicemente farlo. Doveva trovare Eriel.

La sedia a rotelle iniziò ad avere delle convulsioni, facendo cadere E-Z e Alfred/Parker.

Atterrarono senza sedia nel silo dove E-Z si aggrappò al corpo senza vita del suo amico.

Non passò molto tempo prima che Eriel arrivasse e, sospesa a mezz'aria davanti a loro, chiamasse: "Te l'avevo detto che sarebbe successo. Te l'ho detto e lui ha accettato. L'accordo era fatto".

E-Z sapeva che era vero, eppure... "Perché allora gli hai dato speranza e perché la citazione di Shakespeare sul dargli una seconda possibilità?".

Eriel guardò il corpo flaccido che E-Z teneva in mano. "Non è stata opera mia".

"Allora con chi devo parlare?". Chiese E-Z. "Portalo da me. Dio, o chiunque sia al comando. Esigo di vederlo!".

CAPITOLO 24

Eriel sbuffò e poi scomparve.

Rimasero E-Z e Alfred/Parker. Il nome Parker non era niente e nessuno per lui. Alfred era suo amico e ora che non c'era più, lo avrebbe ricordato come Alfred e solo come Alfred.

Aspettando qualcosa e niente allo stesso tempo. E-Z cullò la forma del suo amico morto, augurandogli di tornare in vita.

"Vuoi una bevanda?" chiese la voce nel muro.

"Vorrei che il mio amico fosse di nuovo vivo. Puoi riportarlo in vita? Puoi aiutarmi a salvarlo?".

"Per favore, rimani seduto".

PFFT.

Il profumo rilassante della lavanda riempì l'aria. Si lasciò andare alla deriva, in uno stato onirico in cui stava rivivendo un ricordo, un ricordo che si era spostato e modificato per adattarsi alla sua situazione attuale.

Erano la madre e il padre di E-Z, vivi e vegeti, ma più giovani. Stavano tornando dall'ospedale con un'auto che non aveva mai visto prima. Suo padre, Martin, si precipitò fuori dal posto di guida per aiutare sua madre, Laurel, a scendere dall'auto.

Insieme, raggiunsero il sedile posteriore e tirarono fuori un seggiolino per neonati. Guardarono amorevolmente il bambino al suo interno, che dormiva profondamente.

"È come il suo fratello maggiore", disse Martin.

"Sì, E-Z si addormenta sempre in macchina", disse Laurel.

"Vieni dentro", disse Martin.

"Ti presento il tuo fratellone", disse Laurel, mentre il bambino apriva brevemente gli occhi e si riaddormentava.

E-Z guardava fuori dalla finestra, con lo zio Sam accanto. Voleva uscire e salutare il suo nuovo fratellino o sorellina.

"Aspetta che entrino", disse lo zio Sam.

"Va bene", disse E-Z, sette anni, con il viso spinto contro la finestra cullato dalle due mani.

La porta d'ingresso si aprì: "Siamo a casa!", chiamò sua madre Laurel.

E-Z corse verso la porta d'ingresso, dove sua madre e suo padre lo abbracciarono. Si accovacciarono per presentare il nuovo membro della famiglia Dickens.

"È così piccolo", disse E-Z.

"È un lui", disse suo padre.

"Oh".

"Vuoi tenerlo in braccio?" chiese la madre.

"Ok", disse E-Z, tenendo le braccia in modo che la madre potesse metterci il fratellino. "Non voglio svegliarlo, però. Gli dispiacerebbe?".

"No, non si sveglierà", disse Laurel.

"Se lo fa, è perché vuole conoscere il suo fratellone".

"Ha un nome?" chiese E-Z, prendendo il neonato tra le braccia e cullandogli la testa.

"Non ancora, vuoi dargli un nome?" chiese la madre. "Bene, tienigli il collo, così... molto bene. Come facevi a saperlo fare? Sei proprio un bravo fratello maggiore".

"Ottimo lavoro, amico", disse suo padre.

E-Z guardò il viso del cagnolino e disse: "A me sembra un Alfred".

Le lacrime scesero sulle guance di E-Z mentre i due mondi si scontravano. In uno cullava il suo fratellino di nome Alfred. Nell'altro cullava il corpo morto di Alfred nel silo.

"Il tempo di attesa è ora di sette minuti", disse la voce nel muro.

"Sette minuti", ripeté E-Z.

Pensò ad Alfred, ai suoi poteri. Al fatto che poteva guarire altre forme di vita, compresi gli esseri umani. Si chiedeva se Alfred avesse guarito il giovane. Se avesse fatto lui stesso lo scambio? Sarebbe stato possibile?

"Alfred", disse E-Z. "Alfred, mi senti?". Scosse il corpo del suo amico. "Alfred!" ripeté, sperando che il suo amico potesse sentirlo in qualche modo.

Mentre l'orologio della parete faceva il conto alla rovescia, apparve Ariel. "Non puoi trattare il corpo in questo modo. È una vergogna". Allargò le ali e andò a sollevare il corpo flaccido di Alfred dalle braccia di E-Z con l'intenzione di portarlo via.

"No!" disse E-Z. "Non lo avrai".

Ariel scosse le ali e poi l'indice verso E-Z.

"Alfred ha lasciato l'edificio, tu hai in mano la pelle, l'abito che lo conteneva. Alfred è dove è destinato a stare ora. Lascia andare il suo corpo".

E-Z si alzò a sedere. Se Alfred fosse stato con la sua famiglia da qualche parte, se questo fosse stato vero, allora sì, lo avrebbe lasciato andare. Fino a quel momento, però, avrebbe tenuto duro.

"Dove si trova esattamente? È con la sua famiglia?"

Ariel svolazzò vicino, incredibilmente vicino, quasi sedendosi sul naso di E-Z. "Questo non posso dirlo".

"Allora non lo lascerò andare".

"Bene", disse Ariel. Sbuffò e scomparve.

Sopra di lui, nel silo, apparvero due figure, un uomo e una donna. Si mossero verso di lui e fluttuarono verso il basso. Sempre più vicine.

Si strofinò gli occhi. Stava sognando di nuovo? Erano sua madre e suo padre. Martin e Laurel. Angeli che venivano a salutarlo. Scosse la testa. Non potevano essere loro. Non potevano essere loro. Li aveva sognati, mentre portavano a casa un fratellino. Ora erano qui, con lui nel silo. Era chiaro come il sole, ma stava ancora dormendo? Stava sognando?

"E-Z", disse sua madre. "Questa persona, il tuo amico Alfred, è morto. Devi lasciarlo andare e continuare il tuo lavoro. Devi completare le prove e il tempo stringe. Il tempo a tua disposizione sta per scadere".

Martin, il padre di E-Z, disse: "È l'unico modo per tornare tutti insieme".

"Ma gli hanno mentito", ha detto E-Z. "Gli hanno detto che sarebbe stato con la sua famiglia. Ora non può stare con la sua famiglia, non in questo modo. Come faccio a sapere che non mi stanno mentendo sul fatto di stare con te? Come faccio a sapere che non sei una manipolazione di Eriel per farmi eseguire i suoi ordini?".

"Chi è Eriel?" chiese sua madre.

"Non conosciamo Eriel", disse suo padre.

Questo non aveva senso. Questo era il posto di Eriel. Che lo conoscessero o meno non aveva importanza, era lui il responsabile della loro presenza. Sapeva come fare leva sul cuore di E-Z. Sapeva come fargli fare quello che voleva.

Ma cosa voleva esattamente? E perché stava usando i suoi genitori per ottenerlo? Era senza vergogna. Nell'aria sopra di lui, i suoi genitori si libravano, accendendo e spegnendo i loro sorrisi come se fossero delle marionette. Fu allora che capì con certezza che i due fantasmi, o qualunque cosa fossero, non erano i suoi genitori. Erano frutto della sua immaginazione o forse di quella di Eriel. Quello che non riusciva a capire era il perché. Perché veniva manipolato in modo così crudele e spudorato?

"Svegliati E-Z!"

Era di nuovo nel suo letto. Nella sua casa.

Si rigirò su se stesso e si riaddormentò... per poi atterrare di nuovo nel silo.

CAPITOLO 25

Tre oggetti simili a silos fluttuavano nella stanza come se stessero giocando a Follow the Leader.

Non erano silos. Erano autentici luoghi di riposo eterno chiamati Acchiappa-anime.

Ogni volta che un essere vivente moriva, a patto che il corpo in cui viveva fosse nato con un'anima, avrebbe continuato a vivere un giorno. I Cacciatori di Anime erano molti, troppo numerosi per essere contati. Il loro numero era di gran lunga superiore a quello che noi umani possiamo comprendere. Più di un googolplex, che è il più grande numero conosciuto.

Quando E-Z arrivò, come prima, fu depositato nel suo Acchiappa-anime in attesa.

Alfred arrivò dopo, ancora morto, e il suo corpo fu depositato nel suo contenitore di anime.

Lia arrivò per ultima, ancora addormentata, nel suo contenitore di anime.

Non ci volle molto perché E-Z iniziasse a sentirsi claustrofobico.

"Vuoi una bevanda?", gli chiese la voce nel muro.

"No, grazie", disse, tamburellando con le dita sul braccio della sedia a rotelle, quando apparve un angelo. Un angelo nuovo, che non aveva mai visto prima.

Questo angelo era una donna. Era vestita con un abito nero e un cappello, come se stesse partecipando a una cerimonia di laurea. Sul suo volto severo c'erano un paio di occhiali. Simili a quelli che Marilyn Monroe indossava sul poster del Café. La differenza è che queste montature pulsavano di un liquido rosso che assomigliava al sangue.

"E-Z", disse con voce tremante. La sua voce riverberava. "Bentornato al tuo Acchiappanime".

"Acchiappa-anime?", disse lui. "È così che si chiama questa cosa? A me sembra più un silo. Allora, cos'è un Soul Catcher?".

"È un luogo di riposo eterno per le anime", disse lei, come se avesse già risposto alla stessa domanda un milione di volte.

"Ma non è per quando le persone sono morte? Io non sono morto". Sperava proprio di non essere morto!

"Aspetta!" gridò lei.

Di nuovo, quando parlava faceva tremare le pareti. E anche i suoi denti vibravano. Tanto che la sua preferenza sarebbe stata uscire fuori nella neve, per poi doverla sentire pronunciare un'altra parola.

"Non ti avevo detto che questo era il momento delle domande e delle risposte. A mio avviso, hai portato a termine con successo la maggior parte delle prove. Anche se Alfred ha assistito nella prova numero due. Come sai, l'assistenza non autorizzata non è consentita".

E-Z aprì la bocca per difendere Alfred, ma la richiuse. Non voleva rischiare che lei alzasse di nuovo la voce.

Avrebbe voluto che alzassero il riscaldamento lì dentro. D'altra parte, era un luogo per le anime. Forse le anime preferiscono le celle frigorifere.

TIC TAC.

Una coperta era ora drappeggiata intorno alle sue spalle.

"Grazie".

"Hai ragione, quando morirai la tua anima riposerà qui. O avrebbe riposato qui, se ti avessimo lasciato morire. Ma ti abbiamo tenuto in vita. Avevamo buone ragioni per farlo. Le cose però sono cambiate. Non ha funzionato. Pertanto, vorremmo revocare il nostro accordo originale".

"Cosa vuol dire rescindere? Avete una bella faccia tosta! Cercare di annullare un accordo, cos'è, solo perché sono un bambino? Ci sono leggi contro il lavoro minorile. Inoltre, ho fatto tutto quello che mi è stato chiesto. Certo, ho dovuto imparare tutto al volo. Ma nella buona e nella cattiva sorte l'ho fatto. Ho mantenuto la mia parte dell'accordo e tu dovresti mantenere la tua".

"Oh sì, hai fatto quello che ti è stato chiesto. Questo è il problema: ti manca l'iniziativa".

"Manca l'iniziativa!" E-Z esclamò sbattendo i pugni sui braccioli della sedia a rotelle. "L'accordo prevedeva che tu mi inviassi delle prove e che io trovassi il modo di superarle. Ho salvato delle vite. Non puoi cambiare le regole a metà del gioco".

"È vero, questo era l'accordo iniziale. Poi le cose sono andate male con Hadz e Reiki - hanno dimenticato di cancellare le menti - e Eriel ha dovuto intervenire".

"Mi ha inviato delle prove e io le ho completate. L'ho anche battuto in duello".

"Sì, l'hai fatto. Gli avevo chiesto di testare i legami tra te e lo zio Sam".

"Per metterci alla prova?"

"Sì. Un arcangelo non è destinato a creare prove per un angelo in formazione. A causa della tua, beh, mancanza di iniziativa, Eriel ha dovuto essere coinvolto più di quanto avrebbe dovuto".

"Aspetta un attimo! Quindi, stai dicendo che dovevo andare a cercare le mie prove? Perché nessuno mi ha informato di questi requisiti?".

"Speravamo che lo scoprissi da solo. Ci sono stati degli indizi. Indizi sul quadro generale. Punti in comune. Speravamo che avessi altri con cui discutere le prove. Le prove che hai già completato. Che avreste individuato il problema. Arrivare alla stessa conclusione.

Aiutarci. Forse anche di conquistarlo, senza che noi dovessimo dartelo in pasto. Ti abbiamo dato tutte le opportunità, ma non l'hai fatto. Quindi, stiamo seguendo un'altra strada".

"Punti in comune? Forse ho capito cosa intendi".

"Se lo capisci e scegli l'opzione del supereroe... potrebbe funzionare. A patto che tutto sia chiaro. Avevi un quadro completo. Conoscevi i rischi".

"Quindi, saremo ancora una squadra? Perché non lo dici chiaramente? Mi rendi le cose più facili?".

"In passato, anche se i tuoi compagni avevano dei poteri che tu non possedevi, non li hai utilizzati. Invece, voi tre ve ne stavate seduti a perdere tempo, aspettando che tutto accadesse.

Non ti è sembrato strano quando Eriel è apparso nel parco divertimenti? Stava alzando i profili dei Tre. Questo non è il lavoro di un arcangelo. È il tuo lavoro".

Scosse la testa. "Non ero sicuro al cento per cento che fosse Eriel, finché non si è identificato alla fine. Prima di allora avevo dei sospetti. Chi altro si sarebbe vestito come Abraham Lincoln?

"Inoltre, pensavo che nessuno dovesse saperlo. Fino a quel momento, pensavo che i processi fossero segreti. Avevo paura di rompere il mio accordo con te. Ophaniel mi disse che se l'avessi detto a qualcuno, avrei perso la possibilità di rivedere i miei genitori. Ho seguito le regole stabilite per me. Non credo che tu capisca il concetto di fair play".

"Questo non è un gioco. Gli arcangeli possono fare tutto ciò che vogliono!" esclamò la ragazza, avvicinandosi a dove era seduta E-Z. Spinse il mento in avanti. "Abbiamo deciso che eri più adatto al gioco del Supereroe che a quello dell'Angelo. È stato allora che sei stato assistito nel reparto PR. Per incoraggiarti a trovare le tue persone da aiutare. Dio sa che la terra ne è piena. Come li chiamava Shakespeare, quelli che si lamentano e vomitano tra le braccia della loro infermiera".

"Non ho letto Shakespeare, ma sono parente di Charles Dickens. Non che sia rilevante. Ma, ok, quindi vuoi che continui a fare il supereroe con Alfred, se vive, e con Lia al mio fianco. Possiamo facilmente ottenere un sacco di supporto e pubblicità dai media.

"Sono ancora impegnato con te. Se ci permetterai di avere libero sfogo, il cielo sarà il limite. Conosciamo molti ragazzi a scuola e nell'industria dello sport. Possiamo creare una linea diretta di Supereroi e un sito web. Possiamo usare i social media per connetterci con persone di tutto il mondo. Le persone faranno la fila per essere aiutate da noi. Sarà un gioco completamente nuovo".

"Ah, finalmente parla di iniziativa... ma mio caro ragazzo è troppo poco e troppo tardi. Come ho detto prima, non vogliamo più essere obbligati nei tuoi confronti. Non sei più legato a noi. Non hai più un debito da pagare".

"Ma..."

"Tutti e tre avete dimostrato di essere coinvolti solo per voi stessi. Quando gli angeli hanno suggerito per la prima volta che avreste potuto aiutarci, rappresentarci qui sulla terra, avevamo un piano. Con Alfred è stato lo stesso. Poi è arrivata Lia. Da allora, abbiamo avuto un certo successo con voi due. L'abbiamo inclusa nel trio... ma ora siete diventati obsoleti".

"Noi salviamo le persone, aiutiamo le persone".

"Non dire così. Se ti offrissi la possibilità di stare con i tuoi genitori oggi, qui e ora. Getteresti la spugna. Te ne andresti senza curarti di quelle vite che avresti potuto salvare se le prove fossero continuate.

"Lo stesso vale per Alfred, se sopravvive. Se ne andrebbe in un campo di margherite con la sua famiglia senza battere ciglio. E a proposito di occhi, se Lia riavesse la vista, partirebbe anche lei.

"Dopo un'attenta considerazione ci siamo resi conto che nessuno di voi si impegna per qualcosa di diverso da voi stessi, quindi siamo passati al piano B".

"Aspetta un attimo. Definiamo il lavoro". Lo cercò su Google e scoprì con piacere di avere quattro barre. "Secondo un dizionario online: svolgere un lavoro o adempiere a dei doveri regolarmente per un salario o uno stipendio. Ho lavorato per te, senza essere pagato. A parte la promessa di un compenso. Avevamo un accordo verbale.

"Non conosco i dettagli dell'accordo tra Alfred e Lia, ma scommetto che i loro angeli hanno offerto loro incentivi simili. Io ho rispettato la mia parte dell'accordo e tu dovresti rispettare la tua. Ho tredici anni e", cercò su Google. "Sì, come pensavo, secondo il Dipartimento del Lavoro degli Stati Uniti, quattordici anni è l'età minima per lavorare".

Lei rise e si aggiustò gli occhiali. Lui notò che aveva le mani sporche di sangue. Lei le pulì sul suo indumento nero. "Le prime leggi non si applicano agli angeli e agli arcangeli. È ingenuo da parte tua pensare che sia così". Fece una pausa. "Siamo pronti a offrirti due opzioni. Opzione numero uno: Rimarrai qui nel tuo Acchiappanime per il resto della tua vita".

"Cosa?"

Le fondamenta stesse del suo Acchiappanime tremarono. L'idea di essere sepolto vivo all'interno di quel contenitore metallico lo disgustava.

"La vita che vivrai, per i tuoi giorni di vita respiratoria, sarà trascorsa come promesso da quegli arcangeli imbecilli. Con i tuoi genitori. Cioè, rivivrai la tua vita con i tuoi genitori dal giorno in cui sei nato fino al momento esatto in cui le loro vite si sono spente. Non sarai mai su una sedia a rotelle e loro non moriranno mai". Fece una pausa. "Ora puoi parlare".

"Vuoi dire che rivivrò la mia vita con i miei genitori, ogni singolo giorno trascorso insieme, per l'eternità, ancora e ancora?".

"Sì".

"Qual è l'opzione numero due?"

"Non riesci a indovinare?" chiese lei con un sorriso a denti stretti.

Il suo sorriso era insincero e lui dovette distogliere lo sguardo.

Lui aspettò.

"L'opzione numero due prevede che tu torni a vivere la tua vita con lo zio Sam". Lei esitò, avvicinandosi a E-Z. Aveva già freddo e ora lei lo stava rendendo ancora più freddo con ogni battito d'ali. Si coprì con la coperta. Lei continuò. "Come avrai già intuito, non potrai né potrai mai riunirti ai tuoi genitori con nessuna delle due opzioni. Ricreeremmo il passato. Sarebbe come vivere in un'opera teatrale o in un telefilm".

"Non è quello che ho accettato!". Esclamò E-Z. "Stai dicendo che Hadz. Reiki, Eriel e Ophaniel mi hanno mentito?".

"Mentire è una parola grossa, ma sì. Guarda ciò che ti circonda. Le anime vengono depositate in compartimenti individuali. Uno scomparto viene preparato in anticipo per ogni anima".

"Quindi, stai dicendo che i miei genitori sono ognuno in uno di questi scomparti?".

"Sì, le loro anime lo sono".

"E poi cosa succede loro?"

"Fluttuano nei cieli".

"È triste. Ho sempre pensato che i miei genitori sarebbero stati insieme, da qualche parte. So che era l'unica cosa che dava ad Alfred una sorta di conforto. Che sua moglie e i suoi figli fossero insieme da qualche parte. A nessuno piace pensare che la persona amata muoia da sola. Tanto meno passare l'eternità in un contenitore metallico alla deriva da un posto all'altro".

"Sentimentalismo umano. Le anime esistono e basta. Non vivono e non respirano, non mangiano, non sentono troppo caldo o troppo freddo. Gli umani non capiscono questo concetto".

Si schernì.

"Non voglio insultare la vostra specie. Ma quando un corpo muore, ciò che rimane, l'anima, è un concetto difficile da comprendere. Il cervello umano è troppo piccolo per comprendere la complessità dell'universo. Da qui la creazione di dottrine religiose. Scritte in termini profani. Facili da insegnare e da seguire senza alcuna prova".

"Dato che le anime sono più apprezzate degli esseri umani come me, come potrei vivere il resto della mia vita in uno di questi contenitori?".

"Abbiamo fatto degli aggiustamenti, come ora e prima. Non hai avuto problemi a vivere qui dentro quando ti abbiamo portato, e ora?".

"A parte la claustrofobia", disse. "E le volte in cui dovevano calmarmi con quello spray alla lavanda".

"Ah, sì. La ricorrenza della claustrofobia dipenderà ovviamente dall'opzione che sceglierai. Se scegli l'opzione numero uno, l'ambiente ti sosterrà in tutti i modi finché la tua anima non sarà pronta. A quel punto la tua forma terrena potrà essere eliminata. Gli esseri umani si adattano e tu ti abituerai. Inoltre, starai con i tuoi genitori, rivivendo i ricordi. Questo ti farà passare il tempo. Ora, dai un nome alla tua scelta!".

"Aspetta, e le mie ali e quelle della mia sedia? Cosa ne sarà di loro?". Esitò: "E i poteri di Alfred e Lia? Se scegliamo l'opzione numero uno, torneremo come prima? Intendo dire prima che tu e gli altri arcangeli foste coinvolti nelle nostre vite?".

"Naturalmente non vi toglieremo le ali, mio caro ragazzo, né toglieremo i poteri che vi sono già stati conferiti. Siamo arcangeli, non sadici".

"Buono a sapersi, quindi possiamo continuare a essere Supereroi".

"Potete, ma dovrete creare la vostra pubblicità, perché quando saremo fuori, saremo fuori per sempre".

"Per favore, rimanete seduti", disse la voce nel muro, anche se E-Z non aveva molta scelta.

L'arcangelo non disse nulla. Si distrasse invece pulendo gli occhiali e poi rimettendoli.

"Un'altra cosa", chiese E-Z, "riguardo ad Alfred".

"Continua, ma fai in fretta. Un altro concetto che gli umani non capiscono è che il tempo esiste in tutto l'universo. Ho altri posti dove essere e altri arcangeli da vedere".

"Va bene, ci penso io". Alfred è ora in un altro corpo umano. Se l'anima rimane con il corpo, allora ci sono due anime lì dentro? L'Acchiappanime sta aspettando due anime?".

L'angelo gli voltò le spalle. Si schiarì la gola prima di parlare: "Io, noi, speravamo che non facessi questa domanda. Sei più intelligente di quanto ci aspettassimo". Lei chiuse gli occhi e annuì: "Mhmmm". I suoi occhi rimasero chiusi. E-Z cercò di capire se indossava dei tappi per le orecchie perché sembrava che stesse ascoltando qualcuno. O forse se lo stava immaginando. Annuì. "Sono d'accordo", disse.

"C'è qualcun altro qui con noi?" chiese.

Una nuova voce risuonò intorno a lui. Perché tutti gli arcangeli avevano una voce così forte?

"Sono Raziel, il Custode dei Segreti. E-Z Dickens devi ascoltare le mie parole. Perché una volta pronunciate, non le ricorderai più. Né che io sia stato qui. I Cacciatori di Anime e i loro scopi non ti riguardano. Hai oltrepassato i tuoi limiti e non lo tollereremo. Ti abbiamo generosamente dato due opzioni. Decidi ORA, oppure il mio dotto amico deciderà per te".

E-Z iniziò a parlare, ma poi la sua mente si svuotò. Di cosa stavano parlando?

L'arcangelo chiuse di nuovo gli occhi, pronunciò le parole "Grazie" e la voce di Raziel non parlò più.

Era come se il tempo fosse saltato all'indietro. "Ti aspetti che io decida all'istante, senza darmi il tempo di pensarci? Senza parlare con mio zio Sam o con i miei amici? A proposito, e Alfred, a cui è stato detto che si sarebbe riunito alla sua famiglia? E Lia, a cui è stato detto che avrebbe riavuto la vista".

"Dato che Alfred non c'è più, la tua decisione - che sopravviva o meno sulla Terra - sarà la sua decisione. La sua opzione numero uno sarà la stessa che hai tu. Vorrebbe rivivere la sua vita con la sua famiglia più volte? Mentre se ne va, potrebbe già fare dei sogni piacevoli su di loro. D'altra parte, non si sa mai quali scherzi può fare la mente. Potrebbe trovarsi in un circolo di incubi e solo tu puoi salvare lui e la sua famiglia facendo la scelta giusta per lui".

"Stai dicendo che non ne uscirà mai? In modo definitivo?".

"Questo non posso dirlo. So solo che l'Acchiappanime non è pronto a raccogliere la sua anima... ancora".

"E Lia?"

"I suoi occhi umani sono scomparsi in questa vita, come le tue gambe. Può rivivere i suoi giorni da vedente, ma potrebbe preferire che sia tu a scegliere per lei. Dopo tutto, non ha avuto il tempo di crescere e maturare come farebbe un bambino normale. Ha già perso tre anni della sua vita e questo episodio di invecchiamento non sappiamo se sia un caso isolato o se si ripeterà".

"Vuoi dire che nemmeno tu sai cosa le succederà?".

"No, non lo sappiamo. Inoltre, sta ancora dormendo".

"Non posso decidere per tutti e tre con un limite di tempo. È una decisione importante e ho bisogno di tempo".

"Allora lo avrai". Apparve un orologio con un conto alla rovescia di sessanta minuti. "Il tuo tempo inizia ora. Dammi la tua risposta prima che arrivi a zero. Altrimenti, tutto ciò di cui abbiamo discusso non sarà più valido. E vi ritroverete all'hotel con il cadavere del vostro amico". Le sue ali sbatterono e si alzò sempre più in alto.

"Aspetta, prima di andare", gridò.

"Cosa c'è adesso?"

"Ci sono altri, intendo altri ragazzi come noi?".

"È stato bello conoscerti", disse lei.

"Il sentimento non è assolutamente reciproco", rispose lui.

CAPITOLO 26

Mentre i minuti passavano, E-Z ripassava tutto quello che gli era stato appena detto. Avrebbe voluto che il silo fosse abbastanza largo per potersi muovere di più. Almeno era seduto comodamente sulla sua sedia a rotelle. Insieme erano un duo dinamico.

"Vuoi mangiare qualcosa?" gli chiese la voce dal muro.

"Certo che sì", rispose lui. "Una mela, dei popcorn - al formaggio andrebbero bene - e una bottiglia d'acqua".

"Arrivo subito", disse la voce, mentre un tavolo metallico passava attraverso una fessura nella parete che non aveva mai notato. Si fermò di fronte a lui. Dalla fessura uscì un gancio che portava prima la bottiglia d'acqua. Poi un secondo gancio portava un bicchiere. Un terzo gancio seguì con una mela. Prima di posarla, il gancio la lucidò con un asciugamano. Poi spuntò un quarto gancio che portava una ciotola di popcorn.

"Grazie", disse mentre i quattro ganci salutavano e scomparivano nel muro.

"Non c'è di che".

"Non è che potresti portarmi il mio computer? È andato distrutto nell'incendio. Mi piacerebbe poter fare una lista di cose da decidere".

"Certo. Dammi solo un minuto o due".

Mentre stava finendo la mela e contemplava i popcorn, da un'altra fessura sulla parete opposta apparve il suo portatile. Il gancio lo teneva in alto, in attesa che E-Z spostasse gli altri oggetti per sistemarlo. Quando non lo fece, apparvero dei ganci dall'altro lato. Uno raccolse il torsolo della mela e scomparve di nuovo nella parete. Un altro versò l'acqua rimanente nel bicchiere. Poi riprese la bottiglia vuota attraverso la fessura nel muro. Poiché voleva tenere i popcorn e il bicchiere d'acqua, li tolse dal tavolo. Il gancio ha appoggiato il suo portatile e poi è rientrato dalla sua fessura nel muro.

E-Z pensava che i ganci fossero degli accessori interessanti. Avrebbe potuto facilmente venderli a una grande catena svedese.

Ora che i ganci erano spariti, sollevò il coperchio del portatile e lo accese. Per prima cosa controllò il suo file Tattoo Angel: era ancora tutto lì! Era così felice che avrebbe pianto se l'orologio non avesse scandito il tempo.

"Grazie mille", disse, infilandosi in bocca una manciata di popcorn al formaggio. Poi iniziò a scrivere. Decise di pensare a se stesso per terzo. Per prima cosa, scrisse i pro e i contro di Alfred. Sapeva subito che ad Alfred non sarebbe dispiaciuto rivivere ripetutamente il suo passato con la sua famiglia. Forse avrebbe optato subito per questa opzione.

"Tuttavia, a E-Z sembrava che non fosse un'opzione che la sua famiglia avrebbe voluto che scegliesse. Perché avrebbe rivissuto ciò che era già stato, non sarebbe andato avanti. Nella vita, si è destinati ad andare avanti. Per continuare a imparare e crescere.

Più ci pensava e più si rendeva conto che sarebbe stato come guardare la storia della propria vita. Immagina la tua vita ventiquattrore su ventiquattro in loop permanente. Senza mai sapere quando finirà. O se sarebbe mai finita. Questo potrebbe trasformarsi in un altro tipo di inferno. Un inferno a cui non riusciva a pensare.

Tranne che per la certezza che Alfred sarebbe stato sempre in coma. Cosa a cui aveva alluso l'arcangelo. Allora, per lui, fare questa scelta avrebbe scongiurato qualsiasi brutto sogno o incubo. Alfred sarebbe stato con la sua famiglia, per sempre. Anche se non era una cosa vera... poteva essere sufficiente. Avrebbe scelto?

Guardò l'ora: mancavano cinquanta minuti. Cominciò a pensare al caso di Lia. Il suo sogno di diventare una famosa ballerina era stato interrotto. Avrebbe voluto rivivere l'infanzia, sapendo che quel sogno non si sarebbe mai realizzato? Per lei sarebbe valsa la pena di rischiare per il futuro. Gli occhi nei palmi delle sue mani la rendevano speciale, unica... ed era simpatica. Potrebbe persino essere la versione più recente di una wonder woman, se riuscisse a sfruttare tutti i suoi poteri.

"E-Z?" Disse Lia. "Ti sento pensare, ma dove sei?".

Oh no! Ora che era sveglia avrebbe dovuto spiegarle tutto e ci sarebbe voluto del tempo e il tempo stava per scadere. Doveva farlo, in fretta. "Ascolta Lia", cominciò, "ho una lunga storia da raccontarti, ti prego di non fermarmi finché la storia non sarà completa. Non abbiamo più tempo". Ci spiegò tutto e ci mise dieci minuti. Altri dieci minuti se ne andarono. Rimanevano quaranta minuti.

"Ok, E-Z, tu pensa a te e io penserò a me. Prendiamoci cinque minuti, poi parleremo di nuovo. Il tempo inizia ora".

"Ottimo piano".

Cinque minuti dopo, l'orologio segnava trentacinque minuti rimanenti. E-Z chiese a Lia se avesse deciso.

"L'ho fatto", rispose lei. "E tu?"

"Anch'io", rispose lui. "Prima tu, in cinque minuti o meno se ci riesci".

"Per me la decisione è piuttosto semplice, E-Z. Non voglio rimanere in questa cosa e vivere la mia vita qui. Quando l'Acchiappanime mi porterà qui, sarò morto. Va bene. Ma non voglio essere confinato a forza in questo spazio. Non quando potrei essere fuori a sentire il calore del sole, ad ascoltare gli uccelli, con il vento tra i capelli. Per non parlare del tempo trascorso con mia madre, con lo zio Sam e, spero, con te. La vita è troppo breve per sprecarla e per la maggior parte del tempo mi piacciono i miei nuovi occhi". Rise.

"Sono d'accordo e se fossi in te farei lo stesso".

"Grazie, E-Z. Quanto tempo rimane ora?".

"Ancora venticinque minuti", confermò lui. "Ecco il mio pensiero in meno di cinque minuti, si spera. Non mi dispiace stare qui, non è molto diverso dall'essere là fuori. Ho imparato che la sedia a rotelle non è la fine del mondo. Anzi, mi ci sono abituato. Riesco a fare cose che facevo prima, come giocare a baseball, e non mi fa schifo del tutto. Forse un giorno lo giocheranno anche alle Paraolimpiadi.

"I miei genitori non vorrebbero che sprecassi la mia vita vivendo nel passato. E nemmeno lo zio Sam. Non sono disposto a rinunciare a tutto solo perché quegli arcangeli idioti hanno fatto qualche promessa sconveniente. Quindi, sono d'accordo con te. Ce ne andiamo da queste cose che catturano le anime. Vivremo le nostre vite finché non avremo finito di vivere. E poi potrà venire a prenderci, come si deve. Anni dopo, dopo che, si spera, avremo contribuito all'umanità e avremo condotto una buona vita. Potremmo trovare altri come noi. Potremmo creare una linea diretta di Supereroi e lavorare insieme in tutto il mondo. Potremmo usare i nostri poteri per rendere il mondo un posto migliore. Potremmo vivere al meglio le nostre vite, creare vite ispirate di cui essere orgogliosi e che siano anche per le nostre famiglie".

"Bravo!" Esclamò Lia. "Ma ci sono altri come noi?".

"Ho chiesto all'angelo che mi ha spiegato tutto, ma non mi ha risposto. Questo mi fa pensare che ci siano". Guardò l'orologio. "Mancano solo ventuno minuti".

"E Alfred? Si sveglierà mai?"

"L'angelo ha detto che non lo sa, solo l'accalappiatore di anime lo sa... ma ha detto che potrebbe avere degli incubi. Se c'è una possibilità che sia in un inferno, allora forse è meglio lasciarlo andare. Forse l'opzione numero uno, quella di fargli rivivere la vita con la sua famiglia in loop, è quella giusta per lui?".

"Non sono d'accordo. Nessuno di noi sa con certezza quando l'Acchiappanime verrà a prenderci. Alfred non vorrebbe sprecarsi qui, perché i brutti sogni potrebbero trovarlo. Non quando c'è la possibilità che possa aiutare o ispirare qualcuno. Siamo entrati qui insieme e dovremmo uscirne insieme. Secondo me, questo è quanto".

Quattordici minuti e passa.

Aveva affrontato il problema di Alfred in modo unico Aveva ragione? Alfred avrebbe davvero voluto rinunciare alla sua famiglia in questo scenario per un futuro inesplorato? In fondo, non esistiamo tutti in un mondo inesplorato? Cambiando rotta, abbassandosi e tuffandosi. Aprire finestre, chiudere porte. Lasciare che le nostre emozioni ci portino fuori strada e poi di nuovo indietro. È tutta una questione di vita. Sì, Lia aveva ragione. Era un affare fatto.

Mancavano otto minuti al termine.

"Penso che tu abbia ragione, Lia. È tutto per uno e uno per tutti", disse E-Z. "L'arcangelo mi ha detto che dovevo pronunciare le parole prima che il tempo scadesse. Poi ci saremmo ritrovati tutti in hotel... come se questo intermezzo dell'Acchiappanime non fosse mai accaduto".

"Pensi che ci ricorderemo ancora degli acchiappa-anime? È una cosa importante che dobbiamo imparare da questa esperienza. Anche se non l'abbiamo condivisa. Tieni presente che questo fa saltare tutto quello che sappiamo sul paradiso e sull'aldilà".

Mancano cinque minuti.

"È vero, ma parliamone dall'altra parte". Strinse i pugni mentre l'orologio scendeva a quattro minuti. "Abbiamo deciso!", gridò. "Tirateci fuori tutti e tre da questi cattura-anime, ORA!".

Le pareti del silo di E-Z iniziarono a tremare. "Stai bene, Lia?" gridò. Lei non rispose. Il terreno sotto i suoi piedi sembrò vibrare e rimbombare. Poi iniziò a girare, prima in senso orario, poi in senso antiorario, poi in senso orario.

Il suo stomaco si contorse. Vomitò popcorn al formaggio e masticò pezzi di mela rossa ovunque.

Erano gli unici ricordi che l'Acchiappanime avrebbe avuto di lui. Si spera per molto tempo.

Riconoscimenti

Cari lettori,

Grazie per aver letto il primo e il secondo libro della serie E-Z Dickens. Spero che ti piaccia l'aggiunta di questi nuovi personaggi e che tu sia ansioso di scoprire cosa succederà in seguito.

Il terzo libro sarà disponibile molto presto!

Ringrazio ancora una volta i miei lettori beta, i correttori di bozze e gli editor. I vostri consigli e il vostro incoraggiamento mi hanno permesso di portare avanti questo progetto e il vostro contributo è stato/è sempre apprezzato.

Grazie anche alla famiglia e agli amici per essermi sempre vicini.

E come sempre, buona lettura!

Cathy

Informazioni sull'autore

Cathy McGough vive e scrive in Ontario, Canada
con suo marito, suo figlio, i loro due gatti e un cane.
Se vuoi mandare un'e-mail a Cathy, puoi raggiungerla qui:
cathy@cathymcgough.com

.

Cathy ama ascoltare i suoi lettori.

Sempre a cura di:

Milton Keynes UK
Ingram Content Group UK Ltd.
UKHW012006080224
437493UK00013B/390